Bibliografische Information der Deutschen Nationalbibliothek
Die Deutsche Nationalbibliothek verzeichnet diese Publikation in der
Deutschen Nationalbibliografie, detailierte bibliografische Daten
sind im Internet über http.//dnb.dnb.de abrufbar

© 2019 by Rolf Gänsrich
Herstellung und Verlag: BoD – Books on Demand,
Norderstedt

ISBN - 9783744838641

Sommer
zwischen Backhaus und See

Kindheitserinnerungen

von
Rolf Gänsrich

Vorwort

Dies ist nun der dritte lange Text, der schon seit Jahren „vor sich hin dampft" und aus dem ich nun ein Buch „schmieden" konnte.
„Wie bewerbe ich mich richtig - ein satirischer Ratgeber für den Berufsalltag" erschien im Februar 2019, „Still gestanden, die Augen links! - mein geheimes NVA-Tagebuch" erschien am 2.April 2019 und nun dieses Buch hier. Es ist etwa zehn Jahre nach dem letzteren entstanden. Wann und zum Teil wo ich es aufschrieb, hab ich ganz am Ende aufgelistet.

Hier angehängt habe ich außerdem eine lange Version meines Zeitungsartikels aus der Mai-2019-Ausgabe der Monatszeitung „Prenzlberger Ansichten", den ich dort unter dem Titel „Unternehmergeschichte Prenzlauer Berg - das Bäckereihandwerk" veröffentlichen konnte und den ich am 29.März und 5.April 2019 geschrieben habe.

Die Menschen, um die es in diesen Kindheitserinnerungen geht, leben zum größten Teil schon lange nicht mehr oder sie sind sehr, sehr hoch betagt.
Danke auf jeden Fall an all diese, daß sie mir ebend jene Erinnerungen verschafft haben.

Rolf Gänsrich am 10.April 2019 - am theoretisch 99.Geburtstag meiner Oma.

Sommer zwischen Backhaus und See
Kindheitserinnerungen

Es begann eigentlich schon viel früher, und ich kann mich nur an Hand einiger alter, vergilbter Fotos, so schön mit geriffeltem Rand, daran erinnern. Wenn im Frühjahr die Elstern im einzigen Baum des Hinterhofs, einer uralten Pappel, vor meinem Wohnzimmerfenster, typisch Prenzlauer Berg, Hinterhof, dritte Etage, nisten, hören sich die Rufe ihrer frisch geschlüpften Jungen genau so an, wie das Gekrächz der Lachmöwen an einem brütend heißen Sommertag über der kleinen Fischerei in „Krakow am See", mitten im wunderschönen hügeligen Mecklenburg.

Die Fotos aus meiner frühen Kindheit zeigen mich Auge in Auge mit dem Riesenschnauzer in Krakow, ... nein, der Hund war wohl doch noch ein paar Zentimeter größer als ich, sie zeigen mich mutig stehend neben einem weißen Gaul, für Berliner sind alle Pferde „Gäule", in diesem Fall war es wohl ein Schimmel, neben dem linken Vorderhuf reiche ich fast bis zum Knie des ... Gauls. Dann gibt's auch Bilder, da „reite" ich wohl auch, ängstlich festgekrallt in die Mähne des weiß gefleckten Tieres, hinter mir Astrid, etwa zehn Jahre älter als ich und das Kind unserer Verwandtschaft dort, die mich wohl im Gleichgewicht hielt, damit ich, kaum zu sehen zwischen Gaul und Astrid, nicht vom wackligen Pferderücken hinunter rutsche.

Ich entsinne mich weiterhin an die Lederhose, die ein großes, rot umnähtes Herz zwischen den

Hosenträgern, vorn als Brusttasche, zierte. ... Wie peinlich! Gibst heute eigentlich noch Kinder im Vorschulalter, die diese Lederhosen tragen? Sie, diese Lederhosen und nicht etwa die Kinder, waren praktisch, sie waren pflegeleicht, sie waren immer voller Sand und man konnte auf ihrem Hosenboden ruhig mal einen Kiesabhang hinunter rutschten, das machte denen gar nichts! Aber sie hatten einen Nachteil! Sie waren nur so kurz, wie heutige Shorts und linderten nicht den Aufprall, wenn man sich mit dem Tretroller auf die Fresse packte oder wenn man über die eigenen, ständig nachwachsenden und viel zu langen und viel zu ungelenken Beine stolperte. Ich jedenfalls hatte als Kind im Sommer ständig aufgeschlagene Knie, egal ob in Krakow, im Garten in Brieselang oder auf dem Hof meiner Eltern. Und ich hatte ständig Holzsplitter in meinen Fingern, die mir Vaddern immer mit einer in einer Kerzenflamme erhitzten Nähnadel, wegen der Desinfektion, aus den Pfoten heraus operieren mußte.

Ich war wohl gerade drei Jahre alt, als ich das erste mal in Krakow war. Daher stammen diese ersten Bilder. Ich kann mich nicht mehr daran erinnern, wie wir dort hin gelangten. Ich hatte süße, blonde Locken, einen Dackel blick, so von etwas unten herauf, den ich noch heute kann, und ich sehe, von weitem und mit dem Abstand vieler Jahrzehnte, auf diesen frühen Photos eher wie ein kleines Mädchen aus, mit weißem, mit vielen, kleinen rotblauen Herzchen bedrucktem Shirt an. Shirts gab es damals noch nicht, sie hießen anders, ich glaube „Nicki", waren aber welche.

Meine Mutter erzählte mir mal eine große Zeitspanne später, dass ich in diesen frühen Jahren, bis ich so etwa zehn, elf war, ein weißes Hemd eine ganze Woche lang tragen konnte, ohne dass es dreckig wurde. Schmutz machte damals wohl einen großen Bogen um mich, außer um die ewig sandige Lederhose.

Und dann gibt's da noch ein Bild, auf dem ich, waghalsig war ich damals gerade nicht, bis zu den Knöcheln im Wasser des Krakower Sees stehe und mit meiner Patentante Elschen und meinem Patenonkel Gerhard (er war wohl der vierte Gerhard in unserer Familie, mein Vater der fünfte dieses Namens) Ball spiele.
Das Photo daneben zeigt mich mit eben jenem aufblasbaren Ball, der viele, viele Jahre existierte und den ich damals mit einem Arm kaum umfassen konnte, so groß war er, mit Dackel blick, Lederhose und einem hölzernen Segelboot, das so lang war, wie mein Unterarm und, auch noch krampfhaft festgehalten, Buddeleimer und Schaufel.
Aber, wie gesagt, was wir dort machten, mit wem ich da war, wie lange dieser Aufenthalt dauerte, weiß ich nicht mehr zu sagen. Weil Tante Elschen dabei war, nehme ich an, war ich auch mit meiner Ille-Oma da.

Nun ist es aber endlich an der Zeit, dem geneigten Leser, oder auch dem Hörer, falls ich aus diesem Text doch noch eine kleine Radio-Serie mache, was ich nicht von vornherein ausschließen sollte, mal noch ein paar Rundumfakten zu erzählen, die für das Verständnis dieser Sommer, die ich von 1968 bis 1975 regelmäßig in Krakow am See verlebte, notwendig sind.

Ich wurde 1961 in Berlin-Hohenschönhausen geboren, ziemlich genau zwischen dem ersten bemannten Raumflug von Juri Gagarin am 12.April dem Bau der Berliner Mauer am 13.August. Mit mir gemeinsam hatten Geburtstag: Walter Ulbricht, genau der, der DIE Mauer niemals bauen lassen wollte und Peter Alexander. Mir war das in den ersten Schuljahren immer etwas peinlich, genau mit unserem „heiß geliebten" Staatsratsvorsitzenden diesen Geburtstag zu haben. Die Kinder der Klasse, ja, man wurde jedes Jahr, immer wieder zu meinem Entsetzen, nach vorn an die Tafel zur Lehrerin gerufen, obwohl man ja gar nichts verbrochen hatte, außer dass man Geburtstagsjubilar war, sangen dann nicht irgendwas von „... alles Gute für Dich .." sondern sie stimmten, nach Aufforderung durch die Lehrerin, zu Ehren unseres Staatsratsvorsitzenden, für Conny, die da auch noch Geburtstag hatte und mich irgend ein „Kampflied der Arbeiterklasse" an, ... „Der Kleine Trompeter", „das Lied von der roten Fahne", „Die Internationale" oder gar die Nationalhymne der DDR, so lang man sie noch singen durfte, ... etwa bis 1971 ... „auferstanden aus Ruinen ...".

Ich beharre darauf, dass ich in Berlin-Hohenschönhausen geboren wurde. Das sind nämlich nicht viele. Hohenschönhausen hatte im „Schloss", also im Haupthaus des einstigen Gutes, neben der Kirche, deren viel zu große und schwere Glocke schon immer unter einem ebenerdigen

Gestell neben dem Kirchturm aufgehängt ist und dicht beim Schulhaus gelegen, eine eigene Entbindungsanstalt bis in die frühen sechziger Jahre hinein. Ursprünglich war es das Gutshaus des Dorfes „Hohen Schoenhusen", dann die Villa des Erfinders der ersten Batterien, Daimon und ab nach dem Ersten Weltkrieg war es bis mitte der 70er Jahre eine Klinik für Geschlechtskrankheiten. Entbindungsanstalt nur etwa von 1958 - 1962 ... nageln Sie mich jetzt bitte nicht auf diese Zahlen fest. ... Vielleicht bin ich ja einfach nur eine Geschlechtskrankheit. ...

Dieser Ortsteil, zum Zeitpunkt meiner Geburt zum Stadtbezirk Weißensee gehörig und seit 1920 Teil „Groß-Berlins", lag damals „am Rande der Stadt". Man gelangte mit den Straßenbahnlinien 63 (heute M 5) und 64 (dazu existiert heute kein Pedant mehr) aus Richtung Landsberger Allee dort hin. Bis zum S-Bahnhof brauchte man vom Dorfkern aus etwa zwanzig Minuten, oder man fuhr mit der Linie 70 (heute ein Teil der 27 und die ganze 12), eingleisig mit Ausweichpunkten an den Haltestellen, über die Buschallee nach Weißensee zum einkaufen oder zur Würstchenbude Konnopke. Hinter der Kirche endeten die 64 und die 70 und nur die 63 gondelte weiter, eingleisig, an miefenden Rieselfeldern, der Gaststätte „Dogge" und an winzigen Schrebergärten vorbei nach „Hohenschönhausen - Gartenstadt". Heute ist da der S-Bf. Gehrenseestr.

Hinter dem Stasi-Knast zur Gartenstraße hin, heute „Gedenkstätte Hohenschönhausen", lagen Felder, auf denen wir später, mit elf, zwölf Jahren, Mais stahlen und den wir an fast rauchlosen Lagerfeuern vor unseren Höhlen im Naturschutzgebiet „Am Faulen See" rösteten. „Am Faulen See" fingen wir auch Wasserflöhe fürs Aquarium, Kaulquappen oder Frösche, wir rannten barfuß über frisch gestoppelte Felder hinter dem Bahnübergang in „Gartenstadt" und fanden dabei hin und wieder so manchen alten, rostigen und durchlöcherten Wehrmachtsstahlhelm. Wir ballerten mit „Katschies", kleinen Schleudern, auf Tauben und wir unternahmen mit der Straßenbahn weite Ausflüge in die Stadt - für zwanzig Pfennig innerhalb von zwei Stunden einmal bis zum „Walter-Ulbricht-Stadion" in der Chausseestraße, Endstation der Linie 63, zum Dönhoffplatz an der Leipziger Straße, Endstation der 64, oder zu „Am Kupfergraben", Endstation der Linie 70, hin und zurück.

In meinen ersten sieben Lebensjahren wohnten wir in einem alten Haus, einem Gehöft, Berliner Straße 55. Das ist heute Konrad-Wolf-Straße, fast gegenüber vom Berkenbrücker Steig. Wir wohnten in diesem Gehöft in der zweiten Etage, in der Wohnung gegenüber lebte „Tante Lehne", eine uralte Frau, unter uns ein alter Mann. Man kam in die Wohnung hinein und stand sofort in der Küche. An die schloss sich ein Wohnzimmer und an das ein Schlafzimmer an. Wo das Klo war, weiß ich nicht mehr so genau. Ich glaube es war in der ehemaligen Speisekammer neben der Küche, über dem Hausflur und war im Winter entsprechend und im Wortsinne Arsch kalt. In einem weiteren Haus auf diesem Gehöft war wohl noch eine Metallbude, und ich weiß, dass mein Vater dort regelmäßig Holz für unsere Öfen sägte. Da gibt's auch noch Bilder von. Vaddern energisch an der Säge, icke, blondgelockt mit Dackelblick, sehr unbeholfen, ihm gegenüber an dem Stück Stubben. Es gab auch noch einen Buddelkasten für mich und einige große Bäume. Das Grundstück wurde zur Straße hin begrenzt durch einen undurchsichtigen hohen, windschiefen Lattenzaun, wie man ihn aus der bekannten Anstreich-Geschichte des Tom Sawyer von Mark Twain kennt. Stand man vor dem Gehöft, war auf dem rechten Grundstück neben uns der Dynamo-Radsportverein mit seinen Baracken. Getrennt waren die beiden Gelände durch eine Steinmauer quer zur Straße, an der, auf unserer Seite, einige hohe Büsche wuchsen. „Zopp-Anna", eine Frau wohl in Omas Alter, wohnte mit auf dem Gelände Radsportvereins. Die Dame war mir immer etwas unheimlich, denn sie machte einen manchmal etwas verwirrten Eindruck. Man munkelte, daß sie im Krieg bei einem Bombenangriff wohl verschüttet gewesen sein soll. Das Areal links neben uns gehörte einem kleinen Pferdefuhrbetrieb. Das ganze Karree ist dort nach unserem Wegzug 1968 in den frühen siebziger Jahren komplett platt gemacht worden, aber diese Buschreihe, die an dieser Mauer zwischen unserem Gehöft und dem Radstall wuchs, steht noch und ich glaube auch noch der dicke Eckbaum rechts neben dem einstigen Eingangstor.

Ille-Oma wohnte genau im Haus gegenüber, Berliner, heute Konrad-Wolf-Straße 72. Dort hatte bis 1962 das untere Ladengeschäft meiner Uroma gehört. Zur Lüderitzstraße hin gab es den

Gemüseladen Stenzel, das Eckhaus am Berkenbrücker Steig waren HO-Lebensmittel. Dort wurde die Butter noch aus einem großen Fass von Hand abgewogen und in Pergamentpapier eingeschlagen. Milch gab es gleichfalls in jenen Zeiten „lose". Unsere Milchkanne durfte ich immer tragen. Dort, wo heute die Altenhofer Straße heraus kommt, gab es damals eine Tankstelle und irgendwie dazwischen gab es noch einen Friseur und einen Laden für Motorrad- und Autoersatzteile. „Bubikopf mit Eckschnitt" bestellte Muttern, wenn sie mit mir dort zum Frisör ging. Ich mag es bis heute nicht, wenn mir Menschen am Kopf so nahe kommen. Zahnarzt und Frisör sind seit jener Zeit bei mir absolute Vertrauenssache.

Die große Kreuzung am Weißenseer Weg wurde bis ende der 70er Jahre hinein ausschließlich von Hand geregelt. Ich hatte vor diesem großen Polizisten, der auf einem runden, rot-weißen Podest stand, immer gehörig Respekt, wenn meine Mutter und ich dort in eine Straßenbahn der Linie 3 (heute M 13) einstiegen, um „in die Stadt" nach Weißensee zum Großeinkauf und Currywurst essen zu fahren.

Will sagen, eigentlich bin ich kein richtiges Stadtkind, keene Berlina Großstadtjöhre, weil Hohenschönhausen damals noch Stadtrand war. Also gut, von dort aus, wo wir zuerst lebten, war es zum S-Bf. Landsberger Allee mit der Straßenbahn kürzer, als zu unserem Dorfkern, aber so richtig Großstadt war es halt auch nicht, und ich weiß, dass mir mein Vater zu meinem fünften Geburtstag noch auf diesem Gehöft zwei Hühnchen geschenkt hat, die dann irgendwie nach unserm Umzug am 1.Juni

1968 in die Freienwalder Straße im Familien-Garten in Brieselang und dort wenig später im Kochtopf landeten. Ja, ich hatte eigene Hühner als Haustiere!

Und auch Brieselang war nicht Großstadt. Der Garten gehörte meinem Opa. Kriegsbedingt hatte ich nur noch einen Teil meiner Großeltern. Opa war Vadderns Vater, Ille-Oma und Tick-Tack-Oma waren Mutter und Großmutter meiner Mutter.

Brieselang das waren immer die Wochenenden. In der kleinen Hütte übernachteten vom Samstag zum Sonntag wir, also mein Vater, meine Mutter, mein viereinhalb Jahre jüngerer Bruder und ich, Tante Helga, sie war Vadderns Schwester, samt Tochter, also meine Cousine die heute mein Hausarzt im Prenzlauer Berg ist. Unser Opa schlief in einer Extrakammer neben der Küche. Das Häuschen hatte eine kleine Veranda mit einem winzigen Kühlhaltekeller darunter, der eigentlich mal ein von meinem Opa im Krieg angelegter Bunker gegen Fliegerangriffe war. Opas Frau, Oma Hedwig, starb schon 1962 an einem Hirntumor. An sie hab ich keine Erinnerung mehr. In die Hütte gelangte man durch die Veranda. An diese schloss sich die Küche mit großer „Kochmaschine" an, dann Opas Kammer und nach rechts der große Raum, in dem wir anderen alle schliefen. Da niemand damit klar kam, kochte Opa auf dem Feuerherd. Es schmeckte fast immer und war anders, als „bei Muttern", weil Opa halt auch Rhabarbersuppen mit Sago und anderen „exotischen" Zutaten kochte. Der Garten war ein Nutzgarten. Fast nur Obstbäume, dazwischen

Beete mit Kartoffeln, Möhren, Erbsen, Bohnen, Kohlrabi, Porree, Zwiebeln und Wirsing.

Hinterm Haus noch ein Schuppen für Gartengeräte und Fahrräder und auch, ja, auch das hatten wir, das Plumpsklo. Zwei-, bis dreimal pro Jahr wurde der Inhalt des „Eimers" im hinteren Teil des Gartens, im „Hühnerhocken" vergraben. Neben der Tür zum Hühnerhocken stand der Busch für's kleine Geschäft von uns Männern. Dieser Busch blühte im Frühjahr regelmäßig in einem besonders schönen Hauch von Rosa.

Wie das mit den Hühnern in Brieselang genau war, weiß ich nicht mehr. Das Grundstück links neben uns gehörte Frau Förster. Ihr Sohn war in Vadderns Alter. Frau Förster kam eigentlich aus Berlin-Wedding, wurde im Krieg ausgebombt und wohnte in Brieselang seit jener Zeit. Ihr Sohn Herbert, Vadderns Kumpel, heiratete nach Nauen und war mit seiner Frau Renate und seiner Tochter Birgit im Sommer auch immer in Brieselang. Die schon von meinem Opa angelegte Tür zum Nachbargrundstück stand damals immer offen. Tante Försters Hühner nutzten den Hühnerstall auf deren Grundstück und unseren Hühnerhocken. Ich denke, dass dafür Opas Hühner mit von Frau Förster unterhalten wurden und er im Gegenzug an den Wochenenden immer einige frische Eier von ihr bekam oder so.

Ab so 1972 zog „Onkel Herbert" mit seiner Familie von Nauen nach Brieselang, riss das alte Haus seiner Mutter ab und baute für sie und seine Familie ein neues dort hin. Einige Jahre nach der deutschen Einheit kaufte er das Eckgrundstück links neben seinem für seine Tochter Birgit, drei Jahre jünger, als ich und stellte ihr gleichfalls ein hübsches Häuschen dort hin.

Wir hatten bis 1977 in Brieselang keinen Strom. Erst im Zuge des Hausbaus von „Onkel Herbert" wurde auch unser Grundstück ans Stromnetz angeschlossen. Bis dahin wurde Wasser mühsam durch eine Handpumpe an die Oberfläche befördert oder zum Gießen aus der Regentonne neben dem Schuppen genutzt. Man funzelte abends mit Kerzen herum und wenn man als Kind dann nochmals vor dem schlafen gehen zum Klo musste, leuchtete man sich den Weg ums Haus herum mit einer Petroleumlampe, denn es wurde im Sommer zeitig dunkel. Die „Sommerzeit" gab es damals noch nicht.

Also eigentlich alles herrlich primitiv und wunderschön romantisch.

Die Hauptstraße vor dem Haus, die Bredower Allee, war damals noch nicht befestigt. Das geschah erst im Rahmen des Baus des Berliner Autobahn-Rings. Großes Problem in Brieselang: Die Autobahn muss dort über den Havelkanal und über die, selbst schon auf einem hohen Damm den Havelkanal überquerende Hamburger Bahn. Für die Autobahn musste also ein noch höherer, alles überragender Damm aufgeschüttet werden. Deshalb wurde in Brieselang der Nymphensee ausgebaggert und die Zufahrtsstraßen zu dieser gewaltige Baustelle ausgebaut. Davor, in den sechziger und frühen siebziger Jahren fuhr dort dreimal am Tag ein Auto im Schritttempo entlang, heute ist dort fast so ein Verkehr, wie auf einer Berliner Hauptstraße. Ich kann mich noch entsinnen an Federballabende mitten auf der Straße, bei der die einzige Sorge darin bestand, den Feder-Ball nicht in einer die Chaussee flankierenden Kastanien landen zu lassen.

Mit Cousine Petra und Nachbarkind Birgit waren wir gut zu viert und es gab immer wenigstens einen Erwachsenen, der sich um uns kümmern konnte, meine Eltern, Tante Helga, Opa ganz viel, aber auch Onkel Herbert und Tante Renate.

Wir durften im Hühnerhocken Lagerfeuer machen, spielten Gummihopse oder mit Birgit „Mutter, Vater, Kind", wir gingen mit Opa zum Kanal zum baden, denn der Havel-Kanal war keine hundert Meter entfernt, Onkel Griebert, ein paar Grundstücke weiter, züchtete Ponys, auf denen wir ständig reiten durften, mit meinem Vater und Onkel Herbert zogen wir auch schon mal früh morgens in der Dämmerung mit einigen Ruten zum Angeln an den Kanal und wenn wir es auf einer der beiden der Kinderschaukeln hoch genug schafften, sahen wir gelegentlich auch mal den, auf dem etwa fünfhundert Meter entfernten Bahndamm dahin rasenden „Fliegenden Hamburger" Dieseltriebwagen oder einfach nur „den Schwarzen", die Regionalbahn zwischen Nauen und Albrechtshof und deshalb so benannt, weil er noch bis Mitte der 70er mit Dampfloks bespannt war.

Der Samstag war ein mehr oder weniger normaler Schultag mit vier, unter Umständen sogar fünf Stunden Unterricht bei Nullter Stunde (Unterrichtsbeginn dann um 7.10 Uhr, sonst um 8.00 Uhr). Samstags keine Schule ist wohl erst seit der deutschen Einheit so.

Unterrichtsende war Samstags um 11.45 Uhr.

Muttern wartete dann bereits vor dem Schultor, damit ich nicht auf dem Heimweg trödelte. Im Eiltempo ging es nach hause, wo schon mein Vater und mein quengeliger Bruder auf mich lauerten. Dort brauchte ich nicht viel mehr, als meinen Schulranzen ab zu werfen, nebenbei drei Löffel schon halb kalte, weil, es musste ja schnell gehen, Suppe in mich hinein schaufeln und schon standen wir um 12.02 Uhr an der Straßenbahnhaltestelle.

Mit der 63 bis zum S-Bahnhof, der einige Zeit lang Landsberger Allee und irgendwie auch mal Leninallee hieß. Wir mussten die S-Bahn genau um 12.17 Uhr nach Oranienburg bekommen. Eine S-Bahn später, hieße, in Birkenwerder eine dreiviertel Stunde warten und in Falkenhagen zusätzlich umsteigen. Ich hetzte mit, weil man in Falkenhagen über eine extra Brücke zum anderen Bahnsteig musste und das alles nur wegen einer Station, denn wenn man die S-Bahn um 12.17 Uhr bekam, stieg man zwar gleichfalls in Birkenwerder in den Doppelstock, Taktzeit eine Stunde, um, der fuhr aber nach Falkensee durch, der andere fuhr dagegen nach Potsdam, weshalb man da dann in Falkenhagen nach Finkenkrug umsteigen musste.

In Finkenkrug hieß es dann nochmals den Zug wechseln und zwar in den „Schwarzen" nach Nauen. Finkenkrug hatte damals noch einen, bereits vor dem Krieg auf S-Bahnniveau angehobenen Mittelbahnsteig. Nach dem „Endsieg" sollte dereinst die S-Bahn von Spandau aus kommend bis Nauen verlängert werden, Bauvorbereitungsmaßnahmen dafür gab es bereits während des Krieges. Die S-Bahn schaffte es aber ab dem 14.August 1950 von

Spandau nur bis Falkensee und nach dem Mauerbau wurde dieser Abschnitt der elektrifizierten S-Bahn eingestellt. Gleichwohl galt bis nach Nauen dennoch der Berliner S-Bahn-Tarif. Die Fahrkarte nach Brieselang kostete ab Landsberger Allee siebzig Pfennige, Preisstufe 4, für Kinder die Hälfte.

Die sonntägliche Rückfahrt nach Berlin war entsprechend. Von uns Kindern wurde im Garten, oft im aufblasbaren Planschbecken, in aller Eile eine dicke Borke Dreck abgekratzt, ich weiß dass dabei dann auch schon mal eine nasse Tapezierbürste zum Einsatz kam, dann hieß es im Laufschritt die gut zwanzig bis fünfundzwanzig Minuten Weg bis zum Bahnhof zurück zu legen. Die eine Station „im Schwarzen", lohnte sich hinsetzen nicht, erst ab Finkenkrug, falls man nicht auch auf der Rücktour wieder in Falkenhagen zusätzlich umsteigen musste. Aber von da an hieß es bis Birkenwerder im Oberdeck des Doppelstock sitzen. Mit seinem typischen „klack-klack-klack - bamm-bamm-bamm" während die Wagen über die Schienenstöße flitzten, zwischen den einzelnen Waggons hatten diese Züge drei Achsen, sind mir diese Fahrten noch in guter Erinnerung.
In Birkenwerder wurde es dann, gerade an den Herbstwochenenden in der S-Bahn oft mehr als kuschelig. Jeder schleppte Spankörbe, Kiepen, Rucksäcke mit frischem Obst und Gemüse. Es roch nach kaltem Rauch, Fisch, weil die Züge der S-Bahn an ihrem Endbahnhof in Oranienburg neben einer Pharmaziebude abgestellt wurden deren Ausdünstungen nach ranzigem Fisch rochen, den Fäkalien der Rieselfelder, altem Männerschweiß,

frisch geschlachtetem Kleinvieh, frischen Beeren, Gemüse und vollen Babywindeln. Zwischen Spankörben, Rucksäcken, Kiepen, kleinen und großen Kindern und viel zu vielen Erwachsenen standen einzelne Fahrräder und Kinderwagen. Von Schönfließ bis Blankenburg hatte die S-Bahn kein separates Gleis, sondern sie fuhr mit auf den Fernbahngleisen zwischen D-Zügen aus Rostock und Güterzügen nach Dresden, auf der wichtigsten DDR-Nord-Süd-Bahnachse. Das extra-S-Bahngleis kam erst ab 1982, der Zwischenhalt in Mühlenbeck/Mönchmühle auch. Davor siebzehn Minuten lang kein Halt. Ich liebte meine „lange Strecke", auf der die alten Züge, meist ein Wagengemisch aus vorn und hinten je einem Viertelzug Bauart Wannseebahn, die beiden Mittelviertel je Bauart Stadtbahn mit ihrem mittigen Frontlicht und den beiden nach oben über das Dach hinweg abstehenden Rücklichtern (die Bauart Wannseebahn hatte dagegen zwei Frontlichter und gleich darunter die Rücklichter), endlich mal zeigen konnten, was noch in ihnen steckte und sie abschnittsweise auch mal „Vollgas" mit 85 km/h fuhren. Man schaukelte vorbei an Rieselfeldern, Hühnerfarmen, einer Entenzucht, Wäldchen, Feldwegen. In Heinersdorf sah man die Straßenbahn, für mich waren wir somit wieder in Berlin angekommen. Etwas gruselig wurde es dann immer nochmal zwischen Pankow und Schönhauser Allee, wenn man durch das Grenzgebiet fuhr und durch die Zugfenster (noch bis in die achtziger Jahre hinein) in den Westen kieken konnte.
Ab September 1975 hatte dann auch unsere Familie ein Auto, einen Trabant. Davor, so ab 1969 war es,

hatte Vaddern schon so ein Moped, einen „Sperber", mit dem er immer zur Arbeit und auch nach Brieselang vor fuhr. Manchmal nahm er mich darauf auch mit. Etwa auf halber Strecke machten wir vor einem Modell-Bastelladen in Hennigsdorf immer eine Pause.

Ich mochte diese Fahrten als Sozius nicht. Zum einen tat einem nach anderthalb Stunden, so lang brauchten wir etwa nach Brieselang, der Arsch von der harten Sitzbank des Mopeds weh, zum anderen, weil Muttern ja dann nur mit meinem Bruder fuhr und gut zweieinhalb Stunden für die Strecke benötigte, und ich somit eine ganze Stunde lang mit meinem Vater allein war.

So also die Ausgangslage. Eigentlich bin ich gar kein Großstädter.

Das mit Krakow hing wie folgt zusammen.

Ich bin mit einem Zweig wirklich ein Urberliner.

Mein Opa von Vadderns Seite kam in den zwanziger Jahren aus Hamburg nach Berlin als Handwerksgeselle getippelt. Von ihm ist mein Nachname. Und auch die mündliche Überlieferung aus der Familie, immer von Vater zu Sohn weiter gegeben, dass in unsere Familie mal ein großer Fürst gelebt hat, der beim germanischen Stamme der Wandalen eine Rolle spielte.

Ich hielt diese familiäre mündliche Überlieferung immer für Quatsch, bis ich vor einigen Jahren mal im Internet recherchierte. Auch meine Tante, Vadderns Schwester und meine Cousine kannten Opas mysteriöse Geschichte. Nach all dem, was ich durch jahrelange Recherche erfahren habe, kann es als nicht ganz ausgeschlossen gelten, dass einer meiner Vorfahren Wandalenkönig Geiserich war, Geiserich (Genserich, Gaiserich, bedeutet „Speerfürst"; * um 389; † 25. Januar 477 in Karthago) war König der Vandalen von 428 bis 477 und Gründer das vandalischen Königreichs in Afrika. Wenn man bedenkt, dass damit meine Familiengeschichte älter ist, als der Islam, dass das Volk vernichtend geschlagen wurde und es auch noch zwei Lautverschiebungen im germanischen Sprachraum gab, dass Aufzeichnungen nur unvollständig und schlecht geführt, teilweise durch Kriege, Eroberungen und Pestilenz vernichtet wurden, bleibt eigentlich nur noch eine fünfzig/fünfzig-Chance, dass daran etwas Wahres dran ist. Also bin ein Urberliner Wandale? Opa verstarb 1984. Seine Frau, Oma Hedwig, verstorben 1962, kam aus der Altmark, aus Havelberg, dort wo die Havel in die Elbe mündet.

Von dem Zweig mütterlicherseits weiß ich etwas mehr. Die Eltern meiner Uroma, meiner „Tick-Tack-Oma" lebten schon in Berlin und deren Eltern auch, so dass ich davon ausgehe, dass meine Vorfahren schon vor der Reichsgründung 1871 in Berlin lebten. Frau Beck aus Berlin heiratete nach 1890 einen Herrn Beckmann aus Berlin. Meine Uroma kam als zweites Kind dieser Familie am 18.September 1899 in Berlin als Else Beckmann zur Welt. Ihre Schwester, „Tante Friedchen" lebte bis zum Mauerbau 1961 an der Ecke Bernauer Straße / Swinemünder Straße, das ist die Ecke, an der dann nach dem 13.August 61 noch die Leute aus den Hausfenstern in die Sprungtücher der Weddinger

Feuerwehr sprangen, um noch in „den Westen" zu flüchten. „Tante Friedchen" wurde nach dem Mauerbau mit vielen anderen Anwohnern der Bernauer Straße zwangsumgesiedelt. Ich hab kaum noch Erinnerungen an sie, denn sie verstarb Mitte der 70er Jahre.
Tick-Tack-Oma erzählte immer wieder mit Freuden, wie sie als Kind und junges Mädchen noch am Hofe des Deutschen Kaiser's im Chor gesungen habe. Das muss 1913 gewesen sein.

Am Ende des Ersten Weltkrieges lernte sie einen jungen Mann aus Kiel kennen, mit dem sie, nach der Gründung Groß-Berlins, einen Laden in der Hohenschönhauser Berliner Straße 72 aufmachte. Der besagte Laden, den ich obenhin erwähnte. Es war ein „Bonbonladen" in dem sie selbst hergestellte Zucker- und Süßwaren verkauften. Ich kenne noch die Erzählungen von den in einer kleinen Werkstatt im Hinterhaus selbst hergestellten Schokoladenweihnachtsmännern und –osterhasen, bei denen die nicht verkauften Exemplare wieder eingeschmolzen wurden. Gerade für einen Süßwarenladen muss die Zeit des Zweiten Weltkrieges und die Zeit danach, in der es an Rohstoffen für genau diese Waren mangelte, sehr, sehr schwer gewesen sein. Tick-Tack-Omas Mann, mein Uropa, verstarb noch 1953, sie selbst erst 1982. Aus dieser Verbindung gingen zwei Kinder hervor, meine Oma, geboren 1920, gestorben auch 1982, ein Vierteljahr vor ihrer Mutter und mein Großonkel 1929, Gerhard der erste, der zum Zeitpunkt des Schreibens dieses Textes hier,

16.April 2011 und auch zum Zeitpunkt der Korrektur im April 2019 noch lebt.

Diese Oma lernte ende der 30er Jahre einen gewissen Rolf Kuschnerus kennen. Auch dieser Familienzweig kam aus Berlin und zwar aus der Gegend um die Uhlandstraße in .... was ist das da? Charlottenburg/Wilmersdorf? Auch die lebten da schon lange. Dessen Mutter, die „West-Tick-Tack-Oma" verstarb, soweit ich weiß, so um 1977 herum.

Gemeinsam mit meiner Oma ging ende 1939 mein Opa Rolf, ein strammer Nazi, der nach einer fehlgeschlagenen Nasennebenhöhlenoperation auf einem Auge blind war, in die von der Wehrmacht eroberten neuen Ostgebiete in die Nähe von Danzig. Sie wohnten in Gossenthin bei Neustadt / Ostpreußen. Dort wurde 1943 meine Mutter geboren. Was mein Opa da genau war, weiß ich nicht. Meine Mutter sagte immer, er sei dort wohl Bürgermeister oder Polizeichef gewesen. Auf Grund seiner Sehbehinderung diente er nicht in der Wehrmacht. Wenn ich mir die Bilder von ihm, die meine Oma noch hatte, ins Gedächtnis zurück rufe, sehe ich ihn nur in frisch gebügelter SS-Uniform. Als die Sowjetarmee ab Jahresbeginn 1945 in Ostpreußen einrückte, flüchtete meine Oma mit meiner damals zweijährigen Mutter und einer weiteren Tochter, Gisela, einem Neugeborenen. Sie kamen erst in Danzig bei Bekannten unter, flüchteten aber weiter und wurden von polnischen Partisanen für viele Tage gefangen genommen. Während der Zeit wurde meine Oma wohl mehrfach vergewaltigt und das Baby, Mutterns Schwester, verhungerte. Was aus Omas Mann wurde, wusste damals niemand. Ille-Oma (Ilse Kuschnerus) wartete viele Jahre auf ihn. Sie nutzte nach dem Krieg alle möglichen ... und üblichen Fahndungsmittel. Erst 1977 bekam sie Post vom Deutschen Roten Kreuz, dort vom Suchdienst, mit einem Foto vom Grab ihres Mannes in, ich glaube Kopenhagen liegt er. Klar, woher ich meinen Vornamen habe, vom verschollenen Mann meiner Oma.

Erst viele Jahre nach dem Tod meiner Oma, es muss ende der 90er gewesen sein, bekamen wir dann auch mal Kontakt zu einem älteren Herrn, der die letzten Feldpostbriefe, die Opa Rolf noch geschrieben und abgeschickt hatte und die meine Oma auch noch bekam und in ihrem Nachlass verwahrte, in dieser alten deutschen Handschreibschrift verfasst, lesen und uns somit mal vorlesen konnte.

Nach all dem, was ich behalten habe, ist Opa Rolf wohl noch zwei Tage in Gossenthin geblieben und erst, als er die Kanonen der sowjetischen Panzer auf das Dorf zurollen sah, ist wohl auch er in Richtung Danzig geflüchtet. Da aber war der direkte Weg nach Danzig für ihn schon abgeschnitten und er nahm einen großen, mehrtägigen Umweg entlang der sich immer weiter in Richtung Westen zurück ziehenden deutschen Front. Er muss meine Oma in Danzig nur um Stunden verpasst haben. Als eingefleischter Nazi und strammer SS-Mann gelangte er aber dann noch irgendwie auf das an diesem Tag aus Danzig auslaufende KdF-Schiff Gustloff und ist bei der legendären Torpedierung des Schiffes mit der Gustloff wohl abgesoffen.

Ille-Oma landete schließlich Anfang Juni 45 in Berlin bei ihrer Mutter, Tick-Tack-Oma. Erst lebten sie alle gemeinsam in der Ladenwohnung, später dann bekam sie im selben Haus, dritte Etage, Mitte, Gemeinschaftsklo auf halber Treppe, ihre eigene Wohnung mit Zimmer und Küche. Von ihren Fenstern aus konnte man immer herrlich auf das Gehöft, auf dem wir ab 1961 auf der anderen Straßenseite wohnten, hinein blicken. Da mein Vater im Herbst 1962 zu seinem anderthalbjährigen Grundwehrdienst, bis zum Mai 64, zur NVA musste, bürgerte es sich so ein, dass Ille-Oma, sie arbeitete bis zur Rente im Finanzamt des Berliner Magistrats in der Klosterstraße, so lange wir dort wohnten, jeden Abend auf einen kurzen Abstecher bei uns vorbei kam. Erst als wir dann in die Freienwalder Straße zogen wurde daraus ein wöchentlicher Besuch. Ille-Oma kam dann jeden Mittwoch zum Abendbrot.

An dieses Finanzamt in der Klosterstraße, direkt an der Spree, in dem meine Oma arbeitete kann ich mich noch sehr gut entsinnen. Es hatte einen Paternoster, den ich als Kind, wenn wir Oma da besuchten, total spannend, aber auch ein wenig unheimlich fand. Ihr Büro war relativ groß, hatte ein Telefon und ihre beiden Schreibtische- und Stühle standen etwas erhoben auf einem Podest, umzäunt von einem Geländer. In einer Ecke ein weiterer Tisch mit Blumen darauf und zwei weiteren Stühlen. Sie waren, so damals ihre Aussage, die einzigen beiden Personen, die in ganz Ostberlin, Zitat Ille-Oma: „Steuersünder verknackten." Das Finanzamt kontrollierte wohl insgesamt gerade die wenigen privaten Firmen sehr stringent. Ihr Arbeitskollege war ein Herr Gerhard Dobrunz, der Gerhard 4. Er und seine Frau Else, „Tante Elschen", waren durch den Krieg, warum auch immer, kinderlos geblieben. Meine Oma und dieser Herr Dobrunz mochten einander wohl sehr, sie kamen als Arbeitskollegen sehr gut miteinander aus und das Ehe-Paar Dobrunz wurde recht bald Teil unserer Familie und Tante Elschen meine Patentante. Sie spielten an vielen Wochenenden in deren Garten in Karlshorst gemeinsam Skat und unternahmen viel miteinander. So kann ich mich beispielsweise an eine mehrtägige Busreise mit den dreien nach Prag im Jahre 1969 erinnern, oder an die gemeinsamen Maiferien nach Möllensee, Grünheide oder Arendsee. Onkel Gerhard verstarb in den 90er Jahren, danach zog Tante Elschen, noch immer Teil unserer Familie, aus deren gemeinsamer Wohnung in der Schivelbeiner Straße am Prenzlauer Berg aus und in ein Seniorenheim nach Tegel, direkt hinterm Flughafen, um, in dem sie, ich glaube 1998 verstarb.

Mit Krakow hatte es folgende Bewandtnis. Als Tick-Tack-Oma am Ende des Ersten Weltkrieges ihren Mann kennenlernte, kam der wohl gerade aus seiner Heimatstadt Kiel. Es waren dort vier Brüder etwa gleichen Alters, vermutlich auch noch mehr Kinder. Tick-Tack-Omas Mann verschlug es, wie gesagt, nach Berlin, einer der Brüder gelangte nach Krakow am See, wo er eine Bäckerei gründete, ein weiterer Bruder machte sich in Pruchten sesshaft und eröffnete dort gleichfalls eine Bäckerei und ein vierter Bruder, Onkel Karl, ging „zur See", also zur Handelsmarine, landete aber später gleichfalls in Pruchten. Pruchten liegt am Bodden zwischen Barth und Zingst. Was aus der Bäckereifamilie dort geworden ist, weiß ich nicht. Als wir ab 1976, motorisiert dank Trabi, unseren Sommerurlaub dort machten, existierte die Bäckerei noch, sie war aber nicht mehr im Besitz der Familie. Der Zweig mit dem Seebären Onkel Karl und Tante Lotti vermieteten im Sommer immer ein paar Bungalows dort in Pruchten. Ihre Tochter, Tante Edith, heiratete einen ... Gerhard. Gerhard 3? Gerhard 6? Keine Ahnung. Sie blieben aber, warum auch immer, Kinderlos. Tante Lotti und Onkel Karl sind schon vor vielen Jahren gestorben. Die Zimmer in ihrem Wohnhaus waren so niedrig, dass ich dort immer den Kopf einziehen musste. Es roch dort nach Meer und Tang und Rum und auch nach den Priemstücken (Tabak), die Onkel Karl immer kaute und „in der guten Stube" hingen viele Bilder von großen, stolzen Segelschiffen im Sturm oder es lagen solche Flaschenschiffe auf Schränken und exotische Muscheln und getrocknete Seesterne herum.

Als ich 1999 einmal zu einem spontanen Zwei-Tages-Ausflug mit meinem vierundzwanzig Jahre alten VW-Polo an die Küste aufbrach, fuhr ich auch durch Pruchten. ... Allerdings ohne bei der Verwandtschaft zu halten. Aber die Bäckerei existierte in Pruchten auch damals noch.

Der Zweig, der in Krakow am See gelandet war, um den geht es in meinen „Sommern zwischen Backhaus und See".
Onkel Peter war der Patriarch dieses Familienzweigs. Seine Kinder waren der Cousin und

die Cousinen meiner Ille-Oma. Onkel Peter war schon damals alt.

Er hatte so einen typischen Kaiser-Wilhelm-Schnauzbart, trug auch im Sommer komische geknöpfte lange Unterhosen und Hosenträger.

Er sprach nur Plattdütsch und nuschelte obendrein, weshalb ich ihn nie wirklich verstand und er mir deshalb auch immer ein wenig unheimlich war.

Die Sommer in Krakow hatte ich von 1968 bis 1975 regelmäßig. Ich war dort immer drei Wochen lang mit Ille-Oma, war dann in manchem Jahr bis zu einer Woche allein dort bei der Familie und dann nochmals zwei oder drei Wochen lang mit meinen Eltern dort. Wobei ich während der Zeit mit Ille-Oma direkt bei der Verwandtschaft wohnte, mit meinen Eltern und meinem Bruder hatten wir immer ein von uns bezahltes Zimmer bei Leuten dort im Ort. Mal war ich erst mit Ille-Oma in Krakow und dann übernahmen meine Eltern, mal war es umgekehrt. Auf jeden Fall war ich jedes Jahr zwischen vier und sechs Wochen lang in Krakow. das hieß, fast meine ganzen Sommerferien hindurch, die in der DDR immer mindestens acht Wochen lang dauerten.

Das erste mal waren Ille-Oma und ich bereits im Sommer 1964 dort, beim zweiten mal fuhren wir vor meiner Einschulung.

Genau am 1.Juni 68 zog unsere Familie von dem Gehöft in der Berliner Straße 55 um in die Freienwalder Straße 1. Den Umzug vollzogen wir mit mehreren Touren per Pferdewagen des Fuhrbetriebs vom Nachbargehöft. Ich durfte dabei mit auf dem Kutschbock sitzen und auch mal für fünf

Minuten die Zügel der beiden, da stimmts wirklich, „Gäule" halten.

Es war wohl keine allzu dumme Idee meiner Eltern, mich wenige Tage nach diesem Umzug mit meiner Oma nach Krakow mitzuschicken. So war ich Muttern beim Einräumen der neuen Wohnung wenigstens nicht im Weg. Meinen Geburtstag feierte ich mit meinen Eltern und Ille-Oma in Krakow fast auf dem See. Über das wundervolle Bootshaus mit dem langen Steg werde ich nachher noch ausführlicher berichten.

Ich fand die Aufregung vor einer Reise immer zu aufregend, weshalb ich bis heute eher ein Reisemuffel bin, der seine heiß und innig geliebte Heimatstadt nur höchst ungern verlässt.
Ja, ich liebe Berlin! Habe der Stadt fast alles zu verdanken!

„Iss ordentlich, wasch dich immer richtig, mach keine Dummheiten und höre darauf, was Ille-Oma und alle anderen Erwachsenen dir sagen.", so die üblichen Ermahnungen meiner Mutter, bevor sie mich in die Obhut meiner Oma übergab. Ich denke, ich war sicherlich ein recht pflegeleichtes Kind, sonst hätte ich nicht bei den Krakowern auch mal einige Tage lang allein bleiben können.

Der Beginn der Reise nach Mecklenburg war irgendwie doch recht normal, wenn man von den großen Taschen und Koffern, die wir mitschleppten, absieht.

Straßenbahn bis S-Bahnhof Landsberger, umsteigen in die S-Bahn nach Oranienburg, dann

„die lange Station" zwischen Blankenburg und Schönfließ, ... aber dann wurde es anders, denn in Birkenwerder stiegen wir nicht aus, sondern wir fuhren bis zum Endbahnhof. Koffer schleppen, Treppen runter, Treppen rauf, Fernbahnsteig.

Vorher noch informieren, wir hatten Platzkarten, an welchem Ende des Zuges „unser" Wagen denn zu erwarten sei.

Die Züge, mit denen wir ab Oranienburg oder aus Krakow kommend bis Oranienburg fuhren, waren etwas Besonderes. Es waren sogenannte Interzonen- oder Transitzüge. Sie bestanden aus einem Gemisch von Wagen der Deutschen Reichsbahn der DDR, der Deutschen Bundesbahn der Bundesrepublik und den Mitropawagen.

Der Zug kam meist aus München, mit Kurswagen aus Wien oder von noch weiter südlich, fuhr ab Hof als Transitzug zum Westberliner Bahnhof Zoo und dann von dort aus in die DDR, bespannt ab Hof mit Reichsbahnloks, meist Dampf. Zwischen Oranienburg und Rostock durften diesen Zug DDR-Bürger nutzen. In Rostock wurden die Wagen dann auf die Fähre nach Gedser in Dänemark geschoben und von dort rollte der Zug dann auch noch weiter in den Norden Europas.

Als Kind merkte ich den Unterschied in der Ausstattung der Wagen sofort. Die D.B.er, oft „Silberlinge", waren irgendwie „plüschiger". Die Wagen strahlten eine etwas moderne Vornehmheit und Mondänes aus, im Gegensatz zu den Reichsbahnwagen. Auch den Mitropa-Service, wie ich ihn jedes Jahr aufs neue in diesem Zug kennen lernte, kannte ich sonst nicht. Da wurden Wagen mit

Getränken und einem kleine Imbissangebot an den Abteilen vorbei geschoben, man bekam zum Mittag einen Platz im Zugrestaurant, ohne lange anstehen zu müssen, oder falls man eine Mahlzeit dort im voraus schon reserviert hatte, kam eine Servicekraft zu einem ins Abteil und „gongte" einen mit so einem kleine Handgong zum Essen. „.... Booooiiiiinnng!"
Aber wir aßen selten im Speisewagen. Dazu waren die Strecke zu kurz und das Angebot einfach viel zu teuer.

Durch Fürstenberg fuhren wir wohl nur durch. In Neustrelitz und Waren(Müritz) hielten wir. In Güstrow stiegen wir schon wieder aus. Ich hab keine Ahnung, wie lange wir damals für diese Strecke brauchten, in meiner Erinnerung sind es gute zwei Stunden, aber bei dieser relativ kurzen Entfernung kann es höchstens eine Stunde gewesen sein. In Güstrow stiegen wir um in einen Personenzug, der in die Gegenrichtung fuhr, aber halt auf einer anderen Strecke, einer Nebenbahn, die über den Güterbahnhofknotenpunkt Karow, nächster Ort südlich von Krakow und mindestens zehn Kilometer entfernt und Plau am See Richtung Kyritz führte.
Diesen Personenzug fand ich fast noch spannender, als den West-D-Zug. Er wurde immer von einer Dampflok gezogen und bestand bis in die späten siebziger Jahre hinein noch aus diesen Perron-Wagen, den Personenwagen, die diese offenen Einstiege an den jeweiligen Wagenenden hatten. Um von einem Wagen zum anderen zu gelangen, musste man bei Wind und Wetter über diese offenen „Wagenbalkons" turnen und

eigentlich war der Aufenthalt auf einem dieser Perrons während der Fahrt ja verboten, ... eigentlich. Aber wenn man als Kind schon aufgeregt ist und gucken muss, ob man denn nicht schon endlich bald da ist, da gab es auch bei mir ängstlicher Person kein halten mehr und ich wurde mutig und genoss das Abenteuer, auf dem verbotenen Perron während der Fahrt herum zu stehen, jeden Schienenstoß mitzunehmen, das Fauchen der Dampflok zum Greifen nah zu haben, selbst wenn ich mir dabei ständig irgendwelche Rauchpartikelchen aus den Augen wischen musste, um wieder etwas zu sehen. Da passte einfach alles: der Duft der Landluft, der Qualm der Lok, das Kreischen der Räder in den engen Kurven oder der Bremsen vor einem Bahnhof.
Dabei war es nur Nebenbahn und nicht einmal schnell. Vielleicht dreißig km/h, möglicher Weise auf einigen Abschnitten sogar knapp fünfzig.

Und dann endlich! Die Mühle auf dem Mäkelberg sah man immer schon vom Ort vorher, lang gezogene Kurve, da kam einem die Hausreihe der Krakower Straße entgegen geflitzt, rüber über diese Straße, spätestens da musste man im Wagen schon seine Koffer greifen, an Kleingärten vorbei, bei denen bereits die Bremsen quietschten und schon war man in Krakow am See / Mecklenburg, etwa dreitausendfünfhundert Einwohner damals, im Sommer mit den Feriengästen mindestens zehntausend.

Die Kleinstadt Krakow am See ist „komisch“. Entlang des Sees liegen mehrere Straßen, die

Altstadt, Rathaus und der Markt. Und dann führt eine Straße mit schönen alten Fachwerkhäusern am Bahnhof vorbei fast im Kreis herum und man kann über diese Straße, die viele Abzweige in Nachbardörfer und Gutshöfe hat, wieder zum Markt gelangen. Krakow hat ein Loch in der Mitte. In diesem „Loch" waren der Bahnhof und viele Kleingärten der Krakower. Und die Eisenbahn aus Güstrow kommend fuhr gewissermaßen über diese Ringstraße hinweg. Ich hab mich immer gewundert, warum Krakow dieses Mittelloch hat, bis ich vor wenigen Jahren erfuhr, dass in diesem Loch ursprünglich eine große Ritterburg stand. Nach der Deutschen Einheit profitierte Krakow von diesem Loch in seiner Mitte, weil sich das ganze Gewerbe mit Aldi-Supermarkt und Autohaus, was sich sonst außerhalb der Dörfer befindet, hier nun direkt wirklich mitten in der Stadt ansiedeln konnte. Der alte Marktplatz ist zwar seitdem auch tot, so wie überall auf dem Lande, aber irgendwie scheint es mir, als sei Krakow einfach ein Stück weit besser dabei weg gekommen.

Der Bahnhof war damals Umschlagplatz für die landwirtschaftlichen Erzeugnisse der gesamten Umgebung und hatte sogar eine eigene Rangierlok, so'ne kleine, schwarze Koef. Nach dem Ende der Deutschen Reichsbahn übernahm die DB zum 1.Januar 1994 den Betrieb, übergab ihn aber wenige Jahre später an die PEG, die Prignitzer Eisenbahn, die aber selbst den Verkehr kurze Zeit später, ich glaube so um 2003 herum, einstellte. Wie lang Personenverkehr auf der Strecke durchgeführt wurde, weiß ich nicht und auch nicht, ob man diese Nebenbahn noch jemals reaktivieren wird. Wahrscheinlich eher nicht. In den Sommern meiner Kindheit war der Bahnhof mit mindestens noch fünf weiteren Rangier- und Abstellgleisen, gut in Betrieb und selbst Nachts konnte man gelegentlich im Ort diese typischen Rangiergeräusche hören. Riesige Getreidesilos standen an den Hängen der Güterabfertigung gegenüber dem Bahnhofsgebäude mit der Passagierabfertigung.

Wenn der Zug in den Bahnhof einfuhr, standen Ille-Oma und ich an ihrer Hand, schon auf dem Perron mit unseren Koffern.

Vier Jahre waren vergangen, seit ich das letzte mal in Krakow gewesen war. Da war ich ja noch ein Kind. Nun, 1968, mit fast sieben, war ich ja fast schon ein Erwachsener. Ich konnte mich an nichts mehr erinnern. Einzig der große, schwarze Hund war in meinem Gedächtnis haften geblieben. „Bona", so hieß der Riesenschnauzer, war ja damals fast so groß, wie ich und so hielt ich meine Angst vor dem „großen" Hund nicht für unbegründet.
„Bona beißt nicht.", redete ich mir schon seit Tagen vor unserer Reise und auch laufend während unserer Fahrt aus Berlin, ein. „Bona beißt nicht. Bona beißt nicht, Bona beißt nicht. ... ..."

Als Ille-Oma und ich aus dem Wagen kletterten, spätestens da blieb dann naturechter Reichsbahndreck an mir kleben, warteten vor dem Bahnhofsgebäude schon Leute mit einem Hund.

Der große, schwarze Riesenschnauzer war gar nicht mehr sooo groß. Dennoch war das erste, was ich auf dem Bahnhof machte, mich neben den Hund zu knien und laut, vor allem, um mich selbst zu beruhigen, zu verkünden: „Bona, stimmts, du beißt nicht!" Es war Samstag später Mittag oder früher Nachmittag, auf jeden Fall Kaffeezeit. Die Bäckerei hatte garantiert schon zu. Onkel Ka-Fiddie (Karl-Friedrich) und Astrid halfen uns bei dem Gepäck. Auf dem Bahnhofsvorplatz stand das Auto, ein echter, metallic grüner Wartburg-311-Kombi mit wundervollen Heckflossen.

Die Fahrt dauerte nicht lang und war für meine Begriffe definitiv zu kurz. vielleicht fünfhundert Meter, ein knappes Viertel Krakowumrundung.
Vor dem Haus hatte man schon Aufstellung genommen. Für mich war das wichtigste Kennzeichen die große, gelbe, offenbar metallene Brezel, die als Innungszeichen quer zum Gehweg an einem kunstvoll geschmiedeten Stahlbügel über der Eingangstür des Ladens hing. „Bis zur Brezel musste, wenn du dich hier mal verläufst!", prägte ich mir ein.
Vor der Haustür standen, ein wenig wie das Personal bei einem Staatsbesuch, Tante Hannemie (Hanna-Maria), nach Ille-Omas Cousin Onkel Ka-Fiddie nun die erste Cousine und Tante Lottie (Charlotte), die zweite Cousine, die geistig wohl ein wenig zu sehr Kind geblieben war, dann Tante Eeka (Erika) und Onkel Peter mit seinem Kaiser-Wilhelm-Bart.
Es ging hinein ins Haus. Ich blieb dicht bei Bona, die mich zu meinem Glück noch immer nicht

gebissen hatte und der ich deshalb allmählich vertraute, in dieser ansonsten für mich fremden Umgebung, unter so vielen fremden Menschen. Bona, die nichtbeissende, kannte ich dagegen nun schon.

Es ging zuerst in die „Gute Stube". Für mich als Großstadtgöre waren solche Raumaufteilungen fremd. Man betrat den Hausflur, nach rechts war die Tür zum Laden, nach links die während der Ladenöffnung abgeschlossene Tür zum „normalen" Wohnzimmer. Nach einer weiteren Tür im Hausflur dann rechts die Tür zum Backhaus, geradeaus etwas rechts ging es hinaus zum Hof, geradeaus etwas links führte eine steile Treppe in die oberen Etagen. Durch die Tür links, also genau der Tür zum Backhaus gegenüber und parallel zum „normalen" Wohnzimmer, kam man in eine große Küche. Dahinter schloss sich ein großer Raum an, indem alle gemeinsam, auch die Angestellten der Bäckerei, immer ihre Mahlzeiten an einem riesigen großen Tisch einnahmen. Von dort aus, aber auch von dem an der Straße gelegenen „normalen" Wohnzimmer gelangte man in die, gleichfalls an der Straße gelegene „Gute Stube".

Eine Etage darüber die gleiche Einteilung. Von der Treppe im Hausflur konnte man erst in eine kleinere Küche, das war die Wohnung von Onkel Ka-Fiddie, Tante Eeka und Astrid, gehen, dahinter ihr Schlafzimmer, weiter, durch die Schlafzimmertür links kam man an der Straßenseite dann in die obere „Gute Stube" und wieder zum Hausflur hin an der Straße deren „Alltagswohnzimmer".

Ein erster Tag an einem fremden Ort ist für Kinder immer nur furchtbar. Man kennt keinen! Ja, die Erwachsenen sind ja alle nett zu einem, aber wenn man dann noch „irgendwie süß" ist und das muss ich damals wohl mit meinen strohblonden Löckchen auch gewesen sein, wird man von allen möglichen Leute auch noch geknuddelt und das hasste ich, wie die Pest.

Und ständig gingen einem die Ermahnungen von Muttern durch den Kopf: sitze beim Essen gerade, benutze Messer und Gabel, schmatz nicht, sei nicht frech, gehorche, tu, was man dir sagt, wasch dich ordentlich, iss was auf den Teller kommt, wasch dir gelegentlich auch mal die Hände, mach dich nicht schmutzig, sei artig ... ...

Nur große Erwachsene um einen herum, die sich zwar untereinander, aber nicht mich kennen.

Erster Tagesordnungspunkt nach der Begrüßung war das allgemeine Kaffee trinken. Ich durfte am Tisch gemeinsam mit den Großen sitzen, denn die mir vom Alter her am nächsten stehende Person war Astrid und die war auch schon zehn Jahre älter als ich.

Kaffee trinken war langweilig. Ich bekam gesüßten Malzkaffee, das ging noch. Dann Kuchen, Torte, Schwarzwälder Kirsch mit viiiiel Buttercreme! In mir keimte Hoffnung! Wir sind bei Bäckersleuten untergekommen. Ob ich da täglich ganz, ganz viel Kuchen essen darf?

Als dann irgendwann das gute Meißner abgeräumt war, ging es ans „ankommen". Ille-Oma und ich wurden in die erste Etage geleitet. Links neben der

Treppe durch eine Tür. Da standen irgendwelche weißen Möbel und auf denen bunt gehäkelte Tischdeckchen mit Porzellanfiguren drauf. Dann weiter rechts in ein Zimmer. Großes Bett an der Wand, in dem Onkel Peter schlief. Dann eine Klappcouch für Ille-Oma und direkt an der Tür so ein Feldbett für mich. Alles roch nach frisch gestärkt und frisch gebügelt. Aber der Raum an sich war eingerichtet, wie einer Ende des 19.Jahrhunderts.

Nun schnell mal alles auspacken und auf der Kommode wurden meine Sachen und mein Koffer geparkt. „Ille-Oma, ich muss mal!" „Aber Junge, du warst doch schon im Zug zweimal!" Ich wusste damals noch nicht, wie ich mich ausdrücken sollte, denn eigentlich war ich im Zug nur deshalb dort, weil ich mal wissen wollte, wie so ein Klo im Zug überhaupt aussieht. Eine S-Bahn hatte ja keins!

„Ille-Oma, ich muss wirklich!"

Raus aus der Tür, mit Onkel Peter an der Hand den kleinen Korridor lang, durch eine Kammer, in der Nachts Tante Hannemie schlief hindurch und dann das Klo.

„Kann ich aber alleine, Onkel Peter. Brauchst nicht hier drin zu warten!"

Ich staunte! Ein voll gefliestes Bad hatte ich bis zu diesem Zeitpunkt noch nie gesehen! Und auch aus heutiger Sicht war es, zur damaligen Zeit, purer Luxus.

Mit dreimal bei Onkel Peter nachfragen, weil ich ihn einfach nicht verstand, erfuhr ich, dass man heute aber kein warmes Wasser hätte, weil das Backhaus schon aus sei.

Was das eine mit dem anderen zu tun hätte, war mir zu diesem Zeitpunkt noch nicht klar. Die Erleuchtung kam erst einige Tage später, als ich die Zusammenhänge begriff.

Das Bad lag auf einem Teil des Ofens der Bäckerei. Wenn man buk, erwärmte sich auch das Bad und wenn man dieses morgens betrat, hatte man an den Füßen angenehm warme Kacheln, wie bei einer Fußbodenheizung. Das Warmwasser für das Bad wurde dem Backofen quasi abgezweigt. Also hatte man von Samstagmittag bis Montagabend, wenn man nicht buk, kein Warmwasser.

Nachdem Ille-Oma und ich uns eingerichtet hatten, wurde mit uns noch ein richtiger Rundgang durchs Haus gemacht, durch den Wohntrakt, damit besonders ich wusste, wo ich überall NICHT hinein durfte. Dann ging es ums Haus herum. Neben der Stiege in die oberen Etagen, ganz oben, in der zweiten Etage unter dem Dach wohnte wohl eine Frau zur Miete, ging es hinaus auf das Gehöft.

Ich staunte Bauklötze!

Sofort umstreiften ein halbes Dutzend süßer Miezekatzen meine Beine. Katze kannte ich vom Nachbargrundstück in Brieselang. Frau Förster hatte eine „Minka". Dann gab es viele Hühner. Auch die kannte ich aus Brieselang. Bona war plötzlich auch an meiner Seite. Dann ein großer Misthaufen, auf dem die Hühner scharrten, links glaub ich waren irgendwelche Vorratsräume und ein Plumpsklo. Rechts wurde der Hof vom Backhaus begrenzt. Nach hinten waren Stallungen. In diesen wiederum echte, lebende Schweine. Vor denen hatte ich gehörigen Respekt, denn sie waren groß, dick und fett und sie erschienen mir plump. Und auch den Geruch fand ich gewöhnungsbedürftig. Genau so roch der Zentralviehhof, der sich dem S-Bf. Landsberger Allee fast gegenüber befand und auf dem man an Samstagen arme Schweine beim entladen aus den Güterzügen in Todesangst quieken hörte.

In einem Teil dieser Stallungen gab es ein Waschhaus mit richtiger Waschmaschine. Im Jahr 1968 stand so ein Gerät noch nicht in jedem DDR-Haushalt, aber wir zu hause hatten schon eine, die gute und legendäre WM 66. Dann weitere Stallungen und eine große, überdachte Tordurchfahrt zu einem Weg hin, der im rechten Winkel von der Straße vorn ab ging und hinten in durch Zäune abgeteilte Gemüseparzellen endete, und irgendwo dahinter erahnte man die Bahn.
Fasziniert war ich von dieser Tordurchfahrt zum Hof, weil die Überdachung bis zur oberen Etage des Hauses hinauf ging und dort Brennholz gelagert war. Das ganze kam mir vor, wie ein Fort im Wilden Westen.
Interessant fand ich auch den dunklen Gang, der Schweinestall und Waschküche räumlich gut trennte und zwischen ihnen hindurch ging, Am anderen Ende stand man in einem großen Gemüsegarten und dahinter erahnte man wieder die Bahn.

Damit verging die Zeit und als Ille-Oma, Onkel Ka-Fiddie und ich nach der Besichtigung wieder zurück kamen, gab es bereits Abendessen.
„Moogst du ook Fisch?", fragte mich Tante Lotti. Ich sah Hilfesuchend Ille-Oma an. „Mag ich Fisch?" Ille-

Oma nickte. „Probier mal. Aal ist lecker und hat nur eine eine Gräte in der Mitte."
Gebratene Aalstücken erkor ich fortan zu meinem zweiten Lieblingsessen gleich nach Schwarzwälder Kirschtorte!

Nachdem nun alle getafelt hatten und die Erwachsenen zu rauchen und Bier und Schnaps zu trinken begannen, ... iiih-gitt, wie widerlich! ... musste ich mich bereits bettfein machen, also waschen, Zähne putzen, Schlafanzug an, dann allen „Gute Nacht" sagen, wobei man mich nochmal ordentlich knuddelte und dann wurde ich durch Astrid in das obere „Alltagswohnzimmer", das ich bis dahin noch nicht gesehen hatte, begleitet.
Darin stand ein Fernseher! Das fand ich toll! Wir hatten zu hause nämlich noch keinen Fernseher - er sollte erst in einem halben Jahr, zum Weihnachtsfest 1968 kommen, aber das wusste ich zu diesem Zeitpunkt noch nicht ... und meine Eltern sicher genauso wenig.
Mit Astrid als Aufsichtsperson durfte ich den Sandmann sehen.

Na das konnte ja noch ein toller Urlaub werden. Langsam wurde ich neugierig!
Jeden Tag Schwarzwälder Kirschtorte und leckeren toten Fisch, jeden Abend das Sandmännchen im Fernsehen und eine Bona, die garantiert nicht biss.
Und all das brauchte ich nicht mal mit meinem doofen Bruder zu teilen!
Wahrscheinlich war ich im Himmel oder zumindest schon im Paradies!

Ich erwachte am nächsten Morgen ganz früh. ... Also es muss früh gewesen sein, denn es war draußen schon hell und die Erwachsenen schliefen noch. Alles war ganz ruhig, bis auf Ille-Omas Schnarchen. Es war zu ruhig für mich!

Wahrscheinlich war ich deshalb in der Nacht ständig aufgewacht, weil ich diese Ruhe nicht kannte. Zu hause war immer Straßenlärm zu hören, auch Nachts fuhr ja die Straßenbahn. Hier aber, diese absolute Stille, kannte ich nicht.

Eine große, hängende Pendeluhr ließ mit lautem „Tick ... ... Tack .... Tick ... . Tack ... . " die Zeit kaum vergehen.

Ich drehte mich von der Seite auf den Rücken und schnaufte laut. Dabei verging aber die Zeit auch nicht und niemand wurde davon wach. Onkel Peter, Ille-Oma, Tante Lotti schliefen weiter.

Das Bettzeug roch noch nach frischer Wäschestärke und war hart. Ich starrte an die Decke - ... ... tick... ... ... tack ... ... - eine farbige Bordüre grenzte Deckenbereich von Wand ab. Das Zimmer sonst weiß gestrichen. Etwas unaufdringlicher Stuck in den Ecken, kleine Engelein, die einen in den Schlaf wiegen sollten.

... tick ... ... tack ... . tick ... ...

Auf der Straße vor dem Fenster war nicht ein Auto zu hören. War es etwa noch so früh?

Wenn ich in diesem Alter schon die Uhrzeit von einer Uhr ablesen konnte, dann war mir sicher nicht bewusst, was sie bedeutete.

War halb sieben an einem Sonntag „zu früh" oder durfte ich schon aufstehen?

... tick ... tack ...

Von irgendwo begann ein Hahn laut zu krähen. Das Krähen pflanzte sich fort, kam näher, wurde von weiteren Hähnen aufgegriffen und verebbte schließlich in der Ferne. Ich drehte mich wieder auf die Seite und starrte ins Zimmer hinein. Ob ich wohl aufstehen dürfte? ... ... tick ... tack ... tick .. tack ...

Ungewohnte Geräusche. Irgendwo balgten sich zwei Katzen und ein Pferd wieherte, dann wieder ein Hahn, der zu krähen begann und der offenbar alle Hähne in der Umgebung ansteckte, bis auch das wieder verebbte. Vogelgezwitscher vor dem Fenster. ... tick ... tack ... tick ...

Die Stuckengel hingen noch immer in den Fensterecken. .. tick ... tack ...

Von irgendwo bellte ein Köter. Auch dieses Bellen pflanzte sich fort, näherte sich unaufhaltsam, kam einmal ganz eindeutig aus unserem Haus und verebbte schließlich in der Nachbarschaft.

Das musste gereicht haben, um bei Ille-Oma zumindest für ein paar Schnarchaussetzer zu sorgen.

Flugs war ich bei ihr am Bett. Diese Gelegenheit konnte ich mir nicht entgehen lassen!

„Ille-Oma ... biste schon wach?", schüttelte ich sie. Noch ein Schnarchaussetzer! Ich schüttelte nochmal. „Ille-Oma, biste denn jetzt endlich wach?"

Ein offenes Auge blickte mich verschlafen an.

„Junge, ist erst halb sieben und ich hab Urlaub."

„Aber ich bin doch schon ganz lange wach.", flüsterte ich.

„Ist doch noch niemand sonst auf. ... was willste denn machen?", kam es verschlafen.

„Na Bona ist doch schon wach. Die hat gerade gebellt."

„Hunde bellen öfter, auch mal einfach nur so im Schlaf."

„Mh", machte ich. „Aber, Ille-Oma, ich bin doch schon so lange wach."

Sie hatte jetzt beide Augen auf.

„Na, dann gehste schon mal ins Bad, pullern, Zähne putzen und waschen und spiel nicht so viel mit dem Wasser."

Das klang wie eine Aufforderung, ja recht viel mit dem Wasser zu spielen. Ich griff mir die „Kulturtasche", von der Ille-Oma gestern Abend noch gesagt hatte, es sei meine, zog leise meine Hausschuhe an und verließ auf leisen Sohlen, Dielen knarrten, Tür quietschte, den Raum. Die Pyjamahose glitt allmählich über meine Lenden. Ich hasse Pyjamas bis heute! Nachts kneifen sie im Gemächt und unter den Armen und beim Weg ins Bad rutscht die Hose! Wenn ich allein bin, schlafe ich meist nackt .... aber das ist ein anderes Thema und hat nun überhaupt rein gar nichts mit Erotik zu tun. Ganz im Gegenteil... .

Mit dem Wasser im Bad zu spielen, machte überhaupt keinen Spaß, denn es war eisekalt. Aber ich wusch mich dennoch, tapfer und ordentlich, überall dort, wo ich wusste, dass ich mich da zu waschen hatte.

Eine Überraschung erlebte ich, als ich das Bad wieder verließ, denn in der Kammer vor dem Bad hatte bis eben noch Tante Hannemie gelegen und war nun schon fort.

In „meinem" Zimmer schlurfte, als ich es betrat, schon Onkel Peter mit herab hängenden Hosenträgern durchs Zimmer und Ille-Oma stand bereits im Morgenmantel parat, um mich in Empfang zu nehmen.

Da es Sonntag war und wir zu Besuch waren, musste ich etwas feinere Sachen anziehen, die ich nicht dreckig zu machen hatte.
Und während Ille-Oma im Bad verschwand, wurde ich nach unten in die Küche geschickt. Da war nun schon Tante Hannemie am werkeln, kochte Kaffee und fütterte mit mir gemeinsam Katzen und Hühner.

Irgendwann, ich hatte schon großen Hunger, gab es Frühstück. Nun nicht mehr in der vorderen „guten Stube", sondern in dem großen Raum hinter der Küche. Nur Tante Hannemie und Tante Lotti, Ille-Oma, Onkel Peter und ich saßen hier. Es gab Schrippen, die hier „Brötchen" hießen und leckeren Blech-Hefekuchen, ganz warm.

Danach zog es sich bis zum Mittag. Astrid war nach dem Frühstück mit Bona plötzlich wieder aufgetaucht und ich begriff, dass sie oben, mit Tante Eeka und Onkel Ka-Fiddie wohnte und sie dort gefrühstückt hatte.

Da mich Bona auch heute noch nicht biss, beschloss ich, sie in mein Herz zu schließen.

Wir jagten Bona ein paar mal den Weg hinter dem Haus entlang, wo ich nun auch die Garage und darin den Wartburg-311-Kombi wiederentdeckte.

Zum Mittag aßen wir wieder getrennt.
Danach musste ich meine feinsten Sachen, die ich mitgenommen hatte, anziehen.
Das war damals auf dem Lande noch so üblich. Nach dem Mittagessen flanierte man in feinster Garderobe durch den Ort und da Ille-Oma und ich die „Gäste aus Berlin" der wichtigen, in Krakow hoch angesehenen Bäckersleute waren, es gab nur noch eine einzige weitere Bäckerei im Ort, mussten wir uns dem anpassen. Aber was da vermutlich hinter geschlossenen Fenstern getuschelt wurde, was da in Krakow alles im Hintergrund abging, begriff ich erst Jahrzehnte später, als ich mit achtundzwanzig Jahren eine „Oberstufenlehrerin" aus dem gut dreitausendseelenort Beetzendorf, mit heute garantiert nur noch der Hälfte der einstigen Einwohner, in Sachsen-Anhalt als Wochenendliebschaft hatte.
Da wusste jeder alles von jedem und genauso wird man uns damals auch in Krakow argwöhnisch beäugt haben, Ille-Oma und mich, die Berliner, sowieso.

Dieser erste Spaziergang war weit. Sehr weit! Mir kam er damals wie Stunden vor, vermutlich wegen der vielen neuen Eindrücke für mich. Realistisch gesehen und viele Jahrzehnte später eigenbeinig ausprobiert, schlägt man in Krakow dreimal lang hin und ist einmal durch den Ort durch, im „berliner

Berufsverkehrseiltempo" vielleicht in maximal zehn Minuten.

Damals war für mich alles eine neue Erfahrung.
Die Fernstraße 103, heute B 103, führte noch nicht auf dieser „Umgehungsstraße", quer durch die leere Mitte von Krakow, sondern die Fahrzeuge fuhren durch die engen Gassen des Städtchens. Das änderte sich irgendwie in den Jahren. Ich weiß, dass es auch in einem Jahr bei uns vor der Bäckerei mal ganz laut war, wegen des vielen Verkehrs, aber schon um 1970/71 herum stand diese neue „Umgehungs"-Straße quer durch den Ort.
Die Historiker aus Krakow werden sich jetzt sicherlich die Haare raufen, was ich hier gerade für einen fachlichen Unsinn verzapfe, denn garantiert war damals alles ganz, ganz anders.

Also für mich als Großstadtgöre aus einer Stadt mit hellen, breiten Straßen, breiten Gehwegen und hohen Häusern war diese Kleinstadt etwas Wunderbares, mit den kleinen, engen, verwinkelten Gassen, mit den äußerst schmalen Bürgersteigen, auf denen zwei einander entgegen kommende Personen kaum aneinander vorbei kamen, mit den tiefen Rinnsteinen, dem buckeligsten Kopfsteinpflaster, das ich je gesehen hatte und mit Häusern, die so klein waren, dass man bei denen fast aus der Regenrinne trinken konnte.
Bis heute assoziiert so etwas für mich „Urlaub".
Damals staunte ich nur.
Das Kino von Krakow, ... sowas hatten die da noch ..., war in einem windschiefen Fachwerkklotz untergebracht. In den Lebensmittelladen auf der

anderen Straßenseite passten kaum zwei Kunden auf einmal hinein und er war dennoch, ganz modern, in Selbstbedienung.

Dann überquerte die Straße die Eisenbahn, da stand richtig noch das Bahnwärterhäuschen, davor die recht dralle Reichsbahnnerin, die die Schranke hoch und hinunter zu kurbeln hatte.

Es ging an der „Mocca-Milch-Eisbar" vorbei, die als Eckhaus an einem kleinen Platz Richtung Marktplatz mündete.

Die Gassen wurden noch enger, so eng, dass es nicht mal mehr einen Bürgersteig gab. Eine weitere, durch die wir gingen, öffnete sich zum See hinunter, von dem es eindringlich nach Schilf, faulem Wasser und geteertem Holz roch. Ich liebe bis heute diesen Duft!

Während diese Gasse auf der linken Seite Richtung See noch mit zwei schmalen Fachwerkhäusern bebaut war, endete sie auf der rechten Seite in einem unbefestigten, sandigen und bei Regen garantiert matschigem Platz, auf dem hin und wieder ein paar Autos abgestellt waren, also so eine Art wilder Parkplatz.

Geradezu die Ried gedeckte Fischerei des Ortes. Der vor uns verlaufende Sandweg auf den wir aus der Gasse kommend stießen, gabelte sich etwa zwanzig Meter links von uns in einen, durch Verkehrszeichen ausgewiesenen Radweg und einen Weg für Fußgänger, beides ordentlich getrennt durch einen Grasstreifen zwischen diesen beiden ausgefahrenen, ausgetretenen Pfaden.

Von der Fischerei aus nach rechts verbreiterte sich dieser Weg in eine etwa dreißig Meter breite und ca.

zweihundert Meter lange Uferpromenade, die am „Seehotel" endete.

Berlin ist zwar irgendwann einmal aus einem Fischerdorf entstanden, aber mehr Bezug zur kommerziellen Fischerei hatte ich damals noch nicht. Ich staunte nur mal wieder Bauklötzer über die großen, aufgespannten Fischernetze, die Teerkübel, die Fischerboote.

Wir steuerten links eine Pforte in einem niedrigen Staketenzaun an. Offenbar gehörte der breite, Rasen bewachsene Uferstreifen, den wir nun betraten, schon noch zum Fischereigelände. Über einen etwa fünf Meter langen und etwa einen Meter breiten Holzsteg gelangten wir zu einer, mit Schilf gedeckten, recht breiten und etwa drei Meter hohen Hütte, die mitten im Schilf lag. Rechts und links zwei kleine, nur etwa einen Meter hohe und anderthalb Meter breite Anbauten, zu denen man gleichfalls von diesem Steg aus gelangte.
Diese, im Wasser auf Holzpfählen stehenden Hütten, zum Wasser hin offen, waren aus Brettern und Balken roh gezimmert und mit rostroter Farbe gestrichen.

Ein Eindruck jagte bei mir den nächsten. Hatte ich mich soeben noch über diesen Pfad mit Verkehrszeichen amüsiert, fand ich schon wieder den raschelnden Schilfgürtel spannend. Das Holzhaus, das wir betraten, fand ich erneut interessant.
Der Holzsteg, auf dem wir liefen, führte mitten durch dieses Haus hindurch. Rechts und links davon

lagen je ein Boot, eines mit einem Außenbordmotor hinten, eines mit einem kleineren an der Seite, aber mit innen an der Hauswand hängendem Segelzeug, … so Mastteile und Segel. Die Holzboote waren etwas größer, als die Ruderboote, die ich von der Ausleihe am Weißensee kannte.

Ansonsten hingen an den Balken, die Steg und Dach trugen, diverse Angelutensilien und viel Krimskrams.

Auch in diesem Bootshaus, als solches wurde es von der Verwandtschaft bezeichnet, roch es eigentümlich … und gar nicht mal schlecht. So eine Mischung aus Schilf, Brackwasser, toten Fischen und geteertem Holz. Das Halbdunkel im inneren hatte etwas Mystisches. Am anderen Ende des Hauses ins Wasser hinein ragend zwei große Tore, die gerade hoch genug waren, um die beiden Boote mit einer je darin sitzenden Person auf den See hinaus zu staken. Der Steg, der durch das Haus hindurch führte, war zum See hin von einer normalen, aber halt zu geschlossenen Tür verriegelt, führte dann noch, hier nun durch ein niedriges Holzgeländer zu beiden Seiten gesichert, etwa zwanzig Meter auf den See hinaus und endete in einer etwa drei mal drei Meter großen, hölzernen, gleichfalls mit einem Geländer versehenen Plattform.

Woher plötzlich Campingstühle und Klapptischchen, Schilfwindschutzrolle und Plastikgeschirr kamen, weiß ich nicht mehr. Das war alles irgendwie entlang des Steges im Bootshaus verstaut.

Von dieser Plattform aus, mitten, zwanzig Meter im See, hatte man eine phantastische Rundumsicht. Das Gelände hinter der Fischerei in Richtung „Seehotel", die ganze Strandpromenade, war gut einzusehen. Kurz vor dem Hotel ein großer, weißer Anleger für das dort stationierte und meist auch ankernde Ausflugsschiff, so ein richtig alter Dampfer mit ungleichmäßig blubberndem, sehr rußendem Diesel, „Frauenlob" hieß er, glaube ich.

Auf der anderen Seite unseres Bootshauses bis hin zur Badeanstalt, aber auch hinter dem Seehotel weiter entlang, halb den See herum, weitere dieser Bootshäuser. Alle Ried gedeckt, aber in anderen Farben, grasgrün, sonnengelb, ocker, kleiner, größer, flacher, lange Stege davor, kurze Stege am Rand entlang und manchmal nur ein Steg ohne Haus dazu, aber mit vertäutem Boot. Diese Häuser immer so in Abständen von zwanzig, dreißig, vierzig Metern zu einander, den halben See herum.
Ich habe bis heute diese Art von Bootshäusern, in dieser Intensität und Masse nur in Krakow gesehen.

Wieder war ich überwältigt.

Nun saßen wir also quasi mitten auf dem See. Eine Plastiktischdecke wurde auf dem Klapptisch ausgerollt und darauf dann die Kaffeetafel aufgebaut. Echte, von Hand mit dem Mixer geschlagene Schlagsahne, damals war an diese Sprühsahne aus der Dose in der DDR überhaupt noch nicht zu denken...., wurde aus einer großen Thermoskanne heraus geholt, Kaffee gab es aus der Thermoskanne, dieses mal auch für mich und es gab herrlich zuckersüßen Zuckerkuchen vom Blech.

Aber alles schaukelte, schwang ungleichmäßig, der Steg, die Plattform, die Holzplanken, der Campingtisch, die Klappstühle ..

Es gefiel mir. Ruhe strömte alles aus. Auf dem See sah man ein paar Segelboote dahin jagen, Windsurfer kamen erst Jahre später, in der Ferne knatterte ein Außenbordmotor, im Schilf krakelten Blesshühner, Haubentaucher balzten und aus einer ganz anderen Richtung kam der Pfiff einer Dampflokomotive.

Ich langweilte mich nicht. Die nichtbeissende Bona saß am Tisch fast neben mir und sabberte. Ich versuchte zu trösten: „Sieh mal, Bonalein, Zuckerkuchen schmeckt dir bestimmt nicht!" Bona sabberte aber weiter.

Nach dem gemeinsamen Kaffee verschwand Astrid, wohin auch immer und Onkel Ka-Fiddie machte mit mir „Aktion". Auf der Wiese hinter dem Haus, ... vor dem Weg ..., durfte ich Bona Stöckchen apportieren lassen, auch mal ins Wasser zwischen das Schilf jagen und sie immer wieder streicheln. Ich durfte auch mal in eines der Boote klettern und schließlich erklärte mir Onkel Ka-Fiddie den Gebrauch von kleineren Fangnetzen und Reusen.

Der Abend kam für mich fast zu schnell. Wie man alles ins Bootshaus geschleppt hatte, war mir unklar, jedenfalls standen plötzlich auf dem Klapptischen auf der Plattform im See neue

Thermoskannen, dieses mal mit Tee und es gab belegte Brote, die glorreiche Erfindung des edlen Lords Sandwich, oder, um es ganz banal auszudrücken, „Klappstullen".

Es dämmerte bereits, als wir wieder in der Bäckerei anlangten. Ich fiel todmüde ins Bett, überwältigt von vielen neuen Eindrücken.

Die Erlebnisse am Montag begannen bereits gleich nach dem Frühstück. Onkel Ka-Fiddie, ging mit Ille-Oma, Tante Eeka, Astrid und mir alleine zum Bootshaus.
Es wurde ein großes Geheimnis darum gemacht, welche Attraktion uns denn dieses mal vorgeführt würde.
Das eine Boot mit dem großen Außenbordmotor hinten wurde mit „Enterhaken" .... ja, es sind „Enterhaken" gewesen! .... aus dem Bootshaus gestakt und an der Blattform am Ende des Steges im See durften Ille-Oma und ich einsteigen.

Dann wurde der Motor gestartet, in dem Onkel Ka-Fiddie mit aller Gewalt an einer Schnur am Motor zog, das ganze mehrfach nacheinander.
Plääärrr, ... Plääärrrr ....Plääär-knatter-knatter-knatter ...Plääääärrr ...

Bei dem Lärm war eine normale Unterhaltung schlicht weg unmöglich. Gischt schäumte vor dem Bug auf, Wasser sprudelte hinten. Wie schnell wir fuhren, konnte ich nicht abschätzen. Vielleicht doppelte Schrittgeschwindigkeit.

Unser Bootshaus wurde immer kleiner, die Strandpromenade dafür überschaubar.
Wind trieb mir Wasser ins Gesicht. Das Boot schwankte in Wellen von einem entgegen kommenden Motorboot, die wir kreuzten.
Aber seltsamer Weise wurde mir nicht schlecht, sondern ich genoss das Schaukeln, wenn wir durch Wellen gierten, genoss das spritzende Wasser auf meinem Gesicht, den Schaum am Bug, den ich zwischen meinen Händen verrieb.

„DAS DA IST HERRN PASSOW SEINS!", erklärte Onkel Ka-Fiddie und zeigte auf ein kleines mit grünen und weißen Streifen getünchtes Bootshaus rechts von uns. Wer Herr Passow war, wusste ich da noch nicht, aber wer immer er auch sein mochte, sein Haus gefiel mir.
„UND DA LINKS IST DIE BADEANSTALT - WENN ES WÄÄÄRMER IS, GEHSTE DA MIT OMA ILLE HIN, RÖLFCHEN!", nickte mir der Onkel freundlich zu.
Plääär-knatter-knatter-knatter .... Plärrr .....

Wir knatterten um eine Landzunge und erblickten links einen weiteren See an dessen Ufer nach vorn hin mehrere Zelte standen und an einem kleinen Steg diese typischen blauen Faltboote lagen.
„IS UNSER CAMPINGPLATZ, AUCH FÜR DAUERCAMPER!" wurde uns erklärt.
Mit kräftigem Gegenwind, der die Gischtfetzen noch höher stieb, überquerten wir nun nach rechts wieder den „Stadtsee" und fuhren auf eine Lücke im dichten Schilfgürtel zu. Die Fahrt des Bootes wurde gedrosselt und der Motor blubberte nur noch

eintönig und regelmäßig ein „blubbel-bubbel-blllubbbelll", womit Unterhaltungen wieder in normalerer Lautstärke möglich waren.
Uns wurde die „wilde Badestelle" etwa zweihundert Meter rechts neben „der Durchfahrt" gezeigt.

„Die Durchfahrt" war eine kaum zehn Meter breite aber etwa fünfzig Meter lange Schneise im Schilfgürtel, in der zwei Boote wie unseres ganz gut aneinander vorbei kommen konnten. Man gelangte auf diese Weise in einen anderen See der „Krakower Seenplatte", in den … ich weiß nicht, wie er heißt. Der See mit dem Campingplatz wohl „Gruber See" und wir fuhren nun vom „Stadtsee" in den „Obersee", den größten und wohl auch der mittlere der ganzen zusammen hängenden Seen. Eine Insel mit einer sehr markanten Birke an ihrer Nordseite umschipperten wir. Wäre es nach mir gegangen, wären wir noch Stunden lang in diese Richtung fahren können, aber weiter kam ich auf einem Boot leider in meinem ganzen Leben nicht, als bis zu dieser Insel mit der Birke.
In diesem „Obersee" fehlten die Bootshäuser ganz.

Nun also wieder zurück, … durch die „Durchfahrt".
„Rölfchen, willste auch mal?", fragte Onkel Ka-Fiddie. Ille-Oma nickte und ich tastete mich durch das schwankende Boot bis auf die Rückbank.
„Hier, fass mal mit rechts an, ganz feste … und wenn du dran drehst, gibste Gas. Richtig festhalten musste und nach vorne gucken. … Siehste! Ist ganz einfach."
Ich fuhr das Boot!
Das war wirklich eine Schnelleinführung.

Meine Hand wackelte, mein Arm wackelte, meine Schulter, von oben bis unten wackelte ich mit den Vibrationen des Motors mit.
Plääär-knatter-knatter-knatter-plärrr ...
„Da, das zweite braune Haus von rechts, da wollen wir hin!!!"
Und ich war plötzlich der Kapitän.

Als wir am Bootshaus anlegten wackelte der ganze Bona-Arsch vor Freude über die heile Wiederkehr ihres Herrchens.
Mittagessen in Form von Kartoffelsalat und kaltem Schnitzel war schon aufgetafelt.

„Ille-Oma, ich muss mal." „Tja Junge, ein Klo haben wir hier aber nicht...." Sie schien ratlos, was sie nun mit ihrem Enkel anstellen sollte.
Der greise Onkel Peter nahm mich bei der Hand, ging mit mir auf die Wiese hinterm Bootshaus, zeigte ans Ende des durch den Staketenzaun abgeteilten Areals und nuschelte auf Platt ein: „Da hinten im Schilf ist ein kleiner Steg. Da geh ich auch immer. Hände waschen brauchste hier aber nicht. Hier ist immer alles sauber."

Danach ging es zum Verdauungsspaziergang auf die Promenade.
Es schien, dieser Sommer wollte schon in den ersten Stunden überbersten vor Eindrücken.
Entlang der Promenade flanierten die Einwohner von Krakow. Sehen und gesehen werden. Bona, die sonst sicher fast alles durfte, und auch alles mit sich machen ließ, musste hier eng an der Leine wirklich „bei Fuß" gehen.

Man grüßte sich nett, Onkel Peter lüpfte, wenn uns Damen entgegen kamen, immer wieder freundlich seinen Hut, die Erwachsenen wechselten mit entgegen kommenden immer wieder ein paar unverbindliche Worte... Keine schreienden, tobenden Kinder, alles wohl geordnet und sittsam. Ich staunte nur. Meine Mama oder auch ich wurden in Berlin nie von allen Leuten auf der Straße gegrüßt.

Was ich damals noch nicht wusste, war, wie die Gemeinschaften in diesen kleinen Orten funktionierten. Bei etwa dreitausendfünfhundert Einwohnern wusste nun nach diesem Spaziergang wirklich jeder Einheimische in Krakow, wer ich war und wo ich hin gehörte, nämlich zur Bäckereifamilie Jung.
Ich hab das erst mit dreißig kapiert, wie ich oben hin schon erklärte.

Wir flanierten einmal durch Krakow hindurch. Hinterm Seehotel ging es eine kleine, schmale Gasse entlang, in der die Häuser so niedrig waren, dass selbst ich mit sieben, wenn ich hoch genug sprang, mit ausgestrecktem Arm schon die Dachrinne erreichen konnte. Es ging weiter über den Marktplatz, eine weitere Gasse wiederum hinunter zur Promenade und dann zurück zum Bootshaus.

Während nun die Erwachsenen Ruhe und Frieden auf dem See in ihren Campingstühlen genossen, tobte ich vor dem Haus mit Bona, die noch immer nicht biss und die, wie ich, nicht müde zu werden schien.

Zur Kaffeezeit stellte sich ein Besucher ein. Herr Passow, der, dem dieses herrliche weiß-grasgrün gestrichene Bootshaus gehörte.
Wie soll man Herrn Passow beschreiben?
Also als ich das erste mal Dieter Bohlen in einer Pressekonferenz reden und mal nicht singen sah, erinnerte er mich an Herrn Passow. Die selbe Gesichtspartie, die selbe Mimik und Gestik, dieselbe Aussprache, nur dass Herr Passow immer sehr, sehr nett war und wohl niemals auf der Bühne gesungen hat, was ich ja Dieter Bohlen als sehr negativ ankreide. ... Dieser Typ hätte einfach niemals berühmt werden dürfen ... aber das ist wohl eine ganz andere Sache.

Herr Passow jedenfalls war sehr nett. Er galt als „Junggeselle", weshalb ich immer angenommen habe, er würde um Tante Hannemie herum scharwenzeln. Wahrscheinlich war er aber einfach nur ein netter Freund der Familie, so 'ne Art Kumpel, mit dem man immer mal auch was gemeinsam unternahm. Zum Beispiel Angeln fahren oder Silvester feiern oder so. Herr Passow war Inhaber DER Krakower Drogerie, die sich in einem Eckhaus genau am Marktplatz befand.
Der Laden war im Sommer immer gerammelt voll. Touristen! Er vertrieb vieles, auch Andenken und war im Ort konkurrenzlos. Seine Angestellten hatten, immer wenn wir am Laden vorbei kamen, sehr gut zu tun. Als Ille-Oma und ich in der folgenden Woche seinen Laden betraten, weil wir

eine Creme gegen meinen leichten Sonnenbrand brauchten, wurden wir aber in einer Ecke des Ladens „vom Chef persönlich" bedient. Gut möglich, dass die Heilsalbe, die Ille-Oma bei Herrn Passow kaufte, ein Artikel war, der nicht im Schaufenster des kleinen Ladens stand, sondern den es nur „unterm Ladentisch" als „Bückware" gab.

Kurz nach dem recht zeitigen Kaffeetisch an diesem Montag verabschiedeten sich bereits Tante Hannemie und Onkel Ka-Fiddie und auch dieser Herrn Passow blieb nicht lang und so blieben mit uns zum Schluss im Bootshaus, auf der „Ranch", wie ich die Erwachsenen ironisch hatte sagen hören, nur noch Tante Eeka, Astrid und Bona.

Ich erwachte am nächsten Morgen relativ zeitig, wegen irgendwelcher ungewohnter Geräusche. Ille-Oma schlief noch, ansonsten war das Zimmer leer.
Es dämmerte noch, aber dieses komische Geräuschkonzert irritierte mich.
Vorsichtig, um meine Oma nicht zu erschrecken, schlüpfte ich in meine Pantinen und leise aus dem Zimmer, immer den Geräuschen hinterher, die Treppe hinunter.
Im „Backhaus", den Raum, den ich, außer dem Ladengeschäft bisher auch noch nicht betreten hatte, rumorte es.
Auf einmal wurde das Chaos rhythmisch.
Klack-bmf-schurr - klack-bmf-schurr - klack-bmf-schurr
Es roch im ganzen Haus sehr angenehm nach … tja was …. war es? Ich kannte diesen Geruch zwar schon, aber nicht in dieser unglaublichen Intensität!

Die Schrippentüten, die Muttern immer am Samstag kaufte, rochen fast so.
Es war eine Mischung aus etwas saurem, nach Mehl und frischem Brot.

Ganz, ganz vorsichtig drückte ich die Klinke an der Tür herunter und lugte in den Raum.
Pure Hektik erschlug mich!
Onkel Ka-Fiddie stand in einer etwa einen Meter tiefen Grube mit einem langen Holzbrett, wie ich es aus dem Bilderbuch bei „Max & Moritz" beim Bäckermeister gesehen hatte, in der Hand und schob einen Brotleib nach dem anderen in eine etwa einen Meter breite und 30 cm hohe Luke.
Tante Hannemie stand neben ihm und warf aus einer Brotform die rohe Teigmasse Brotformen auf diesen Schieber. Dabei stand noch ein junger Mann, den ich bisher nicht kannte, der Geselle, wie mir später am Tag erklärt wurde, der ein ganzes, etwa drei Meter langes Brett mit diesen in Formen lagernden Teigrohlingen schon bereit hielt. Im hinteren Teil der Backstube stand Onkel Peter und stülpte die leeren Brot-Formen mit großem Schwung, bei dem es mächtig staubte, um. In der Tür vom Backhaus zum Laden stand Tante Eeka und im Laden selbst hievte gerade Tante Lotti einen großen geflochtenen Wäschekorb mit frischen Schrippen in eine der Auslagen.
Das Klack-bmf-schurr-Geräusch entstand durch das aufklatschen des Schiebers neben Tante Hannemie, bei „bmf" lag das Brot auf dem Brett, schurr-ruur der Schieber verschwand im Ofen.

Ich hätte an dieser Stelle verduften können. Erwachsenen bei der Arbeit im Weg stehen konnte ich leider mehr als gut, wie mir mein Vater immer und immer wieder aufs neue vorhielt.

Aber nein! Ich war fasziniert von der Szenerie! Alles lief ab, wie ein tadellos geöltes Uhrwerk. Keine Bewegung war zu viel, kein Gang unnötig, Worte wurden kaum gewechselt.

Ich fühlte mich wie im Himmel … oder wie in einer ganz anderen Welt.

Da entdeckte mich der Geselle.

„Na Kleiner, willste helfen kommen?" Ich nickte verwirrt und ängstlich ein „Jein".

Tante Eeka lächelte von der Tür. „Na, Rölfchen, dann musst du dich aber erst anziehen." Sie zwinkerte mir zu.

Hatten mich da die Erwachsenen auf die Schippe genommen?

Wahrscheinlich!

Aber mein kindliches Gemüt nahm diesen Happen.

So schnell, wie ich konnte und weit weniger leise, als bei meinem Aufbruch, verschwand ich oben, machte mich im Bad geschwind tagfein, zog mir, bis auf die Unterwäsche, dasselbe an, was ich gestern getragen hatte und war schon wieder unten.

Ich japste nach Luft, als ich im Backhaus wieder an kam und fragte Atemlos: „Kann ich 'n machen?"

Kein Auslacher, wie ich es von meinem Vater her kannte, wenn ich dem helfen wollte, statt dessen nur freundliche Leute schauten mich an. Der Geselle zeigte mir, wie ich mit einem Messer

Schrippenrohlinge aufschlitzen konnte, Tante Hannemie lachte ein „Schneid dich aber nicht ..." und Onkel Ka-Fiddie ein „... ist scharf...".

Ich weiß nicht, wie lange ich Schrippen schlitzte und Brot schlitzte, Brote wurden zusätzlich auch noch mit einem langen Dolch „punktiert". Das hätte so den ganzen Tag lang gehen können.

Irgendwann stand Ille-Oma ziemlich aufgelöst in der Backhaustür.
„Ach hier biste! Ich hab dich schon überall gesucht!"
„Ich backe Brot!" erklärte ich stolz.
Tante Hannemie schüttelte verlegen den Kopf: „Hat er dir denn nicht gesagt, wo er hin ist?"
Meine Oma entschuldigte: „Ich hab nur mitbekommen, wie er sich plötzlich angezogen hat, aber ich dachte, er spielt im Hof mit den Katzen. Hier hab ich ihn am allerwenigsten vermutet. ... Stört er denn nicht?"
Onkel Ka-Fiddie: „Wenn er das getan hätte, hätte ich ihn schon raus bugsiert und in Bonas Obhut gegeben. ... Rölfchen, du wirst mal ein richtig guter Bäcker!"
Mein knalle rotes Gesicht entschuldigte ich mit: „Ist warm hier!"

Gemeinsam mit Ille-Oma frühstückte ich dann allein an der großen Tafel hinter der Küche. Es gab heiße Schrippen und frischen, warmen Blech-Hefe-Zuckerkuchen.

Bis zum Mittag wanderten Ille-Oma und ich dann durch den Ort und kehrten rechtzeitig zur „großen

Tafel" wieder zurück. Alle, auch die Angestellten, aßen gemeinsam und nur eine der Damen hielt noch die Stellung im Geschäft. Mittags war der große Ansturm sowieso vorbei.die Leute standen nur morgens ab halb sieben, Öffnungszeit war ab sieben Uhr, geduldig in einer langen, gut fünfzig Meter reichenden Schlange an, an einem Tag mal rechts, an einem Tag mal links die Straße entlang. Nach dieser Mahlzeit gingen die Bäcker zu Bett.

Am Nachmittag wanderten Ille-Oma und ich durch die Umgebung. Mal war es die Mühle auf dem Mäkelberg, die irgendwann Jahre später in den frühen achtzigern bei einem Gewitter abbrannte, mal gingen wir zur Badeanstalt „am Jörnberg". Auf einer anderen Tour hinterm Seehotel entlang entdeckten wir den „kleinen und den großen Pilz", Ried gedeckte nach allen Seiten offene Unterstellmöglichkeiten mit einer umlaufenden Sitzbank, die an überdimensionale Pilze erinnerten.

Vom „großen Pilz" aus konnte man auch den „Obersee" sehen und darin die Insel mit dieser besonderen Birke. Hinter diesem „Pilz" ging es an Feldern und an einem weiteren Campingplatz, auf dem überwiegend Wohnwagen standen, vorbei bis zum „Wadehäng". Woher und wohin die asphaltierte Straße kam, auf die man am Wadehäng stieß, wusste ich erst einmal nicht. Die Straße führte über einen Damm mit einer kleinen Brücke über ein Gewässer, das den „Obersee" mit einem weiteren, noch größeren See dieser Landschaft verband.

Uns wurde später erzählt, dass dieser See ein Naturschutzgebiet sei, in dem Motorboot fahren und Angeln komplett verboten seien. Nur einmal habe wohl vor Jahren eine DDR-Staatsdelegation mit

Walter Ulbricht und Erich Honecker in diesem Gewässer Fische fangen dürfen. Und was die da für Aale und Hechte heraus gezogen hätten, soooolche Prachtexemplare, so lautete das Anglerlatein.

Die Woche lief so weiter, wie sie begonnen hatte. Früh half ich in der Bäckerei, dann schlenderten Ille-Oma und ich bis zum Mittagessen durch den Ort und danach erkundeten wir die Umgebung.

Einen „heißen Tipp" bekamen wir von Onkel Ka-Fiddie! „Geht doch mal drüben auf der anderen Straßenseite durch den Weg da zwischen den Häusern, fünfzig Meter rechts da drüben, einfach mal hoch. Da ist ein eigens eingerichteter Kinderspielplatz. Das schafft ihr dreimal an einem Vormittag. Ich geb euch Bona mit, die kennt den Weg."

Gesagt, getan. Mit Bona an der Leine, die wirklich besser als wir wusste, wo es lang ging „erklommen" wir die Mäkelberge.
Der Spielplatz war schon schön. Als wir dann jedoch noch ein Stückchen die Hügelkette entlang gingen, erschlug uns förmlich der wunderbare Ausblick.

Meine Oma hatte recht. Es war der Inbegriff des Wörtchens „Heimat". Vor uns lag Krakow am See ausgebreitet. Nach links sah man weiter hinten den Jörnberg, nach rechts erahnte man die zwei Reihen dreigeschossiger Neubauten aus den fünfziger Jahren und den „kleinen Pilz" und vor uns Krakow mit den Schrebergärten und der Bahn im inneren

„Loch" und dem hinter dem Marktplatz und der Seepromenade der sich ausdehnende „Stadtsee" und irgendwo noch dahinter am Horizont erahnte man die gelben Flächen unabgeernteter Felder.

„Heimat" eine in sich abgeschlossene und so wunderbar überschaubare menschliche Siedlung inmitten einer großartigen und atemberaubenden Natur.

Dieses „abgeschlossene" und vor allem „überschaubare" war es, was diesen Anblick für uns Berliner so atemberaubend machte.

Ich liebe Berlin über alles, aber Berlin ist nie überschaubar, nicht mal aus einem Flugzeug, sondern immer nur Moloch.

Hinzu kam, hier in Krakow konnte man von so vielen Punkten aus den Blick „bis zum Horizont" schweifen lassen. In Berlin ist man hingegen leider all zu oft in den Straßenschluchten mit seinen Augen gefangen. Lediglich am Tempelhofer Feld können die Blicke mal weiter schweifen.

Aber auf Dauer leben in einer solch kleinen Gemeinschaft, wo ständig jeder die Verfehlungen des Nachbarn mit bekommt und wo diese Verfehlungen einem dann auch garantiert bis zum Lebensende anhängen, möchte ich nicht!

Ich liebe Krakow, es ist für mich der Inbegriff für Heimat, aber Berlin liebe ich mehr.

Orte wie Krakow liebt man platonisch. Man hält verliebt Händchen, knutscht sich auch mal und träumt von erotischem „Mehr". Berlin ist dagegen Sex und Leidenschaft pur! Oder um einen anderen Vergleich zu nutzen: Krakow ist wie das treu sorgende, niedliche, manchmal aber etwas tölpelhafte, solide Mauerblümchen. Berlin ist dagegen Hure, „Big Mama" und Table-Dancerin in einem.

Das Ende der ersten Woche verlief ruhiger, als gedacht. Die Bäcker hatten schon Freitag Nacht um halb elf angefangen mit ihren Arbeiten. So in der Woche, wurde mir erzählt, wurde immer erst Nachts gegen 1.00 Uhr mit den Arbeiten begonnen, dafür aber am Tage bis zur Mittagszeit gemacht, einschließlich aufräumen und so weiter. Mit zu den letzten Tätigkeiten gehörte die Herstellung der Kuchen.
Da der Laden aber am Samstag bereits um 11.30 schloss, hatte gewissermaßen das meiste der Arbeiten noch vor Ladenöffnung „im Sack" zu sein.
Das merkte ich denn auch diesem allerersten Samstag zum ersten male, denn als ich zur selben Zeit, wie immer im Backhaus anlangte waren nur noch ein paar letzte Aufräumarbeiten zu erledigen und die letzten Bleche Schrippen abzubacken.

Mal ein paar Sätze zu den Ladenöffnungszeiten in der DDR. Geschäfte konnten Montags bis Donnerstags von 8.00 bis 19.00 Uhr, Freitags bis 20.00 und Samstags nur bis 11.30 Uhr öffnen. Gerade diese kurze Samstag-Öffnung lernte ich später, als Mitarbeiter in einer „HO-Kaufhalle", sehr schnell lieben, weil man so immer noch garantiert wenigstens den halben Samstag frei hatte.
Private Bäckereien durften bereits um 7.00 Uhr öffnen und hatten als Schließtag meist den Montag. Das machen viele kleine Bäckereien noch heute. Aber diese volle Öffnungszeit nahmen in Berlin und

wahrscheinlich auch in den anderen großen Städten der DDR nur die „Kaufhallen" wahr. Üblich waren dagegen oft Zeiten wie von 10.00 bis 13.00 Uhr, dann eine oder gar zwei Stunden Mittagspausenschließung und dann nochmals geöffnet bis gegen 18.00 Uhr. So von kleinen Gemüsekrautern oder winzigen Kurzwaren-geschäften kenn ich sowas.

Und dann gabs da noch den „Dorf-Konsum" in den kleinen Gemeinden, die teilweise nur zwei oder drei Tage in der Woche für zwei bis vier Stunden geöffnet hatten und in denen es vom Hosenknopf übers Suppenfleisch bis zum Lebertran fast alles gab.

Nun wie gesagt der erste Samstag nach unserer Ankunft. Die Bäckersleute schliefen, die Handwerker bereits, ab dem Vormittag. Im Haus war es mucksmäuschenstill. Astrid und Bona schlichen sich nach dem Mittagessen, dieses mal bestehend nur aus Kartoffelsalat und Buletten, mit Ille-Oma und mir im Schlepp, aus dem Haus zur „Ranch" um uns dort in Liegestühlen gleichfalls nur in die Sonne zu packen.

„Langweilig heut'.", dachte ich nur bei mir. Da ich aber ein „artiges Kind" war, gehorchte ich und faulenzte mit.

In dieser Woche hatte ich, neben dem eigentlichen Handwerk, auch noch so einiges gelernt und vieles schlich sich heimlich ein und ich musste mich davon erst in Berlin wieder unter „Peinlichkeiten" lösen.

Der Berliner kauft „Schrippen". Wer in Berlin „Brötchen" kauft wird „im Kiez" von der süßen Bäckereifachverkäuferin scheel angeschaut.
Noch schlimmer ist es mit dem Schmalzgebäck das der Berliner als „Pfannkuchen" kennt. Sie wissen, was ich meine? Diese runden Kugeln, angeblich von einem Berliner Bäckermeister einst erfunden, der in der preußischen Artillerie seinen Wehrdienst absolvierte und diesen Kuchen in Form von Kanonenkugeln erfand.

Die Herstellung des „Pfannkuchen" ist ganz einfach, das hatte ich in Krakow gesehen. Sehr süßer Hefeteig wurde in genauso große Kugeln, wie die Schrippenrohlinge erst, wie diese, aus dem Teig geschnitten, dann in die gleiche Form gedreht .... halt nur etwas runder. Aber im Gegensatz zu den Schrippen, die nach dem Aufgehen des Teiges in das Ofenrohr geschoben wurden, wurden die „Pfannkuchen" in einem Tiegel mit heißem Fett, wahrscheinlich Schweineschmalz, ausgebacken. Diese Bällchen schwammen in dem sauheißen Fett frei an der Oberfläche herum, drehten sich selbst sogar und wurden dabei immer größer.
Ich fand das als Kind immer toll, obwohl es mit dem heißen Fett natürlich gefährlich war! Schwups wurden die Rohlinge ins siedende Öl befördert, nach wenigen Augenblicken tauchten sie an der Oberfläche wieder auf, wurden dabei größer und drehten sich immer wieder mal.
Mit so einer großen Schöpfkelle, wie man sie vom Knödel kochen kennt, wurden sie, wenn sie außen schön braun waren, aus dem Topf heraus befördert

und auf einem Blech so lange abkühlen lassen, bis man sie anfassen konnte.

Oh warte, hab ich mir dabei oft die Pfoten versengt! Dann, nach dem Abkühlen, wurden sie alle einzeln auf den Stiel einer speziellen Maschine, die in etwa so groß, bzw. klein war, wie ein normaler Haushaltsfleischwolf, gepiekt, in der in einem Behältnis oben schon Marmelade war und mittels eines Hebels an dieser Maschine wurden die „Pfannkuchen" durch diesen Spieß befüllt, kamen auf ein anderes Blech und wurden mit Zuckerguss glasiert. Beides Arbeiten, die ich für mein Leben gern im Backhaus tat. Tante Hannemie stippte sie dabei immer mit der Oberseite in diesen Zuckerguss, der bei ihr, das merkte ich schnell, immer etwas flüssiger war, als beispielsweise bei Onkel Peter, Tante Lotti oder bei mir, die wir die „Pfannkuchen-Berliner" mit einem normalen Pinsel „anmalten".

Aber, wie gesagt, der Name und meine peinlichen Erlebnisse in der Hohenschönhauser Bäckerei bei uns um die Ecke nach dem Krakowurlaub!

Also das mit den „Schrippen", die in Krakow „Brötchenne" hießen, war mir in der ersten Woche noch klar. Aber wenn es im Laden in Krakow von den Kunden „und einen Berliner bitte" hieß, weigerte ich mich in den ersten Tagen noch strickt, einfach mal so mir nichts, dir nichts verkauft zu werden, bis ich mitbekam, dass meine „Pfannkuchen" hier und überall rund um Berlin „Berliner" hießen, nur nicht in Berlin selbst. Während dessen das, was der Rest der Welt

„Pfannkuchen" nennt, das ist, was für den Berliner der „Eierkuchen" ist. Ich meine dieses Gemisch aus Mehl, Eiern und Milch, das in die Bratpfanne gegossen wird und flach von beiden Seiten ausgebraten wird. Das ist für Berliner der „Eierkuchen" und für „den Rest der Welt" der „Pfannkuchen". Wobei das dann ja noch weiter geht und diese „Eierkuchen-Pampe", nur ohne Mehl, „Omelett" und in Österreich „Palatschinken" genannt wird.

Heißt also, dass ich als Kind alle Jahre wieder nach dem Krakowurlaub zu hause in Hohenschönhausen im Bäcker Blauert verbal auf die Schnauze fiel und hoch rot wurde, weil ich erstens „Brötchen-e" und zweitens „Berliner" kauften wollte. Wobei der Gang da zum Bäcker in der Konrad-Wolf-Straße schon immer nur ein einziger Spießrutenlauf für mich war, denn als ich dort das erste mal alleine einkaufen durfte, hielt mich die Verkäuferin dort, wegen meiner langen, blonden Haare, für ein Mädchen. .... Diesen Bäcker, heute „Bäckerei Blauert" in Hohenschönhausen hasste ich deshalb einfach und nun kamen dann auch jedes Jahr am Ende der Ferien meine „Versprecher" mit „Brötchen-e" und „Berliner" dazu.
Einfach nur peinlich!

Noch aber war ich in Krakow und wusste von den geschilderten Ereignissen noch nichts. Der Samstag war schön auf dem See und zum Abend kam auch der Rest der Verwandtschaft zum Bootshaus. Wobei sie da dann für mich auch eine Tüte „Kuchenbruch" dabei hatten. Das waren so missratene Stücken vom Blechrand oder die Ränder des Kuchens am Blech, die damals noch abgeschnitten und gesondert zu einem billigeren Preis verkauft wurden.

Was mich aber am meisten an diesem „Kuchenbruch" faszinierte war, dass ich ja bei einigen dieser Stücke dabei gewesen war. Ich wusste also ... ja auch vom selber mal probieren dürfen, wie der Kuchen hergestellt wurde.

„Ochsenaugen" und „Gitterkuchen" liebte ich am meisten.

Sie wurden fast immer Parallel hergestellt, wobei der Gitterkuchen mehr oder weniger Abfallprodukt der Ochsenaugen waren.

Was ich allerdings immer ein wenig in Krakow vermisste, waren die nicht vorhandenen Torten.

Klar hieß es „Bäckerei & Konditorei", aber Torten wurden nur auf Anfrage und nur durch Tante Hannemie gemacht, die dafür auch ein Händchen hatte. Ich weiß gar nicht, ob Onkel Ka-Fiddie überhaupt auch Konditormeister war oder ob er „nur" den Bäckermeister in der Tasche hatte.

Unser Bäcker in Hohenschönhausen hatte jedoch auch Torten ständig im Angebot, so richtig schöne, fette mit Buttercreme und Sahne. Die Schwarzwälder Kirschtorte liebte ich da am meisten. Aber die hatten nun wieder wenig Blechkuchen und so weit ich weiß, überhaupt keinen richtigen Hefekuchen.

Jetzt erst beim Schreiben dieser Erlebnisse wird mir bewusst, dass man in Krakow gar keine richtigen

Kühlmöglichkeiten im Verkaufsraum für Torten hatte. Ich meine, bei den paar Einwohnern in diesem Städtchen, es waren je weniger, als in meinem Block hier in Berlin wohnen, lohnte sich die Herstellung von Torten sicherlich überhaupt nicht.

Ich werde noch darauf zu sprechen kommen, wie genau in dieser, so hieß sie, „Dampfbäckerei" der Ofen geheizt wurde.
Soweit ich mit bekam, wurde Nachts als erstes das dunkelste Brot gebacken, weil das am längsten brauchte. Die größte Hitze des Ofens wurde am frühen Morgen für Schrippen, also „Brötchene", Weiß- und Mischbrot verwendet. Und erst ganz zum Schluss, am Vormittag, wurde auf der abklingenden Hitze des Ofens der Kuchen, erst die Hefesorten, dann die Mürbteigwaren, gebacken.
Wer als Kunde schon zum Frühstück seine Brötchen holte, musste entweder mit verbilligtem Kuchen vom Vortag, falls davon überhaupt noch welcher vorhanden war, vorliebnehmen, oder er musste ab Mittag erneut wiederkommen.
Ohnehin wurde, zumindest im Sommer, in der Krakower Bäckerei vormittags das große Geschäft gemacht. Ab Mittag kamen Kunden dann oft nur noch vereinzelt.
So habe ich es zumindest in meiner Erinnerung gespeichert. Ob dem wirklich so war und wie es außerhalb der DDR-weiten Sommerferien dort zu ging, weiß nicht.

Überhaupt, diese Ferien. ... Krakow hatte damals nur das „Seehotel", dann waren im „???-hä-hä-hä-Hof", einem guten Haus direkt am Marktplatz, einige

Betten und wohl auch im Jörnberg über dem Restaurant. Dann gabs diese Campingplätze und an den Wochenenden schlief wohl auch der eine oder andere Rostocker in seinem Krakower Bootshaus. Aber aus Erzählungen damals weiß ich, dass in den zwei Sommermonaten die Einwohnerzahl des Ortes bis an die fünfzehntausender Marke heran gegangen sei. Wohl so ziemlich jeder Einwohner in Krakow vermietete im Sommer unter der Hand Zimmer an, meist Berliner, Urlauber.

Heute streitet man sich, ob man in Berlin für Touristen eine „Bettensteuer" einführen soll, oder ob das diesem Wirtschaftszweig dann womöglich schadet.
Ich kenne das aus Krakow noch ganz anders.
Trotzdem wir private Gäste der Bäckereifamilie waren, ist auch Ille-Oma mit mir jedes Jahr am ersten Montag unseres Aufenthalts dort ins Rathaus gegangen, um „Kurtaxe" zu bezahlen. Krakow galt damals noch als „Luftkurort" und erhob deshalb diese Steuer. Ich weiß nicht, es hielt sich wohl in Grenzen und lag bei, so schätze ich heute, einer Mark oder einsfuffzich pro Tag und Person, Kinder zahlen die Hälfte ....

Aber ich war vom Kuchen abgeschweift.
Täglich wurde natürlich frisch gebacken.
„Ochsenaugen" bestanden aus einem dünnen Mürbteigboden, der mit einer runden Blechform in Wasserglasbodengröße ausgestochen wurde. Die Reste dieses Teigs, also der „Abfall" zwischen den rund ausgestochenen Flächen, wurde mit weiterem

Mürbeteig, zur Grundlage des „Gitterkuchens". Auf diese runden, kleinen Böden wurde dann ein Ring aus, ich glaube dieser Teig bestand aus Kokosraspel, Mehl und Milch, aus so einer Tüte mit solch geriffelte Düse gespritzt. Alles einzeln, alles in Handarbeit und da hinein gab es noch einen Klecks Marmelade. Nach dem Backen gab es darüber natürlich noch den unvermeidbaren Zuckergusstupfel oben auf.

„Gitterkuchen" bestand aus dem gleichen Mürbteigboden, auch wieder so ca. zwei Millimeter dick, der aber gleich auf dem Backblech ausgerollt wurde. Darüber wurde, ... heute würde man sagen, mit so 'ner Art von Messer, wie sie die Dönerbudenbesitzer zum Fleischabschneiden benutzen, also so ein großes, langes, ohne Spitze, mit so einem Messer jedenfalls, eine Schicht hauch dünner Marmelade über den Teigboden gezogen. Und darüber kamen, halt als Gitter, im Abstand von etwa einem Zentimeter, eben solch breiten, geriffelt geschnittenen Mürbteigstreifen in Kuchenbodenstärke. Alles in allem ein sehr, sehr flacher Kuchen, der aber beim Backen noch ein ganz klein wenig auf ging. Zum Schluss gabs, natürlich, die Zuckergussglasur.

Mh, mir läuft jetzt noch die Spucke im Mund zusammen, wenn ich an diesen Kuchen denke. Schon süß!

Welche Marmelade man für die Kuchen nutzten konnte, hing von der DDR-Planwirtschaft ab. Meist war es wohl „Vierfrucht-" oder wie sie auch hieß „Mehrfrucht-Marmelade", bei der auch noch bis zu sechs oder acht Obstsorten beteiligt waren. Die

Marmelade lagerte in der Bäckerei, so weit ich mich noch recht entsinne, in großen Pappeimern mit viel zu schmalem Metallhenkel zum Teil kühl im Keller. Im Gegensatz zu den heutigen Marmeladen, beispielsweise von Schwartau oder Zentis, die ja überwiegend aus Früchten, Gelee und vor allem Lebensmittelfarben und Aromastoffen, Zuckerersatzstoffen, Antioxidantien und naturidentischen Zusatzstoffen bestehen, konnte man bei der DDR-Marmelade sicher sein, dass sie aus mindestens fünfzig, meist sechzig Prozent Rübenzucker und aus echten Früchten bestand. Hm, ich weiß nicht, ob meine Inhaltsangabe bei den heutigen Marken und auch bei den „No-Name-Produkten" nun stimmt, aber ich bin sicher nahe dran.

Dieser hohe, über fünfzig prozentige Zuckeranteil machte jedoch die Marmelade damals fast unbegrenzt haltbar, Zucker konserviert, während ein angebrochenes Glas „Zentis" ja heute schon nach 'ner Woche im Kühlschrank schimmelt.

Richtigen Hefezuckerkuchen bestellte sich mein Vater, wenn wir in späteren Jahren als Familie in Krakow weilten. Ich werde auf diese Urlaube noch zu sprechen kommen. In „unserer" Bäckerei in Berlin gab es den jedenfalls nicht.

Eigentlich auch ein ganz preiswert herzustellender Kuchen. Auf einem Blech wird ein dünner Hefeteig ausgerollt. Der wird „gehen gelassen" und bevor er abgebacken wird, bekommt er eine dicke Schicht Zucker obenauf. Dieser Zucker schmilzt dann zum Teil während des behutsamen Backens bei relativ niedriger Temperatur und sickert so ein wenig in den Boden ein. Dieser Kuchen sättigt sehr und ist im Grunde genommen nur lecker süß.

„Bienenstich" war in Krakow so in etwa das selbe, wie der Zuckerkuchen, nur dass auf den Hefeteigboden eine Schicht Kunsthonig, mit einem oben beschriebenen Messer, aufgetragen wurde. DDR-Kunsthonig bestand aus etwa zehn Prozent echtem Bienenhonig und neunzig Prozent Rüben-Zucker und Wasser.

Ich kann mich in Bezug auf Krakow auch noch an saisonalen Obstkuchen erinnern. Das war Anfang Juli noch Rhabarber, ab Anfang August Äpfel und zum Ferienende meist Pflaumen. Einiges von dem Obst, das man in Krakow verarbeitete, kam sicherlich aus dem eigenen Garten, aber ich entsinne mich auch noch an große Gläser oder Eimer mit industriell eingemachten halbierten Pflaumen oder mit Apfelstücken. Ich weiß auch noch, dass diese Obstkuchen aus normalem Hefeteigboden sehr, sehr lecker waren, ganz einfach weil sie so minimalistisch hergestellt wurden und nicht etwa, wie zum Beispiel in Berlin, zwischen Boden und Früchten noch so eine ekelige Schicht Pudding oder Gelatine hatten, die, wenn man den Kuchen aus der Hand aß, den Belag so rutschig und wabbelig machten, dass er schließlich vom Kuchenboden auf die eigenen Hände und den Fußboden rutschte.

Das, was „unsere" Bäckerei in Krakow herstellte war einfach, handwerklich hervorragend und schmeckte! Und beim Kaffee dort in der Familie gab es meist die Kuchenränder, die man vor dem Verkauf abschnitt, das machte man in Berlin auch nie, da erwischte ich garantiert immer irgendeinen Kanten, diesen Zuckerhefekuchen oder, zu meiner Freude, meinen innig geliebten Gitterkuchen oder auch mal ein missratenes Ochsenauge.

Zur Weihnachtszeit buk … … … oh warte, da musste ich jetzt tatsächlich im Wörterbuch nachschauen, denn das indikative Präteritum des Verbs „backen" wird unregelmäßig konjugiert und ist mir, wie ich zu meiner Schande eingestehen muss, in dieser Form nicht wirklich geläufig. … sieht auch komisch aus „BUK", aber der „Bug" wäre ja das fordere Ende eines Schiffes und „zur Weihnachtszeit BACKTE man" ist ja vollkommen falsch …. ….. …. Zur Weihnachtszeit buk man in Krakow auch eigene Christstollen. Ich habe deren Herstellung leider nie selbst sehen können, aber ich weiß mit Sicherheit, dass man das in der Bäckerei machte.
Hintergrund ist dazu folgende kurze Anekdote.
In der DDR waren weihnachtliche Backzutaten, natürlich, mal wieder, Mangelware. Wobei man Rosinen und Korinthen ja eigentlich auch schon für Rhabarber-, vor allem aber für Apfel- und Käsekuchen brauchte.
Die Backzutaten gab es aber erst ab Herbst zu kaufen.
Sortimentsmäßig gehörten sie, wie auch Kokosraspel, echte Vanille, Mandeln oder Zitronat zum Bereich „Obst & Gemüse" in den Kaufhallen und Lebensmittelgeschäften und wurden auch vom entsprechenden Großhandel ausgeliefert.

In eben jenem, dem Großhandel, bei der „Wirtschaftsvereinigung Obst, Gemüse, Speisekartoffeln" hab ich später meine Berufsausbildung zum „Wirtschaftskaufmann" absolviert, kündigte dort ein Jahr nach Beendigung meiner Lehrzeit und landete als „1.Fachverkäufer Obst/Gemüse" in einem solchen Bereich eines, heute würde man sagen „Supermarktes" im „Kaufhallenverband", in dem allerdings nur die HO- und nicht die KONSUM-Kaufhallen organisiert waren.

Heute ist alles schön in diesen Abteilungen. Die Ware kommt vorverpackt, gewaschen und verputzt verkaufsfertig in den Filialen an.

Bei uns damals gabs das nicht. Unsere Gemüseabteilung damals in der Kaufhalle am S-Bf. Storkower Straße (der hieß damals sogar noch anders, ... „Zentral-Viehhof" .... mit dem Bindestrich) hatte ganze elf Mitarbeiter, davon jedoch zwei in Teilzeit. Mit der Personaldecke dieser einen Abteilung wird heute ein ganzer Supermarkt gefahren!
Aber wir brauchten damals so viele Leute dort!
Die Ware kam unverputzt und ungewaschen direkt vom Feld (mit Umweg Großhandel) zu uns. Den Kohl musste man da erst einmal richtig verputzen, also äußere Blätter ab. Damit war es aber mit der Vorjahresernte im Februar dann auch nicht mehr getan, denn bis zum eigentlichen Kohlkopf musste man dann erst eine mehrere Zentimeter dicke Schicht Schmadder entfernen, bis man am eigentlichen Kohlkopfkern war. Und dann gab es

den nicht Stück weise, was ja Arbeit erspart hätte, sondern jeder Kopf wurde bei uns im Lager einzeln gewogen und der Preis mit rotem Kopierstift auf dem unteren Strunkstutzen vermerkt.

Zitronen wurden im Lager abgewogen. Das kg kostete 5 Mark. Auch Salatgurken, wen es sie denn mal zwischen April und September gab, wurden gewogen. Das kg kostete 6 Mark. Äpfel, der „Gelbe Köstliche" (heute „Golden Delicius") oder „Ida Red", die beiden Hauptmarken im Apfelsortiment, waren nur in Ausnahmefällen schon vom Produzenten Kilo weise abgepackt. Und selbst wenn sie schon abgepackt waren, bedeutete das noch lange nicht, dass diese Beutel auch hielten! Etwa ein Drittel jeder Lieferung mussten wir neu abbeuteln.

Blumenkohl wurde zwar zum Stückpreis verkauft, kam aber meist auch noch mit Stumpf, Stiel und allen Blättern bei uns an und musste von uns erst noch beschnitten werden. Auch bei Kohlrabi gab es einen Stückpreis. Wobei ich bis heute vor Trauer feuchte Augen kriege, wenn ich mit bekomme, dass die Kunden von frischem Kohlrabi die Blätter abdrehen und im Supermarkt liegen lassen. Urberliner, aber wirklich nur die Urberliner, hacken die Blätter und kochen sie beim Eintopf oder beim kurzen Anschmoren als Beilage mit. So kenne ich das auch noch von meiner Mutter.

Gut, also Suppengrün, Möhren und auch Petersilie und Schnittlauch wurden fertig als Bund geliefert. Aber bei Zwiebeln wurde auch noch so etwa die Hälfte der täglichen Lieferungen lose geliefert.

Genauso war es mit frischem Sauerkraut, das bei uns in Fünfzig-Liter-Fässern ankam und von uns abgepackt werden musste.

Einmal vergaßen wir eines dieser Fässer in einer Ecke unseres Kühlraums. Als wir es dann endlich einmal nach Wochen fanden und öffneten, hatte es eine fette Schimmelschicht von gut zehn Zentimetern Stärke oben angesetzt.

Was machten wir damit? Wegwerfen durften wir es ja nicht, denn es war „Volkseigentum". Wir rührten den Schimmel einfach unter, gaben noch etwa fünf Kilo Salz hinzu, rieben zwei Bund frische Möhren und ein Kilo angeschlagener Äpfel mit ran, vermengten alles und tüteten es, wie sonst auch immer, einfach mit ab. Dieses Sauerkraut hatte kaum noch feste Fasern, musste aber wohl sehr schmecken, denn die Kunden verlangten Tage später erneut dieses spezielle „Delikates-Sauerkraut", wie wir es tituliert hatten.

Auch Salzgurken kamen in diesen Fünfzig-Liter-Fässern lose bei uns an.

Bevor wir so ein Fass Pfund weise (also à 500 Gramm) abtüteten, wurden die Gurken von uns mit dicken Nähnadeln perforiert und dann über Nacht noch einmal in diesem Fass stehen gelassen, wobei sie sich mit der Salzlake voll saugten, die wir damit vom Gewicht her, mit verkauften.

Wir haben da viel gemacht. Zu unserer Kaufhalle gehörte auch ein Softeisstand vor dem Laden, den wir mitbetrieben. Dabei wurden dann die schlechten und die Bruchbananen der wöchentlichen Lieferung vom Chef höchst selbst mit Schale püriert und dem

Eis hinzu gefügt. Ein immer sehr leckeres Bananeneis!

Es wurde halt immer alles, soweit wie möglich, noch verwendet. Selbst für die Müllcontainer voller Blumenkohlblätter hatten wir Abnehmer. Leute aus den nahen Schrebergärten holten sie oft für ihr Kleinvieh.

Ich stehe bis heute zu unseren „Machenschaften" damals bei der HO. Das was wir aus den Waren, wenn wir sie denn weiter verarbeiteten, machten, war wenigstens rein natürlich und mit Sicherheit besser, als die heute so sehr chemisch gestylten Produkte der Lebensmitteilindustrie.

Auch, und damit bekomme ich nun wieder die Kurve, Backzutaten kamen damals lose bei uns an und mussten von uns erst abgetütet werden.
Die Bäckereien bekamen, so wie die Geschäfte im Einzelhandel, die vorher mit der Plankomission vereinbarten Mengen-Kontingente, die immer viel zu niedrig angesetzt waren und die natürlich vorne und hinten nicht reichten.
Um diesen Mangel zu verstehen, muss man wissen, dass diese Backzutaten ja aus Südfrüchten aus kapitalistischen Ländern bestehen. Auch wir bei der HO verkauften kalifornische Mandeln vom Klassenfeind Made in USA, die die DDR sehr teuer für Devisen im Westen auf dem Weltmarkt kaufen musste.

Sehr schnell bekam ich diese Zusammenhänge noch während meiner Lehrzeit beim Großhandel mit. In meinem ersten Sommerurlaub, 1979, in dem ich letztmalig mit meinen Eltern mit fuhr, wir hatten eine sehr komfortable Unterkunft in „Plau am See", machten wir selbstverständlich auch einen Ausflug ins unweit gelegene Krakow. Als man dort mit bekam, wo ich denn da nun genau meine Lehre machte, und ich deren leuchtende Augen bemerkte, bot ich von mir aus an „Wenn ich mal was für euch tun kann, …."

Die Folge war, dass ich noch in der Lehre, aber dann auch danach in der HO immer mal, nach Anfrage, den einen oder anderen Fünf-Kilo-Karton komplett zum vollen Preis kaufte, ihn dann meiner Mutter verkaufte und die ihn dann nach Krakow schickte. Es waren nicht die Mengen, aber so half ich den Krakowern immer mal mit 'ner Kiste Zitronat, Marzipan oder Sultaninen im Weihnachtsgeschäft aus.

Als Dank bekam dann „das Rölfchen" zu Weihnachten immer einen Extrastollen aus Krakow zu geschickt.

Das dann auch noch während meines Grundwehrdienstes bei der NVA. Da bin ich den Krakowern noch heute dankbar, dass ich da 1985 zu jedem der vier Adventssonntage einen Christstollen aus Krakow in mein Objekt nach Klietz per Päckchen geschickt bekam.

Wobei mir dann mal Vater erzählte, dass auch er während seiner Armeezeit vom Herbst 1962 bis zum Frühjahr 1964 zur Weihnachtszeit immer mit Christstollen aus Krakow eingedeckt wurde!

Aber zurück ins Jahr 1968. An meinem zweiten Sonntag fuhren wir zum Essen mit dem Wartburg-

311-Kombi. Ich glaube, Onkel Ka-Fiddie musste, um uns alle zum Wadehäng zu transportieren, zweimal fahren.

Ich liebte Auto fahren, fand die Strecken, die wir in Krakow fuhren, immer zu kurz. Ich mochte auch den Geruch, den so ein Auto verströmte, schnüffelte sogar noch intensiver den Abgasen hinterher und mochte den Geruch, den die Garage auf dem Gehöft verströmte.

Was ich damals noch nicht wusste und auch nicht mitbekommen hätte, wenn sie es damals noch gemacht hätten, das war, dass unsere Bäckersleute dort auch regelmäßig „über Land" zu den umliegenden Dörfern fuhren. Alt Sammit, Blechenkrug, Charlottenthiel, Groß Grabow, Goldberg, Ahrenshagen oder Kuchelmiß hießen sie zum Beispiel. Noch in den sechziger Jahren wurden diese Gehöfte, Güter, Dörfer erst noch per Pferdewagen, später dann mit dem Wartburg-311-Kombi, in schick metallicgrün, einmal pro Woche angefahren, um den Bauern dort Brot zu verkaufen. Sonntags war der Wagen jedoch Familienwagen

Der „Wadehäng", ich hatte ihn oben bereits angerissen, muss mal so etwas, wie ein alter Ausspann gewesen sein. Vielleicht war er aber auch einst ein Gehöft an einer kleinen Fähre oder an einer Fuhrt zwischen diesen Seen. Der Name „Wade häng" lässt ja darauf schließen. Oder es war ein Fischerhaus oder so etwas. In den sechzigern war es aber bereits eine gehobene Gaststätte mit weißen Tischdecken, in der es auch Fischgerichte gab.

Ich mochte Fisch nicht, bis ich fast vierzig war und kam erst im Jahr 2000 in der Kantine des Rathauses Friedenau auf dessen Geschmack, weil ich dort, in meiner Eigenschaft als „Hilfskoch" ein halbes Jahr lang arbeitete und es jeden Freitag immer auch ein Fischgericht gab.

Bis dahin mochte ich Fisch nicht wirklich.

Das hatte nie etwas mit dem Fischgeschmack zu tun, sondern eher mit den Gräten. Wenn es mal Fisch bei Muttern zu hause gab, erwischte ich unter Garantie das Stück mit der fetten Gräte, die mir dann im Hals steckenblieb. Selbst in Fischstäbchen fand ich Gräten. Das war wie mit den eingemachten Kirschen. In den angeblich garantiert entsteinten Früchten, fand ich mit Sicherheit den einen übersehenen Kern. Ich hatte im Eintopf mindestens drei der vier von Muttern mitgekochten Gewürznelken, ich fand in den Béchamelkartoffeln die meisten Lorbeerbaumblätter und die meisten ganzen Pfefferkörner und fand in dem garantiert Knochen freien Fleischstück das Knöckschen, das Muttern übersehen hatte.

Und Fisch war da ganz furchtbar, denn der hatte ja nun überall irgendwas pieksriges.

Aal mochte ich ja nun und später hin dann, als uns die Verwandtschaft aus Steglitz ab den siebziger Jahren regelmäßiger besuchen durfte, auch die in jedem Falle immer Gräten freien „Schillerlocken".

„Junge, iss doch mal was Besonderes!", drängelte Ille-Oma auch in diesem Falle mal wieder, ich blieb aber dabei, entweder Gräten-Knochen-Kern freie

Omelett-Eierkuchen oder Rühreier im Wadehäng zu essen.

Der Rest dieses Wochenendes lief in etwa so ab, wie das einige Tage zuvor. Die Familie hielt sich auf dem See oder auf der Ranch auf und ich tobte mit Bona.

Am Montagnachmittag durfte ich Onkel Ka-Fiddie einmal allein ins Backhaus begleiten. Er machte ein großes Geheimnis daraus, aber ich durfte ihm zu schauen.

In einem großen Mehltrog, der normalerweise durch eine Arbeitsplatte abgedeckt war, ... eigentlich DIE Arbeitsplatte, auf der das meiste Brot und die meisten Schrippenrohlinge gerollt wurden, lagerte unter einer dicken Mehlschicht ein kleiner Teigrest. Also „klein" ist da relativ. Er hatte schon eine solche Größe, dass man daraus bedenkenlos mehrere Brot hätte herstellen können.

Diesen „Teigrest" vermengte er mit noch mehr Mehl, gab Wasser und zu meiner Überraschung auch eine ganze Hand voll Salz dazu und gab noch mehrere Stücken Hefe hinein. Diese frische Backhefe, die man aus dem Supermarkt im Kühlregal kennt, nur halt viel größer. Jeder einzelne dieser Quader wog schätzungsweise ein Kilogramm und Onkel Ka-Fiddie bröckelte davon gleich mehrere Stücke in diesen Teig hinein, vermengte alles noch einmal gut und verschloss den Bottich wieder.

Was ich damals nicht wusste war, dass ich gewissermaßen das Allerheiligste der Bäckerei sehen durfte: die Herstellung des eigenen Natursauerteigs.

Wer kennt ihn nicht, diesen „Herrmann-Kuchen", den man mindestens einmal im Leben selber gemacht haben muss. Das ist sowas Ähnliches. Das ist ein Weizensauerteig. Beim Backen lässt man immer einen Teil des Teiges für das Ansetzen des Kuchens am nächsten Tag unter einer Mehlschicht in der Schüssel zurück

Genauso in dieser Bäckerei. Ein Rest des Teigs vom Vortag wurde zum neu ansetzen zurück behalten. Wenn man eine Bäckerei lange genug, wie in diesem Fall, betrieb, hatte man nach einigen Jahren seinen eigenen, charakteristisch schmeckenden Sauerteighefestamm, der dem Brot einen gewissen für diese Bäckerei typischen Eigengeschmack verpasste.

In jener Zeit gab es noch keine von der Industrie vorgefertigten Backmischungen. Jede Bäckerei buk anders, nach eigenem Rezept und jeden Tag schmeckte das Brot anders, weil man mal davon eine Prise mehr, mal davon eine Prise weniger verwendete. Also ich kann mich nicht entsinnen, Onkel Ka-Fiddie oder Tante Hannemie mal mit 'nem Messkrug Wasser, Salz oder Mehl hab dosieren sehen.

Das hab ich, als ich in dieser Kantine in Friedenau arbeitete, an mir selbst erlebt. Der Profi misst nichts ab. Er schmeckt auch nichts zwischendurch ab. Er macht einfach und ist von vornherein von der Qualität seines Produktes überzeugt.

Und um mal ganz ehrlich zu sein, die Suppe in einem Zwanzig-Liter-Topf versalzt man weit weniger schnell, als wenn man in dem Töpfchen für eine Person für einen Tag kocht.

So auch in der Bäckerei, in der alles noch so schön in Handarbeit ablief. Alles war eine Sache von Erfahrung und Fingerspitzengefühl.

Die nächste Woche verlief etwa so, wie die erste. Ille-Oma und ich erwanderten die herrliche Umgebung, einschließlich der Mühle auf dem Mäkelberg.

Von Astrid ließ ich mich auch auf dem Hof in Sachen Viehchzeuchs einweisen. „Die schwarze Katze mit der weißen Blesse kannste bedenkenlos streicheln, die beiden getigerten sind zu scheu, die braune mit dem weißen Hinterbein, da musste aufpassen, denn beim Spielen krallt sie immer schnell und du bekommst blutige Hände und das Baby dort kannste dir auch ruhig mal um den Hals legen. Das mag die."

Das war ja das tolle in den Stunden, in denen wir nicht wanderten und auch das Backhaus schon geschlossen war, dass ich da auf dem Gehöft herum toben durfte. Miezekatzen streicheln, Hühner jagen, Bona Stöckchen bringen lassen, die Schweine im Stall besuchen und mit ihnen zusammen grunzen können. Und ständig waren dabei meine Waden voller Hühnerkacke. Auf diesem Hof roch es auch eigenartig. Es roch ein wenig nach Backhaus, ein wenig nach Misthaufen, ein wenig nach Stall, ein wenig nach frisch gewaschener Wäsche, ein wenig nach nassem Huhn und ein wenig nach Essensresten. Und dieses Gemisch schlich sich mir als gute Erinnerung in die Nase.

Etwas ganz anderes rochen dagegen die Krakower. Die Fernstraße 103 durchquerte schon damals den Ort. Aber in jenen Tagen fuhr man noch über all die Kopfsteinpflasterstraßen und durch die engen Gassen des Ortes. Allerdings wurde die Route, ob von den Autofahrern selbst oder durch Beschilderung durch das zuständige Amt, durch Krakow hindurch jedes Jahr geändert. Im einen Jahr führte sie am Bahnhof vorbei, im anderen Jahr am Marktplatz.

Schließlich wurde, ich glaube 1972, die Umgehungsstraße eröffnet.

Kuriosum hier: die Umgehungsstraße führte nicht um Krakow herum, wie man aus dem Namen schließen sollte, sondern quer durch Krakow hindurch. Dieses Loch in Krakows Mitte, in dem auch die Bahnstrecke lag, machte das möglich. Insgesamt mussten dafür nur eine Hand voll Gebäude weichen. Diese „Umgehungsstraße" hatte nur einen Abstand von vielleicht einhundertfünfzig bis zweihundert Metern zur Bahn und großstadtmäßige Zebrastreifen ermöglichten Fußgängern eine sichere Überquerung im, über die Jahre immer dichter werdenden Verkehr. Lediglich wo es auf der einen Seite zur Bahn und auf der anderen Seite zur Schule ging, konnte man von dieser Fernstraße noch in den Ort abzweigen ... ich glaube oben hinterm Jörnberg wohl auch. Der Teil der Krakower Ringstraße, den wir immer vom Wohnhaus und Bäckerei zur Ranch nahmen, wurde dagegen von der neuen Umgehungsstraße in zwei Sackgassen für den Autoverkehr geteilt. An dieser Stelle gab es dann nur noch einen

Fußgängerüberweg und ab 1997 sogar eine richtige Fußgänger-, Radfahrer-Bedarfsampel.

Als ich 1997 mit meinem ersten eigenen Auto, ja ich habe den Führerschein erst so spät gemacht, Krakow allein besuchte, machte mich Onkel Ka-Fiddie denn auch darauf aufmerksam: „Rölfchen, du musst beim Auto fahren schön vorsichtig sein, denn wir haben jetzt in Höhe der Bahnhofstraße nun auch eine eigene neue Ampel!"
Ich musste da dann schon ein wenig in mich hinein schmunzeln. Der „Große Stern" im Tiergarten ist da vom Verkehr her ein ganz anderes Kaliber, und den liebe ich von Herzen!

Im Jahre 1968 erwartete uns nun die letzte Woche in Krakow. In meiner Erinnerung hatten wir immer nur schönes Wetter und nicht einen Tag Regen oder mal etwas kühler. Es war immer angenehm warm, aber nicht heiß. Ein- oder auch zweimal gingen Ille-Oma und ich dann wohl für einen halben Tag in die öffentliche Badeanstalt, aber ich musste damals noch im Nichtschwimmerbereich bleiben und hatte, wenn ich nicht gerade mit einem Boot mit fuhr oder auf dem Steg am Bootshaus war, vor Wasser einen gehörigen Respekt.

Der Abschied an einem Sonntag nach drei Wochen Aufenthalt kam für mich zu früh. Ich hätte dort von mir aus wohnen bleiben können. Immerhin war ich dort das einzige richtige Kind und genoss die Aufmerksamkeit aller. Zu hause jedoch war ich immer nur „der große Bruder" und an den Wochenenden im Garten kamen dann noch mein

Cousinchen, die ich bis heute von Herzen verehre und die für mich damals „doofe" Gartennachbarstochter Birgit hinzu.

Die Rückfahrt nach Berlin lief fast so, wie die Hinfahrt nach Krakow, nur in umgekehrter Reihenfolge. Bummelzug bis Güstrow, Interzonenzug bis Oranienburg, wo wir dann in die S-Bahn umstiegen und somit fast schon zu hause waren. In Pankow-Heinersdorf grüßte am Bahnhof die Straßenbahn in Form der Linie 49 (heute Linie 50) und wir waren für mich offiziell in Berlin angelangt.

Zu hause bei meinen Eltern hatte sich in der neuen Wohnung aber schon eine Änderung ergeben. Als Ille-Oma und ich nach Krakow abgereist waren, war das kleine Zimmer der neuen Zweieinhalbzimmerwohnung noch unser Kinderzimmer gewesen. Der Raum, weil direkt am Treppenhaus gelegen, war der kälteste und lauteste Raum der ganzen Wohnung.
Nun, meine Eltern waren wohl sehr schnell zu dem Schluss gelangt, dass sie für ihr Schlafzimmer keinen großen Tanzsaal brauchten. „Wird ja von uns eh nur nachts genutzt.", erklärte meine Mutter meiner Oma. „Und da haben wir nun das Kinderzimmer im großen und unser Schlafzimmer in dem halben Raum eingerichtet. .... Ist für die Kinder auch angenehmer mit dem mehr Platz."

Aber für mich gab es erst einmal keine Zeit zum eingewöhnen denn schon am nächsten Tag ging es mit Eltern und Bruder für drei Wochen Urlaub in den Garten zu Opa nach Brieselang.

Im Jahr 68/69 gab es viele Veränderungen, ... sowohl für die Welt, als auch für mich.
Bereits am 21.August, also noch vor dem Ende meiner ersten Ferien, marschierten, bis auf die NVA, die Truppen des Warschauer Vertrags in der Tschechoslowakei ein und walzten mit ihren Panzern den „Prager Frühling" nieder. Am 5. November wurde Richard Nixon US-Präsident und am 22. November 68 veröffentlichten die Beatles ihr legendäres „White Album".

Von all dem bekam ich überhaupt nichts mit und falls sich Vaddern damals Sorgen gemacht haben sollte, dass er kurzfristig zur Reserve bei der NVA eingezogen werden sollte, bemerkte ich davon jedenfalls nichts.

Die Bedingungen änderten sich für mich.
Am 1.September wurde ich zum Schulkind. Die Zuckertüte war groß, der Anzug, den ich trug, kratzte und war steif wie ein Brett, die neuen Schuhe drückten und der braune Schulranzen war viel zu schwer. Das ein oder andere Kind in der Klasse kannte ich noch aus der Vorschule, aber es waren auch viele Neue darunter.

Eines der ersten Lieder, die wir lernten und an das ich mich erinnere, handelte nicht vom lieben guten Onkel Soldaten oder vom Rotarmisten. Diese Lieder kamen erst ein Jahr später. Nein, das Lied, an das ich mich bis heute erinnere und das wir dann geschlossen als Klasse bei der ersten großen Elternversammlung vorführen mussten, war das vom alten Onkel McDonald, der diese Farm hatte mit den ganzen Tieren und dem „i-A" des Esels und dem Rüssel des Elefanten und so weiter. Mir war das so peinlich damals. Aber meine Eltern fanden es einfach zu süß! So süß, dass ich dieses Lied dann auch bei den nächsten anstehenden Familienfeiern vorführen musste, was ja dann noch peinlicher war, da ich mich nicht in der Gruppe der Klasse verstecken konnte.

Kurz vor Weihnachten 68 schenkte sich unsere Familie den ersten Fernseher. Fort an hieß es nach dem Abendessen, erst den Schlafanzug anziehen, DDR-Sandmännchen sehen, ins Bad, waschen und Zähne putzen, dann den Westfernsehsandmann und das Telebärchen sehen, am Samstag gab es dann noch die Zeichentrickserie „Artur der Engel", die in den „Tausend-Tele-Tipps", dem „Werbefernsehen" der DDR, eingebettet war und dann ging es aber wirklich ins Bett.

Es war an einem Sonntagnachmittag des Winters 68/69, die Omas waren da immer zum Kaffee bei uns, als im Fernsehen eine Musiksendung lief mit einem Sound, dass meine „uralten" Eltern, beide noch keine dreißig Jahre alt, aus heiterem Himmel anfingen, im Wohnzimmer zu tanzen.
„Hottentottenmusik!", wetterte meine Uroma. Ich pflichtete ihr bei. Die singenden RIAS-Kinder wären mir auch lieber gewesen.
Im Fernsehen lief der „beat-club"!

Das Jahr verging schneller, als erwartet. Aber natürlich kommt es einem als Kind langsamer vor, denn ständig wartet man auf irgend etwas, auf die Ferien, auf Weihnachten, auf Mamas Geburtstag, auf die Rückgabe der Klassenarbeit ... ...

Am Schuljahresende verabschiedete sich bereits unsere tolle Klassenlehrerin Frau Rosignol von uns.
Die, meine nun ersten richtigen, Sommerferien in Krakow begannen.
Mitte Juli muss es gewesen sein, da fuhren Ille-Oma und ich auf der selben Strecke, wie schon im Jahr zuvor, auch wieder mit dem Interzonenzug und wurden am Bahnhof in Krakow wie gewohnt durchs Auto abgeholt.

Auf alten Bildern aus der Zeit sieht man, dass ich da noch immer blond und niedlich war, was ich sicherlich im Inneren ja bis heute geblieben bin ... ! (?).
Aber ich war nun ein wenig selbstbewusster, woran es ja bei mir bis heute mangelt, im Gegensatz zum Vorjahr und, welch wirklicher Fortschritt, als Schulkind konnte ich nun sogar lesen und schreiben.

Wie im Vorjahr, so schliefen wir auch in diesem wieder im Haus über der Bäckerei.
Es war an einem Sonntagvormittag, es muss der 20.Juli gewesen sein, da wurde ich von Onkel Ka-Fiddie ins obere Fernsehzimmer gerufen.
„Rölfchen, dass musste dir ansehen! Die Amerikaner landen gleich auf dem Mond!"

Ich bin ihm noch heute dankbar dafür, dass ich die Mondlandung in Krakow live miterleben durfte. Auch Astrid guckte, den Rest der Familie schien dieser „kleine Schritt für einen Menschen, aber ein großer für die Menschheit" wohl leider nicht zu interessieren.

Für mich war diese Fernsehliveübertragung ein Schlüsselerlebnis. Genau dabei nahm ich mir vor, mindestens so alt zu werden, dass ich im Fernsehen auch noch bewusst die erste bemannte Marslandung erleben kann.

Im großen und ganzen liefen diese Ferien für mich, zumindest in den ersten zwei Wochen, genauso ab, wie im Jahr zuvor.

Zu hause in Berlin gab es morgens folgendes Ritual: erst stand so gegen halb sechs Vaddern auf, wenn der um kurz nach sechs ging, weckte er mich, ich döste dann bis zur letzten Sekunde, die ich mir erlauben konnte, vor mich hin, war aber um Punkt zehn vor sieben im Bad, um meine Radiosendung während der Morgenverrichtungen zu hören. Danach weckte ich Muttern, die den Wecker nie hörte und während ich mich anzog, machte sie Frühstück. Ich saß dann schon beim Essen, wenn als letzter mein lieber Bruder geweckt wurde, der morgens zwar weit schneller war, als ich, der aber auch mehr nervte.

Auch im Garten war ich, nach Opa, der erste, der aufstand und im Winter war ich ja generell in der Familie der erste auf den Füßen, halt wegen meiner Radiosendung.

Ich hätte ja wenigstens in den Ferien mal ausschlafen dürfen, aber das tat ich in Krakow nie. Wenn ich morgens im Bett die Geräusche aus dem Backhaus hörte, war ich nicht mehr zu halten. Es war teilweise noch dunkel draußen, wenn ich in die Backstube schlüpfte. Vaddern erzählte mir später, dass ich da teilweise schon um fünf Uhr früh, so die Angabe von Ille-Oma, aufstand. Muttern hatte mir für diesen Urlaub extra zwei weiße Sporthemden, die ohnehin zu unserer Sportkleidung gehörten, wir waren die Oberschule im Stadtbezirk, die als Farben die selben, wie unsere Sportnationalfahnen, also weißes Hemd, schwarze Hosen, trugen (Wussten Sie, dass diese Farben, die ja auch unsere Nationalelf beim Fußball bei Länderspielen trägt, auf die Kaiserzeit zurück geht? Die alte Reichsflagge im Krieg war bis 1918 weiß/schwarz!) mit gegeben und zusätzlich zwei weiße Turnhosen und weiße Turnschuhe extra für meine Bäckerarbeit gekauft. Von Onkel Ka-Fiddie bekam ich ein Käppi, das ich bei der Arbeit dort wie ein Geselle trug.

Ich genoss es! Ja, wirklich! Überall herrschte Ruhe, irgendwo krähte ein Hahn, ein einsames Pferdefuhrwerk rumpelte vorn über's Kopfsteinpflaster, aber im Backhaus war das pralle Leben! Mittlerweile war ich „groß" und durfte dann morgens auch den Wäschekorb mit den frischen „Brötchene" in den Laden hieven, der da immer rappelvoll war. Tante Eeka und Tante Lotti bedienten. Aber davon bekam ich nichts mit. Teig kneten, Schrippen ritzen, Brot ritzen und punktieren, ich weiß nicht mehr, was ich da alles gemacht habe.

Interessant und neu waren für mich in diesem Jahr die „Nunneferzchen". Ich hab gerade in Büchern und im Internet nachgeschaut, das Wort gibt's so nicht. „Nonnenfürzchen" findet man. Dieses Gebäck wurde in Berlin auch unter dem Namen „Kameruner" verkauft, obwohl das sicher diskriminierend ist „Nunneferzchen" waren aus dem selben Teig, wie die „Pfannkuchen"/ „Berliner". Die Teigkugel wurde einmal mit der Hand auf der Arbeitsplatte „flach gekloppt", dann wurde dieses flache Ding in die Hand genommen, mit dem Mittelfinger ein Loch in die Teigmitte gemacht und eine der längeren Teig-Ecken einmal durch dieses Loch hindurch gezogen. Das ganze dann auch in Schmalz gebacken und einmal durch normalen Streuzucker gewälzt.

Es war wohl auch an diesem zweiten Sonntag, nach der live miterlebten ersten Mondlandung, als ich zu einer vollkommen neuen Erfahrung kam.
Am Nachmittag saßen wir alle wieder auf dem Steg am Bootshaus und ich tobte mit Bona.. Ich weiß nicht mehr, wie das genau kam, aber mir fielen innen an der Bootshausseite, an der Tante Hannemies Boot lag, Onkel Ka-Fiddies lag vom Eingang her links vom Mittelsteg, ihres rechts, mal wieder die ganzen langen Stangen und Planen auf. Ich begann zu Löchern.
„Tante Hannemie, was ist denn das?" „Das ist zum segeln." „Mh..." „Na das lange ist der Mast, die großen Tücher die Segel ..." „???" Als ich weiterhin unverständig blickte, ging sie mit mir auf den Steg im See und zeigte mir eines der Boote in der Ferne.

„Und wie geht das, Tante Hannemie? Man hört ja gar keinen Motor!"

Kurz entschlossen handelte sie. „Kommste mit?"

„Ja!" Ihr Boot wurde auf den See hinaus gezogen, vorn am Steg der Mast und das Schwert im Rumpf gesetzt und los ging es. „Setz dich nach vorne und fall nicht rein!"

Eigentlich gefährlich, einen Nichtschwimmer allein mitzunehmen, aber Ille-Oma war, glaub ich, mit dabei.

Der Wind kam von Nordwest, so dass wir ihn direkt von Luv, also von hinten, wie die Landratte sagen würde, hatten.

Ich fand es faszinierend. Vorn schäumte am Bug die Gischt auf, das Segel blähte sich, wir nahmen schnelle Fahrt auf und konnten uns dabei dennoch unterhalten.

Ich löcherte mit Fragen. „Kann man auch gegen den Wind fahren? Nein? Direkt nicht? Wenn der Wind nur aus einer Richtung kommt, wie fährt man dann 'ne Kurve? Darf ich auch mal lenken? Wozu ist diese Leine da?"

Kein lauter Motor, keine ungeahnten Kraftanstrengungen, weil man selber rudern muss, Fortbewegung einfach nur mit Wind. Es gibt nichts Schöneres.

Und ich bekam zu hören: „Kopf runter, der Mast kommt!" oder sowas in der Art. Wir fuhren hin, wir kreuzten gegen den Wind zurück, machten diese Tour nochmal. Ich sog das Segel-Wissen auf, wie ein trockener Schwamm das Wasser, durfte selber mal probieren. Den ganzen Nachmittag waren wir so auf dem See.

Da hat mich der Boot-Virus erwischt.
Ist noch heute mein unerfüllter Traum, den ich mir wohl niemals werde erfüllen können, dieses eigene Boot. So mit zweiundzwanzig machte ich mal einen eher halbherzigen Versuch und war kurz davor, mir ein eigenes, kleines, blaues Faltboot, mit dem man dann ja auch segeln konnte, zu kaufen, aber dann zog ich in meine eigene Wohnung und dieses eigene Boot blieb zwar auf meiner Wunschliste, war aber auf der Prioritätenliste immer ganz weit hinten.
Das eigene Boot ist aber noch immer im Hinterkopf ...!

Mit einem konnte ich jedoch in Krakow nichts anfangen, mit dem Hobby der Erwachsenen, dem Angeln.

Tante Hannemie blieb manchmal von Sonntag zum Montag über Nacht auf der Ranch und am nächsten Tag gabs zum Mittag Aale.
Onkel ka-Fiddie und Onkel Peter angelten vom Steg oder vom Boot aus. Im Bootshaus hingen alle möglichen Ruten, kurze, lange, welche aus Bambus, welche aus Glasfaser (Gab es solche damals überhaupt schon?), welch nur mit Schnur, einige mit Rolle, mit und ohne Blinker.
Auch Angeln ließ ich mir ausgiebig erklären, fand aber keinen direkten Draht dazu. Bin da halt typisch Großstädter. Mir taten die Fische leid, die so aufgespießt wurden, mit Haken im Maul oder noch tiefer. Die Gefangenen wurden, zum frisch halten, dann in Eimern mit Wasserlöchern unten am Steg im Bootshaus aufgehängt.

Die kleinsten Plötzen durfte ich dann abends auf dem Gehöft der Bäckerei an die Katzen verfüttern.
Das Ausnehmen von größeren Fischen, sah ich mir zwar genau an, aber zum einen taten mir dann die Fische wieder leid, die da nur für unseren Verzehr leiden mussten, zum anderen fand ich es ekelig, frisches Fleisch oder frischen Fisch so anzufassen .... mit all dem Blut drum herum. Das änderte sich wirklich erst, als ich ein Vierteljahr vor meiner betriebsbedingten Entlassung bei Kaiser's 1998 dort plötzlich in der Fleischabteilung eingesetzt wurde.
Man gewöhnt sich, wenn man muss, einfach an alles.
Glibberiger Teig oder fauliges Gemüse war mir aber nie eklig!

Hinzu kam beim Angeln, dass der dann geputzte frische Fisch auch noch gegessen wurde. Ich schilderte es ja vorhin, dieses Drama: „icke und die Gräten".
Hin und wieder ließ ich mich aber doch überreden, ein Stück, garantiert Gräten frei, ha-ha, zu essen.
Es schmeckte, wenn nicht die „Grätchen-Frage" gewesen wäre!

Einmal zog man einen fetten Hecht aus dem See. Interessant an diesem war, dass der erst kurz zuvor selbst einen kleinen Barsch erwischt hatte und der Barsch nun wiederum noch kaum verdaut sich im Magen des Hechtes befand.
Das war wie eine Lehrvorführung der Natur an mich: „Schau mal, Rolf, das heißt: Fressen und gefressen werden."

Von diesem Hecht, kaum Gräten, aß ich mit Wonne ein großes Stück und auch, ganz für mich allein, die (grätenfreie) Hechtleber. Etwas Leckereres hab ich bis heute nicht mehr gegessen!

Natürlich war das mit dem Essen nicht so einfach mit mir. Ich war als Kind halt nicht in einer Kita, später auch nicht im Schulhort und nahm nie an der Schulspeisung teil. So kannte ich, bis zur Lehre, mal abgesehen von Restaurantbesuchen, die vornehmlich im Urlaub statt fanden, nur Mutterns Küche. Damit allerdings auch nur Mutterns Gerichte.

Ja und dann kochte Muttern ganz viele Kohlgerichte. Die gab es einmal pro Woche, so Weiß- oder Wirsingkohl oder Kohlrabi mit Schweinebauch.
An den Wochenenden gab es, ich habe es berichtet, entweder Nudeleintopf oder, dann meist im Winter, Spaghetti mit Schmalzfleisch und geriebenem Käse. Dieses Schmalzfleisch, das es nur gelegentlich und nur in Berliner Einzelhandelsgeschäften gab, hatte eine interessante Geschichte. Das waren goldene Dosen ohne Etikett und ohne Aufdruck. Man kaufte gewissermaßen „die Katze im Sack". Indes munkelte man unter der Hand, dass es sich bei diesem Schmalzfleisch um die Westberliner Senatsreserve für den Fall einer neuen Blockade handele, die immer mal ausgetauscht, im Fachjargon „gewälzt" wurde und die Ostberlin billig aufkaufte.

So abwegig ist das sicher nicht, denn seit der Deutschen Wiedervereinigung gibt's dieselben güldenen Dosen mit haargenau dem selben Inhalt wie damals von „Dreistern". Da diese Firma aber heute in Neuruppin sitzt, wäre die andere Möglichkeit die, dass es sich damals im ein Exportprodukt der DDR nach Westdeutschland handelte, das immer nur dann im Ostberliner Einzelhandel landete, wenn mit der Produktionscharge irgendwas war. Noch heute hab ich im übrigen immer ein-, zwei Dosen dieses Produktes als eiserne Reserve im Schrank.

Sonntags dagegen gab es immer was mit Fleisch, Gulasch, Schnitzel oder auch Spinat mit Rührei oder so.
An den Sonntagen im Garten, wenn Opa kochte, gab es auch immer Fleisch mit Kartoffeln und Gemüse. Wobei das dann da noch besser schmeckte, weil zum einen Opa gut kochen konnte und zum anderen die Zutaten „frisch vom Feld" …. also gerade erst geerntet waren. Mir ist bis heute schleierhaft, wie Opa es schaffte, auf Holzfeuer so gut zu kochen. Ich bin seit meiner Kindheit Gas gewöhnt und komme nicht mal mit 'nem Elektroherd klar!

Wie gesagt, bei Muttern gab es so gewisse Sachen einfach nicht. Beispielsweise hab ich nie Hering mit Sahnesoße und Pellkartoffeln zu essen bekommen. Schon Pellkartoffeln gab es nie. Als ich später bei der NVA diente, gab es jedes Frühjahr fast drei Monate lang Pellkartoffeln zu allen Gerichten. Da musste ich schnell pellen lernen.

Mein Vater und ich liebten zum Beispiel auch Milchreis mit Zucker und Zimt. Den gab es aber nur, wenn wir zwei Muttern über Wochen hinweg gelöchert hatten. Eierkuchen war dagegen auch wieder ein typisches Samstagsgericht.
Leid tat mir Muttern, wenn sie ein- oder zweimal im Jahr Samstags frische Kartoffelpuffer buk.
Wir drei Männer halfen ihr beim reiben der Kartoffeln, dann aber schloss sich Muttern zum schmurgeln der Puffer in der rauchigen Küche ein, während wir Männer im Wohnzimmer grölten: „Wir haben Hunger, Hunger, Hunger, haben Hunger, Hunger, Hunger, Hunger, haben Hunger, Hunger, Hunger, haben Durst ....!"

Als ich mit vierzehn Jahren nicht mehr jedes Wochenende mit raus in den Garten musste, entdeckte meine Mutter für mich Fertiggerichte. „Tempo-Linsen" aus der Tüte süß-sauer liebte ich genauso wie „Tomatencremesuppe" aus der Dose.

Gewisse Sachen kannte ich auch nur in der Form, wie Muttern sie machte. Lungenhaschee kochte sie selbst und entfernte in stundenlanger Kleinarbeit die Luftröhrenteilchen, wie sie auch beim Bregen (Schweinehirn) jedes Äderchen heraus zupfte.

Ich liebte auch ihren grünen Salat, den sie mit gezuckerter saurer Sahne oder mit Buttermilch machte. Ich mache mir noch heute gelegentlich Kopf- und Eisbergsalat mit gezuckerter Buttermilch.
Als es dann mal in Krakow auch grünen Salat zum Mittag gab, langte ich da zwar ordentlich zu, bekam aber deren Dressing, einfach nur rohes,

gezuckertes Eigelb, nicht hinunter und aß den vollen Teller, trotz Zuredens, nicht auf. Ich komme bis heute nicht an rohes, glibberiges Eigelb oder -weiß ran.

Die Wochen mit meinen Eltern in Krakow und später dann auch in Pruchten waren vom Mittagessen her etwas schwierig. Begab man sich vom Badestrand zum Restaurant, dann war der gute Platz am Strand weg. In Pruchten gab es deshalb Mittags was Kaltes, also Stullen oder Kartoffelsalat und dann abends was Warmes im Restaurant. In Krakow hingegen ließen wir Decken und Luftmatrazen am Strand und gingen essen. Es war ja alles fußläufig in mehr oder weniger als zehn Minuten zu erreichen und die Gaststättenauswahl war nicht groß. Das Restaurant am Marktplatz war für eine vierköpfige Familie wie unsere schlicht zu teuer und zu edel, im Seehotel hätte man Gast des Hotels sein müssen oder einen Tag vorher vorbestellen und so blieb eigentlich nur die untere Selbstbedienungsetage im Jörnberg direkt an der Badeanstalt. Oben im Haus wurde bedient, das aber wollten meine Eltern nicht bezahlen, zumal auch die Gerichte im Prinzip die gleichen waren und deshalb wurde von uns unten im SB gegessen. Allerdings war der Andrang, wegen der niedrigen Preise, groß und man stand oft über eine halbe Stunde an, eh man einen freien Platz im Restaurant ergatterte. Auf Grund des innerhalb der DDR recht beschränkten Fleisch- und Gemüsesortiments, variierten auch die Speisekarten in solchen Restaurants mit Massenabfertigung .... eher wenig. Will sagen, wir aßen im Jörnberg im Wechsel: Bratwurst mit

Sauerkohl und Kartoffeln, Spinat mit Rührei und Kartoffeln, Bratwurst mit Rotkohl und Kartoffeln, „Tote Oma" mit Sauerkohl und Kartoffeln oder Szegediner Gulasch (der war damals überwiegend aus Sauerkohl) mit Kartoffeln. Und wenn man dann noch Hunger hatte, die Portionen waren recht knapp bemessen, holte man sich noch eine „echte" Soljanka, deren Hauptbestandteil Sauerkohl war.

Mit Beginn der Lehrzeit aß ich meist in der Firmenkantine zum Mittag, sofern es eine solche gab. Der Großhandel, bei dem ich lernte, hatte seinen Namen „Wirtschaftsvereinigung OGS" nicht zu unrecht, denn die Bude war über die ganze Stadt verteilt. In unserer Lehrzeit, wie schon gesagt war es bei mir das Büro, mussten wir alle halbe Jahre den Standort wechseln. So war ich zuerst im Betriebsteil Konserven in der Eldenaer Straße. Der Bürokomplex lag in ein paar lausigen, immer zugigen Baracken neben einigen Lagerhallen auf Teilen des alten Schlachthofes. Eine Kantine gab es. Aber nachdem ich an meinem ersten Tag dort „....ein paar große Tiere mit langen Schwänzen, Vaterkin, die sahen aus, wie fette Karnickel, aber ohne diese langen Ohren und mit einem langen, kahlen Schwanz, über dreißig Zentimeter lang diese Tiere. Was waren das? Waren das etwa Ratten? ...." aus der Küche dieser Kantine hatte wandern sehen, trank ich von da an dort nur Kaffee.
In der Firmenzentrale in der Jacobsohnstraße, heute ist in dem Gebäude eine Spielhalle, gab es nur ein Imbissangebot. Heißt, übersetzt in DDR-Zeit, dass es dort nur lauwarme Bockwurst oder kalte Buletten mit Kartoffelsalat bzw. Schrippe gab.

Dasselbe in der Finanzbuchhaltung in der Chausseestraße, direkt neben dem „Ballhaus Berlin", mit der Variante, dass man sich dort auch mal'ne Bockwurst an einem Stand gegenüber eines Parks, der später dem neuen Friedrichstadtpalast wich, holen konnte. Die war dann wenigstens mal heiß.

Erst als ich im letzten Halbjahr schließlich in der Verlängerten Waldowallee in Karlshorst landete, dort arbeitete ich dann noch ein Jahr lang, eh ich zur HO wechselte, gab es den Luxus mit eigener Kantine, die selber kochte. Heutzutage bietet man, falls es wirklich mal eine Kantine gibt, aber auch in der Mensa, immer etwa fünf Gerichte, davon eines vegetarisch, eines als Schonkost und eine Suppe oder einen Eintopf (zur Resteverwertung der Küche) mit an. Das gabs damals nicht. Im allgemeinen wurden zwei Gerichte angeboten und dann gab es halt das typische „Imbissangebot", bestehend aus belegten Schrippen oder Bockwurst und Kartoffelsalat.

Wobei ich Kartoffelsalat als Kind und junger Mann nie mochte! Lediglich am Bahnhof in Brieselang, wenn Vatern und ich mal allein raus in den Garten fuhren, kehrten wir dort regelmäßig ein. Hier aß ich mit Öl angerichteten Kartoffelsalat mit Currywurst, leidenschaftlich gern.

Was viele auch nicht wissen ist sicherlich, dass diese großen Kaufhallen, ich erzählte es bereits, dass dort fünfundachtzig, bei der Bölschestraße in Friedrichshagen wurde mir mal was von einhundertzwanzig Mitarbeitern erzählt, hatten. Die waren nun nicht immer zeitgleich da, sondern arbeiteten in zwei, die Warenannahme sogar in vier Schichten (Nachts plus Wochenende). Und diese Kaufhallen, ich erlebte es ab 1981 ja am eigenen Leibe, hatten ihre eigene Kantine, die auch immer, neben dem üblichen Imbissangebot, selbst kochte. In kleineren Märkten war das dann doch etwas anders. Dieser Markt Landsberger Allee Ecke Karl-Lade-Straße in Lichtenberg hatte nur etwa siebenundzwanzig Mitarbeiter. Heute ist darin ein Markt für russische Lebensmittel. Ich hatte hier von 1984 bis 1991 meinen Arbeitsplatz. Uns musste damals, rein rechtlich, die Möglichkeit für ein warmes Essen geboten werden. Einige Zeit lang sind wir in der Pause in eine Kantine direkt neben dem S-Bahnhof Landsberger Allee, damals Leninallee, gegangen. Heute ist dort ein Hochhaus mit Einkaufszentrum. Aber die veranschlagten dreißig Minuten Mittagspause reichten kaum aus, wegen der dort langen Schlangen in dieser Großküche, zum Empfang des Essens, geschweige denn auch noch zum essen selbst. Und so gab es nach dieser Testphase, die mal so ein viertel Jahr lang dauerte, recht bald wieder „Kübelessen", das uns geliefert wurde.

An den Wochenenden kochte ich als Erwachsener in meiner Wohnung zu hause selbst. Ich fragte beim Einkauf in meinem Laden immer erst den Kollegen Fleischermeister, was er denn für schönes Fleisch geliefert bekommen hätte und zu was für einem Gericht er mir raten würde und wie er das dann kochen würde. Er erklärte mir auch immer sehr eifrig dessen Zubereitung.

Von zu hause aus ließ ich mir dieses Rezept dann immer noch am Telefon von Muttern und falls ich gerade mal eine Freundin hatte, auch von dieser erklären, schaute schließlich noch in einem uralten Kochbuch, das mir Muttern mal mitgegeben hatte und das ich noch heute besitze, nach und kochte am Ende, nach all diesen Vorgaben frei nach Gefühl.

Zu DDR-Zeiten hieß das, Samstags gab es bei mir immer Spaghetti mit Schmalfleisch und geriebenem Käse (ich ließ dafür immer ein Stück hart und älter werden), Sonntags gab es irgendwas mit Fleisch, meist Mischgemüse und Kartoffeln.

Nachdem Kaiser's die HO-Kaufhallen in Ostberlin nach der politischen Wende übernommen hatte (mit Ausnahme der Geschäfte im damaligen Bezirk Pankow, der nicht mehr mit dem heutigen Stadtbezirk identisch ist), gab es kein Kübelessen mehr, dafür wurde uns in die Kantinen je eine Microwelle hinein gestellt. Aber diese Art von Mittagsessen, auch wenn es nur ein Imbiss ist, ist teuer und die Bezahlung im Einzelhandel nach wie vor sehr schlecht und so verlegte ich mich recht schnell auf den Verzehr selbst gemachter, mitgebrachter belegter Brote und aß dafür abends dann zu hause Dosengerichte oder Tiefkühlpizza.

Einen Imbiss kannte ich noch von Vatern. Er zelebrierte ihn regelmäßig, wenn es denn in der DDR mal frisch gepresstes Leinöl, also ab Herbst, gab. Er tunkte frisches Leinöl mit Brotbrocken von einem Teller. Gelegentlich gab er noch Salz und frisch gehackte Zwiebeln dazu.

Sehr lecker! Ich mach mir so etwas noch heute hin und wieder, esse aber häufiger Quark mit Zwiebeln und Leinöl (ein kleine Flasche auf ein Halbpfund - also einen Becher voll - Quark) als Brotaufstrich.

Immer in den Zeiten, in denen ich richtig arbeitslos bin, koche ich meist vollwertig. Das ist einfach 'ne Geldfrage. Meist sind es Eintöpfe, die immer für zwei, manchmal auch drei Tage reichen.
Aber es gibt dabei dann ja diese kleinen Tricks. Mein „Geheimgewürz" ist normaler Rübenzucker, den ich entweder karamellisiere oder einfach nur während des Anschmorens des Grundsuds aus Öl, Zwiebeln und Fleisch mit dazu gebe.

Ich weiß nicht, ob ich mich einfach nur relativ schnell an meine eigene Kost gewöhnt habe, oder ob es einen Einfluss darauf hatte, dass Muttern 1988 mal für mehrere Monate in einem Krankenhaus lag, weil man bei ihr schwere Diabetes Typ I (also nicht die Volksseuche, unter der ich auch leide) festgestellt hatte und sie darum fortan vollkommen anders kochte. Ich weiß nur, dass mir von etwa diesem Zeitpunkt an ihr Essen, mal abgesehen von der Weihnachtsgans, nicht mehr so schmeckte, wie in meinen Kindertagen.

Hab so im Laufe meines Lebens heraus bekommen, dass mir nur bei ganz wenigen Frauen, deren Kochkünste ich bewundern konnte, bisher das Essen komplett geschmeckt hat. Auch in der Großküche in Friedenau, in der ich, wie erwähnt, einige Zeit lang selber mit am Herd stand, konnten die Köche und die Kalt-Mamsell ganz hervorragend kochen!

Aber zurück nach Krakow. Eintöpfe waren da immer lecker, aber so an gewisse Sachen, wie das erwähnte rohe Ei als Salatdressing oder „Tote Oma", frische Blutwurst mit ganz, ganz vielen fetten Speckstücken darin, kam ich einfach nicht heran.

Dafür schlug ich dann wiederum zur Kaffeezeit zu. …. Mh …., lecker Gitterkuchen … ohne Gräten und ohne glibberiges, rohes Eiweiß.

Als jemand, der nun schon lesen und schreiben konnte, durfte ich von diesem Jahr an auch die rohen Mischbrotleibe mit einem „M" stempeln und konnte mich dann köstlich darüber amüsieren, wenn ich den Stempel um einhundertachtzig Grad drehte, statt dessen ein „W" stempelte und so ein „Wischbrot" daraus machte.

Der Sommer war wieder herrlich. Schlechtes Wetter gab es nicht. Ab morgens war ich im Backhaus, am Vormittag schlenderte Ille-Oma mit mir, manchmal noch mit Bona im Schlepp, durch den Ort und wenn sich dann die Bäckersleute nach dem Mittagessen schlafen legten, machten wir die „richtigen" Ausflüge. Wir wanderten dann die umgebenden Orte an oder liefen einfach nur durch dunkle Wälder oder an satt gelben Feldern vorbei, auf denen das Korn in prallen, fast berstenden Ähren stand.

Am Beginn der dritten Woche in diesem Jahr, kamen Ille-Omas Arbeitskollege Gerhard und seine

Frau Else, meine Patentante, mit nach Krakow. Sie wohnten im Seehotel. Ich fand es schon aufregend, sie in Krakow mit vom Bahnhof abzuholen. Von dort liefen wir gemeinsam zum Hotel.

Ich fand es sehr aufregend. Zum ersten mal in meinem Leben betrat ich bewußt ein richtiges Hotel. Es hatte im Untergeschoss einen, für meine damaligen Begriffe riesigen, über zwei Etagen verlaufenden Saal, der auf der See abgewandten Seite von einer Bühne mit tief lilafarbenem, plüschigen Vorhang, die in der Höhe bis zur zweiten Etage ging, begrenzt war. Zur Seeseite hingegen öffnete sich der Saal mit großen Fenstern, an die sich dann noch eine überdachte und halb verglaste Terrasse direkt bis an den See zog. Auf dieser Terrasse, wie auch im Saal gab es Gaststättenbetrieb. Und ich entsinne mich noch mit Wonne an die leckeren Sahne-Eisbecher, die wir in diesen Tagen dort Nachmittags verzehrten.

Der Saal hatte auf der dritten Etage einen rundum laufenden Gang, von dem aus man in die Gästezimmer und auch in die Mansardenzimmer der vierten Etage gelangte.

Es roch überall so fein und nach frisch gestärkter Wäsche. Das ganze Hotel verströmte in seinem inneren noch den morbiden Charme der „Goldenen Zwanziger".

Schöne Tage, die wieder viel zu schnell vergingen.

An einem der Nachmittage machten wir eine „Dampferfahrt" mit der schon damals etwas altersschwachen „Frauenlob". Wer die riesigen Touri-Schaukeln auf der Spree kennt, die bei gutem Wetter im Abstand von wenigen Minuten zwischen Mühlendammbrücke und Kanzleramt pendeln, für den ist die „Frauenlob" mit ihren sechs oder acht kleinen Tischen im Innendeck und dem Platz für vielleicht sechs Personen an der Reling hinten, ein Witz, aber es ist auf dem Krakower See das größte Schiff.

So schön, wie das Eis essen und das Landschaft bekieken auf dem Dampfer war, so richtig wohl fühlte ich mich darauf nicht.

Mir kam es vor, als würde ich still stehen und die Landschaft zöge man an mir vorbei.

Die Fahrt auf einem Kreuzfahrtschiff stelle ich mir genauso langweilig vor. Es liegt wie ein Brett auf der See und vom Wasser bekommt man eigentlich überhaupt nichts mit.

Nein! Ein Schiff muss schaukeln, man muss das Wasser riechen, die Spritzer auf der Haut schmecken, die Gischt mit den Händen fühlen.

Ein Kreuzfahrtschiff … naja … an mir vorüber ziehende Landschaft kann ich mir auch auf dem Computer ansehen.

Diese Woche, ging viel zu schnell vorbei. Vor meinem inneren Auge sehe ich, wenn ich an dieses Jahr zurück denke, noch immer üppig grüne Wiesen, goldgelbe Felder, den See, der in der Sonne so herrlich blau blitzte und der im frühen Morgennebel so ganz anders aussah, als an einem knallig hellen Tag oder bei Gewitter, wenn sich die Wolken bedrohlich ballten. Und die wohltuende Kühle des Waldes mit seinen dann nervenden

Heerscharen an blutrünstigen Mücken an einem heißen Sommertag ist mir auch noch sehr gut in Erinnerung.

Krakow war halt so ganz typisch Mecklenburg, mit vielen Hügeln und noch mehr versprengten Seen und Tümpeln.

Die Rücktour nach drei Wochen, gemeinsam mit Ille-Oma, ihrem Kollegen und Tante Else erfolgte wie immer mit dem Interzonenzug.

Die Sommerferien endeten, wieder einmal, mit drei Wochen in Brieselang.
Als Ille-Oma mich nach Krakow bei meinen Eltern ablieferte, stellte ich fest, dass sich etwas bei uns zu hause geändert hatte. Wir waren nun motorisiert ... mehr ... oder eher weniger.
Mein Vater hatte sich ein „Kleinkraftrad", oder hieß es „Kleinmotorrad" (?) gekauft. So ein Mittelding zwischen Roller und richtigem Motorrad. Er hatte 49,6 cm³ Hubraum, eine zugelassene Höchstgeschwindigkeit von 75 km/h und hatte deswegen auch ein richtiges Nummernschild und nicht nur dieses Versicherungskennzeichen. Ich merkte mir „IP 67 - 04".

Von da an geschah es häufiger, dass ich mit Vaddern zusammen nach Brieselang fuhr.
Mein Bruder war damals noch nicht schulpflichtig und so fuhr dann Muttern meist morgens, mit noch relativ leeren Zügen zum Garten vor. Vaddern wartete, bis ich aus der Schule kam und nahm mich dann auf dem „Sperber" mit. Trotzdem wir statt

zweieinhalb Stunden Zug nur anderthalb Stunden mit dem Moped fuhren, hab ich daran keine so gute Erinnerung.

Ich saß halt hinter Vaddern und krallte mich mit meinen Armen in seinen Bauch. Die Sitzbank war hart, wie ein Brett. Unterhalten konnte man sich nicht, weil der Motor unter einem so laut röhrte. Auf der Rücktour nach Berlin hatten wir im Herbst auch immer noch Spankörbe oder Horden mit Obst und Gemüse auf dem Gepäckträger geladen, die mir dann ins Kreuz drückten, ich zwischen Vaddern und Obst auf der harten, vibrierenden Sitzbank eingekeilt. Auf etwa halber Strecke, in Hennigsdorf, machten wir immer eine Pause auf einem Parkplatz vor einem Laden, der Modellbauartikel führte. Den Laden gibt's dort heute noch.

Durch Westberlin hindurch sind es nach Brieselang von Hohenschönhausen aus etwa 35 km. Später mit dem Trabi über die Autobahn waren es dann gut 90 km, damals, über die Landstraßen etwa 63 km. Es ging ab Konrad-Wolff-Straße über Buschallee, Rennbahnstraße, Heinersdorf, Pasewalker Str., Niederschönhausen-Nordend, Blankenfelde, Schildow, Schönfließ, Bergfelde, dann über eine harte Betonpiste fast in Sichtweite der Berliner Mauer nach Hennigsdorf, von dort weiter über Bötzow, Schönwalde und Falkensee. Und je nachdem, wie Vaddern sich gerade fühlte, fuhren wir entweder über Landstraßen weiter oder wir fuhren ab Finkenkrug durch den Brieselanger Forst eh wir dann im Garten anlangten.

Und immer, immer wenn wir Landstraße fuhren, standen wir im Forst bei Falkenhagen mindestens eine halbe Stunde an einer Bahnschranke!

Außer an des neue Moped kann ich mich an diesen Sommer in Brieselang an gar nichts mehr erinnern.

Auch in der Schule gab es Veränderungen. Wir hatten mit Frau Warnstädt eine neue Klassenlehrerin und waren, nun in der zweiten Klasse, nicht mehr die ganz kleinen.
Unsere Klassenstärke lag bei gut dreißig Schülern.
Nun, als die Größeren, bekamen wir auch mehr Aufgaben. Auch waren aus den vier Stunden Unterricht im ersten Jahr nun gelegentlich mal fünf oder gar sechs Stunden geworden.
Im Klassenraum wurden wir auch umgesetzt. Da galt nicht: ich will bei meinen Kumpels sitzen! Nein! Immer fünf oder sechs Schüler wurden zu sogenannten „Brigaden" zusammen gesetzt. Diese Brigaden waren durch die Klassenlehrerin bestimmt und absichtlich gut durchmischt. In ihnen waren immer Leistungsstärkere und Leistungsschwächere, Jungen und Mädchen, Kinder mit korrektem, politischen Elternhaus und welche ohne dem zusammen. Der leistungsstärkste und politisch korrekteste wurde dann „Brigadeleiter". Einen Stellvertreter gab es dazu auch.
Rein vom Lerneffekt war es so, dass auf diese Weise die schwächeren Schüler von den Leistungsstärkeren aufgefangen, mitgezogen, werden sollten.
Das hatte aber auch noch einen ideologischen Grund. Wir traten als Brigaden von unseren

Schulleistungen her nun in den „sozialistischen Wettbewerb" mit den anderen Brigaden aus unserer Klasse.

Gemeinsam verlebten wir „Brigadenachmittage" im Elternhaus des Brigadeleiters. Das waren bei uns übrigens, mit Ausnahme des Strebers André, nur Mädchen. Und natürlich ging es bei diesen Brigadenachmittagen nicht nur um Spiel und Spaß sondern auch schon um die ersten Anfänge der Rotlichtbestrahlung. Auch sammelten wir Altstoffe und spendeten dann diese Erlöse den „hungernden Kindern" im Kriegsgepeinigten Vietnam oder in Afrika. Zu den Pioniernachmittagen in der Schule wurden zum Beispiel „Veteranen der Arbeiterklasse" als Zeitzeugen geladen oder die Brigaden hatten Rechenschaft über ihre Leistungen abzugeben und so was alles.

In der Klasse gehörten wir alle, ohne Ausnahme zu den jungen Pionieren.

Muttern erzählte mir später dann. Dass da dann aber schon bei den Elternversammlungen getrennt wurde. Nach Ende der „richtigen" Versammlung mussten dort dann immer noch die Eltern weiterhin verbleiben, die in einer der Parteien waren. In Hohenschönhausen, als Stasi-Hochburg, hatte das dann sicher noch eine besondere Brisanz.

Christina, unsere Gruppenratsvorsitzende und eine Zeit lang auch noch meine Brigadeleiterin in Personalunion, himmelte ich ja schon seit der ersten Klasse an. Zum Halbjahreszeugnis der 2. Klasse wurde sie in der Aula vor der versammelten Schule von sowjetischen Pionieren mit einem roten Halstuch ausgezeichnet, das sie sich künftig zusammen mit dem blauen Halstuch um den Hals knüpfen durfte. Die sowjetische Pionierorganisation hatte von Hause aus diese roten Halstücher. Ich fand, mit diesem rotblauen Halsschmuck sah Christina einfach noch schnuckeliger aus. Das passte so gut zu ihrem blonden Lockenschopf und ihrer, immer etwas weinerlich klingenden Stimme. Im Sommer hatte sie viele niedliche Sommersprossen auf ihrer Nase und ihre Ausstrahlung warf mich immer wieder um

Jahrelang war ich verschossen in sie. Allerdings war ich auch zu feige, mit ihr zu gehen und so ist sie heute eine der netten Erinnerungen in meinem Kopf.

Mit der Zweiten Klasse wurde bei uns zu hause eine kleine Neuerung eingeführt. Ich hatte bis dahin meine ersten Schulschreibübungen mit so einem Füllfederhalter gemacht, mit dem man die Tinte noch umständlich aus einem Tintenfass in das Depot des Schreibgerätes erst über die Schreibfeder hinein saugen musste. Das kleckerte natürlich, gab Flecken an den Händen, am Pullover, am Hemd und bei den ersten Buchstaben, die man schrieb, auch auf dem Papier und war insgesamt eine ziemliche Sauerei, weil man auch nach dem Befüllen erst einmal den Federhalter an der Spitze mit einem Löschplatt wieder säubern musste und so weiter.

Es lag allerdings schon seit der Einschulung ein Füller von der Westverwandtschaft für mich bereit. Ein Markenname, Geha, Pelikano oder so etwas. Die wurden dann schon mit Tintenpatronen befüllt.

Mit diesem Füller durfte ich seit diesem Jahr unter Mutterns strengen Blicken die Hausaufgaben machen.

Gleichfalls nur unter Aufsicht wurden die Filzstifte durch Muttern heraus gerückt. Filzstifte gab es 1969 in der DDR noch nicht zu kaufen und so konnte man dann auch immer in der Klasse an Hand der Schreib- und Malgeräte erkennen, wer Westkontakte hatte und wer nicht.

Ausnahme war der Streber André. Sein Vater war Diplomat oder so etwas. In der Schule, im Fach Heimatkunde, vertrat er immer die stringenteste Parteilinie und „überholte" manchmal so gar noch den Pauker auf der „linken Spur".

Bei einem Brigadenachmittag bei ihm fiel mir aber auf, dass er wesentlich mehr Matchbox-Autos, die bei uns damals Vaddern unter Verschluss hatte, und auch viel mehr Lego-Steine als ich hatte.

Das gab mir damals zu denken!

Im Herbst fuhren Ille-Oma, ihr Arbeitskollege, Tante Else und ich mit einem Reisebus für ein paar Tage nach Prag. Die drei spielten jeden Samstag um einen geringen Einsatz Skat, im Sommer oft in deren Garten in Berlin-Karlshorst, wohin ich manchmal mit durfte. Dieses verspielte Geld sparten sie und unternahmen dann gelegentlich etwas. So kam es zu dieser Reise nach Prag.

Es war mein erster Auslandsaufenthalt.

Das Hotel, in dem wir übernachteten, würde ich als mondän bezeichnen. Man sah überall güldene Verzierungen, schweres, dunkles, kostbares Holz

an den Wänden, goldene Leuchter, Messing an Beschlägen und so weiter.
Ich staunte über die fremden Straßenbahnen, denn außer Berlin kannte ich keine andere Großstadt und ich amüsierte mich innerlich über das niedliche deutsch der Angestellten im Hotel, wenn sie mich ansprachen.
Ich habe nur noch wenige Erinnerungen an diese Fahrt. Ich erinnere mich an die lange Busfahrt mit einem, damals neuen Ikarus-Bus, bei uns in Hohenschönhausen fuhren noch die runden Schlenky's, und an diesen insgesamt gülden-mondänen Gesamteindruck von Prag.

Kurz vor Weihnachten hielt bei uns zu hause in Form eines mysteriösen, kleinen Kastens der neben dem Fernseher stand, das ZDF einzug. Der Fernseher, den meine Eltern ein Jahr zuvor gekauft hatten, hatte nur das erste Programm Ost und das erste Programm West. Wobei ich mich bei Ostfernsehen sehen, eigentlich nur noch an das Sandmännchen, an „Artur der Engel" aus den samstäglichen „tausend-tele-tipps" und hin und wieder auch mal an einen Fetzen eines deutschen Spielfilms der dreißiger, vierziger Jahre mit Heinz Rühmann, Marika Röck, Johannes Heesters oder Ilse Werner erinnere.
Dieser kleine, braune Kasten, von dem mir eingeschärft wurde: „Davon darf niemand was wissen, sonst kommen wir alle ins Gefängnis!" hatte eine besondere Bedeutung, und Jahrzehnte später benutze ich ihn selbst, als ich 1984 in meiner eigenen Wohnung den Fernseher meiner Uroma aufgestellt bekam.

Es sendete damals schon das zweite Programm des DDR-Fernsehens auf UHF. Die jeweils ersten Programme kamen über den Frequenzbereich VHF. Aber es handelte sich dabei um einen inoffiziellen Testbetrieb. Den durfte man sich zwar schon ansehen, aber die entsprechenden Geräte gab es noch nicht zu kaufen. Mit diesem kleinen, braunen Kasten, der zwischen Antenne und Fernseher zwischen geschaltet war, konnte man von VHF auf UHF hin und her schalten.

Heißt also, wer einen solchen Kasten als DDR-Bürger hatte, wollte Westfernsehen sehen. Das war zwar nicht verboten, aber es war unerwünscht und in jenen Jahren durfte man sich auch nicht in der Öffentlichkeit mit jemandem über das am Vorabend gesehene Westfernseh-Programm unterhalten. Dafür konnte man schon ins Gefängnis wandern.

So klar haben meine Eltern es mir aber auch damals gesagt.

Mit den Fernsehkanälen auf UHF erschlossen sich mir ebenso das Dritte Programm mit seiner Sesamstraße und der unkonventionellen Fernsehmoderation der Ansager im Rollkragenpullover. Mit dem ZDF erschlossen sich mir weitere Dinge. Bin ja auch heute noch der Meinung, das ZDF ist so der Rollce-Royce unter den Fernsehanstalten. Die können von der ganz großen Unterhaltung bis hin zur gut recherchierten Dokumentation einfach alles hervorragend!

Damals erinnere ich mich an Serien wie Daktari, Flipper, Bonanza, Immer wenn er Pillen nahm, oder an Spielfilme wie Tarzan oder die ganze Karl-May-Reihe. Vor allem aber liebte ich Hellmut Lange als Wildtöter in dem TV-Vierteiler von Produzent Walter

Ulbrich (kein Tippfehler, dieser Walter wurde ohne „T" geschrieben).

In der Schule trugen wir zum Schuljahresende hin immer häufiger als Oberbekleidung unsere weiße Pionierbluse, mit dem blauen Halstuch, weil es von der Lehrerin so gewünscht war. Mein Vater moserte schon. Er käme jeden Tag schmutzig und dreckig von der Arbeit, aber sein Sohn, also icke, könne es sich leisten, täglich im weißen, frisch gebügelten, frisch gestärkten Hemd zur Schule zu gehen. Und das Größte käme ja noch. Anscheinend sei ich Schmutz abweisend, denn so ein Hemd könne ich eine ganze Woche lang tragen, ohne dass daran ein Stäubchen zu sehen sei.
Das stimmte zwar nicht ganz, kam aber der Wahrheit relativ nahe. Ja, damals machte Dreck noch einen großen Bogen um mich.
Aber das lag sicher auch daran, dass ich mir schon damals meine Hände nie wirklich gern schmutzig machte. Wenn ich meinen Bruder zum Beispiel zum Abendbrot von unserem großen, unübersichtlichen Hof aus nach oben holen sollte, fand ich ihn häufig „in der großen Pfütze" nass bis auf die Knochen oder „im Müllcontainer" bis auf die Haut mistig und dreckig von der Asche der Ofenheizungen unseres Häuserblocks.

Ich war dagegen immer sauber!
Es fiel mir dann später auch schwer, da über meinen Schatten zu springen. Im Fach „Produktive Arbeit - PA", das wir ab der siebenten Klasse mitmachen mussten, alle zwei Wochen fuhren wir da für einen ganzen Tag in eine große Fabrik und

fertigten irgendwelche Teile an, ich komme dazu noch, liebten es ja einige, regelrecht in Maschinenöl zu baden, ich fand das alles nur scheußlich.

Ist ja bis heute so. Eh ich mir an meinem Fahrrad die Hände dreckig mache, zahl ich lieber meiner Werkstatt um die Ecke die Reparatur.

Es kam der Sommer 1970. Zum meinem neunten Geburtstag hatte ich von meinen Eltern ein nagelneues 26er Herrenfahrrad bekommen. Es war für mich damals einfach noch eine Nummer zu groß. Ich reichte mit meinen Beinen kaum an die Pedalen, geschweige denn bis auf den Boden. Das erschwerte das Anhalten und besonders das wieder Anfahren ungeheuer.

So blieb mein Fortbewegungsmittel jedenfalls noch in dem Jahr mein großer, blauer Tretroller mit dem harten, klappbaren Sitz.

Die Ferien begannen wieder. Nach einer Woche Brieselang ging es für mich, nach einem Tag Aufenthalt in Berlin, mit Ille-Oma nach Krakow. Wieder waren auch der Arbeitskollege meiner Oma und meine Patentante mit dort, nun aber volle drei Wochen.

Erstmals lief es bei mir auch morgens anders ab. Ich half weiterhin ab früh in der Bäckerei. Aber während Ille-Oma dann schon zum Seehotel ging, um mit ihren Bekannten dort zu frühstücken, aß ich immer noch erst in der Bäckerei mit allen anderen, eh ich mich dann gegen 10 Uhr gleichfalls auf den Weg zum Seehotel machte.

Ich hatte dann immer ein Tütchen mit Kuchenbruch dabei, den wir, meist irgendwo in der Botanik picknickend, am Nachmittag verzehrten.
Es ging hinauf in die Mäkelberge, zur alten Mühle, die mittlerweile nur noch Heimatmuseum war oder am Wasser entlang bis zur wilden Badestelle oder noch weiter „am kleinen" und „am großen Pilz" vorbei bis zum Wadehäng. Diese beiden „Pilze" sind mir in Krakow so in Erinnerung. Um einen Baumstamm herum war innen eine Bank angebracht und nach oben hin in einem schätzungsweise 45° Winkel ein rundum laufendes Schilfdach, das diesem Unterstand die Form einen Pilzes verlieh.

Sonntags trafen sich dann alle auf dem Steg des Bootshauses, die Familie und Tante Else mit Omas Arbeitskollegen.
Gerade dort auf diesem Steg fand ich es immer sehr interessant. Unsere Verwandtschaft grüßte von dort aus viele Leute auf dem See, auf dem Weg vorne oder in die Nachbarschaft, und ich war jedes mal erstaunt, was vor allem Tante Eeka so alles über die Leute zu erzählen wusste.
„Also der da, in dem braunen Boot mit dem Lateinsegel, das da gerade zur wilden Badestelle fährt, der Herr Wieland ist das, der hat doch letztens tatsächlich, also wirklich tatsächlich seine wunderhübsche Tochter so einem Großstädter aus Rostock verheiratet. Und nun streiten die sich an den Wochenenden immer hier um das eine Boot, was sie haben. ..."
Plötzlich lauter ein Gruß vom Steg des Bootshauses zum Weg nach vorne und die Erklärung. „Das ist die

Frau Lehmann. Vor achtzehn Jahren hat die so einen ganz armen Schlucker aus dem Neubaugebiet geheiratet. Mittlerweile sind sie die Pächter der Mocca-Milch-Eisbar, an der wir immer vorbei kommen." Und dann schon fast ehrfurchtsvoll. „Die nehmen uns Samstags immer zwei ganze Bleche Gitterkuchen ab. Astrid ist auch mit ihrer Tochter eng befreundet."

Dann wurde freundlich zum Bootssteg zwei Parzellen weiter gegrüßt, wo man offenbar gerade erst angekommen war und mit den Vorbereitungen zum Aufbau einer Kaffeetafel begann. Und man bekam die Erklärung: „Die haben gerade Besuch aus Westdeutschland! Ihre Schwester ist doch noch vor zweiundfünfzig nach Niedersachsen geflüchtet und betreibt dort in einem Dorf ihre eigene Fleischerei mit vier Angestellten."

In der Woche waren wir dann auch wieder in der richtigen Badeanstalt. Aber so richtig dem Wasser traute ich noch nicht. Ich hatte in der Schule erst ein Jahr Schwimmunterricht und kam über zwei, drei reguläre Schwimmstöße nicht hinaus. Ich schaffte es im tiefen Wasser ja kaum, den Kopf über diesem zu halten. Außerdem war ich bei diesen Schwimmübungen „Hallenbad" mit seinem Chlorwasser gewohnt, bei dem man bis auf den Boden des Beckens schauen konnte. So ein See mit seiner vergleichsweise trüben Brühe war mir da noch unheimlich. Und so blieb ich in diesem Jahr auch weiterhin im Nichtschwimmerbereich der Badeanstalt. ... Freiwillig! ... Wasser hat halt keine Balken!

Am ende dieser drei Wochen musste ich überraschender Weise eine wichtige Entscheidung treffen.

Ille-Oma erklärte mir: „Wenn du artig bist, auf alles hörst, was man dir sagt, dich immer fügst und ordentlich wäschst, kannst du gern eine Woche lang alleine hier bleiben. Du kennst ja alle. Mama, Papa und dein Bruder kommen dich in ein paar Tagen hier abholen, denn sie machen dann mit dir hier in Krakow noch zwei Wochen Urlaub."

Ich jubelte innerlich. Klar doch! Gerne! Noch weitere Tage in der Bäckerei. Aber so ganz geheuer war mir diese Situation nun auch wiederum nicht. Ich zögerte mit meiner Antwort.

Was, wenn ich Heimweh bekam?

Ille-Oma schien das zu ahnen. „Kannst mich ja notfalls auch auf Arbeit anrufen." Das überzeugte mich. Meine Eltern hatten zwar damals noch keines, aber die Krakower hatten ein Telefon und Ille-Oma auf Arbeit auch.

Und so blieb ich, mit leicht flauem Gefühl im Magen, allein am Bahnhof zurück, als Ille-Oma, ihr Arbeitskollege und Tante Else am Folgetag abreisten. Ich rief sie in dieser Woche aber nicht an, …. denn …. ein Telefon war für mich in der damaligen Zeit noch technisches Gerät, dem ich nicht wirklich vertraute. Was, wenn es da „Kriechströme" gab oder aus heiterem Himmel der Blitz ins Telefon fuhr? ….

Ich war wohl in der Woche ganz artig, denn Beschwerden wegen mir, gab es wohl nicht.

Im Tagesablauf hängte ich mich mehr oder weniger an Astrid. Morgens half ich weiter in der Bäckerei. So ab Mittag machte ich den Hühnerhof und die Stallungen unsicher. Ich kämpfte mit meiner Jagd-Büchse, einem langen Stock, gegen ganze Heerscharen von wilden Indianern, jagte als Trapper Bison-Hühner oder rettete ganz allein das „Fort am Biberfluss".
Abends ging es dann meist noch für ein bis zwei Stündchen zum Bootshaus. Der Fernseh-Sandmann war auch hier das Ende des Tages für mich, bevor ich mich in der Stube, in der auch der Patriarch der Familie, Onkel Peter, schlief, zur Ruhe begab.

Nach einer Woche holten Onkel Ka-Fiddie und ich meine Eltern und meinen Bruder vom Bahnhof ab. Sie hatten durch gute Vermittlung unserer Bäckersleute vor Ort ein Zimmer in einem kleinen Haus von einer einheimischen Familie für zwei Wochen vermietet bekommen.

Nun also eine vollkommen andere Situation. Ich schlief quasi auswärts und musste mich morgens zu Fuß auf den Weg zur Bäckerei machen, wenn ich dort weiterhin helfen wollte. Für mich war früh das Hoftor aufgeschlossen, so konnte ich quasi von hinten durch die „kalte Küche" zur Bäckerei gelangen. Im Büro vorn zog ich mich um, bevor ich die Backstube betrat.

Eigentlich war diese Situation noch schöner. Die Lage des Zimmers, in dem wir wohnten, war als

weitere Steigerung noch ruhiger, als das Kopfsteinstraßenpflaster an der Bäckerei.
Zu hause in Berlin wohnten wir zur Hauptstraße, zur Konrad-Wolff-Straße, hin. Die drei Autos und den Linien-Bus hörten wir nie, aber die erste Straßenbahn, die morgens um kurz nach vier, wir hatten die Haltestellen für die beide Richtungen quasi vor der Tür, vor dem Fenster hielt, machte uns immer wach.
Und nun Krakow mit seiner schier grenzenlosen Ruhe.
Gerade diese Ruhe ließ uns Berliner meist unruhig schlafen.

Mit dem ersten Hahnenschrei von irgendwoher war ich meist wach, glitt fast geräuschlos ins Bad zur Morgentoilette, dann in meine Klamotten und verließ das Haus.
Der Weg führte erst zum Jörnberg und dann am See entlang. Ich liebte es, wenn die Nebelschwaden noch über Teile des Sees waberten, im Schilf Blesshühner krakelten und es nach frisch geteertem Holz und moderigem Fisch roch. Der Sandweg federte unter jedem Schritt nach. Ein einsamer Frosch quakte und irgendwo im Schilf flatterte es aufgeregt, Enten quakten und eine einsame Lachmöwe erhob sich von ihrem voll geschissenen Ruheplatz auf einem Pfahl im See. Von der anderen Seite des Weges kläffte ein räudiger Hofhund und Hahnkrähen pflanzte sich von Grundstück zu Grundstück fort, verklang im Nirwana und kam in Wellen zurück, um erneut in der Ferne zu verebben.Von der anderen Seite des Weges kläffte erneut ein Köter und Hahnkrähen pflanzte sich von

fort, verklang, kam in Wellen zurück, um erneut in der Ferne zu verebben. Irgendwo balgten sich zwei Katzen und ein Schwan erhob sich majestetisch aus dem See, um zu einem Rundflug anzusetzen.

Hinter „unserem" Bootshaus ging es eine Straße in den Ort hoch, die mir nie so ganz geheuer war, denn sie hatte keinen eigenen Bürgersteig und ich wusste nicht, was ich tun sollte, falls mir dort mal ein Auto begegnen sollte, was jedoch nie geschah.
Weiter ging es an einem kleinen Platz vorbei und an der Mocca-Milch-Eisbar, danach kam die Bahnschranke die hoffentlich auch an diesem Morgen geöffnet war.
Als kleiner Junge ist man ja fast automatisch Eisenbahnfan. Ich hatte es vorhin schon beschrieben, dass dort an einer Stelle, an der ich nun täglich mehrmals hindurch musste, die Bahn in einer Häuserlücke, die ganz genau ein Haus breit war, an einer Schranke mit Schrankenwärter und Schrankenwärterhäuschen die damalige Hauptstraße überquerte. Wenn die Schranke mal geschlossen war, hörte man den Zug schon von weitem laut schnaufen und tuten. Und wenn dann das heiße, Dampf spuckende Stahlross die Straße überquerte, fand ich das immer besonders aufregend.
Die Bewohner der angrenzenden Häuser, bei denen in den Vitrinen sicherlich nicht nur das gute Meißner bei jeder Zugdurchfahrt klapperte, waren da bestimmt anderer Meinung.

Mein Weg führte dann an einem um diese Uhrzeit noch geschlossenen Lebensmittelladen vorbei, vor dessen Eingangstür in großen Metallkästen die Milchlieferung der letzten Nacht auf ihre Abholung in den Laden wartete.

Ein paar Häuser weiter war das Kino. Eine Flohkiste für Berliner Verhältnisse. Die Filme, die dort in großen Schaukästen an der Wand des Eingangsbereiches beworben wurden, kannte ich meist schon, zumindest vom Namen her. Nur dass unser Kino Venus zu hause in Hohenschönhausen, diese Filme oft schon vor einem halben Jahr gezeigt hatte.

Dann ging es nochmals um eine Häuserecke herum, an langen Gebäudereihen vorbei, die nur gelegentlich mal durch eine hohe Tordurchfahrt unterbrochen war, weiter an der Eingangstür des Ladens unserer Bäckerei vorbei, mit einem Satz über einen niedrigen, metallenen Zaun und dann durch das soeben beschriebene offene Hoftor auf den Hühnerhof und dann zur Küche hinein.

Wobei ich mich bis heute an die gewaltige, fast tonnenförmige Wölbung der Straße vor dem Haus erinnere und an das unmögliche, sehr grobe Kopfsteinpflaster, das in der Fahrbahnmitte zur Wölbung hin mit größeren Feldsteinen, im Bereich, wo man am Fahrbahnrand parken konnte mit kleineren Feldsteinen gepflastert war.

In jenen Jahren gab es in Mitteleuropa keine Sommerzeit. Das heißt, dass es morgens zur Dämmerung, in der ich zur Bäckerei aufbrach, immer noch sehr früh gewesen sein muss.

Da wieder dieser krasse Unterschied. Auf der einen Seite der frische, junge Tag, der sich noch behäbig reckte und streckte, mit all seiner Ruhe und Friedlichkeit, aus dem ich kam und dann der Gegensatz zur flinken Arbeitsatmosphäre in der Bäckerei, bei der alles schnell, schnell gehen musste und ich hoffentlich nie im Weg stand.

So etwa bis um neun Uhr half ich, dann bezahlte ich ordentlich von Mutterns Geld die zehn Schrippen, die mich meine Eltern beauftragt hatten, mitzubringen und lief flink in unser Quartier, wo ich schon mit den, manchmal gar noch heißen Schrippen erwartet wurde.

Eines schönen Morgens, ich ritzte noch fleißig Brot und drehte Rosinenzöpfe, stand plötzlich mein Vater in der Backstubentür. Damit hatte ich nicht gerechnet. Meine Eltern hatten mich bis dahin noch nie in der Backstube arbeiten sehen.
Vaddern ließ sich von mir erklären, was ich da gerade machte und fragte dann in die Runde hinein, auf mich deutend: „Steht er sehr im Weg?"
„Nein, nein!", kam von Onkel Ka-Fiddie, „Rölfchen, hilft uns hier wirklich."
Beim bezahlen der Schrippen, mittlerweile war die Schlange vor der Bäckerei nicht mehr, so wie früh um sieben Uhr kurz vor der Öffnung, gut fünfzig Meter lang, sondern nur noch einzelne Kunden standen im Laden und plauschten miteinander, fragte mein Vater Tante Eeka: „Habt ihr eigentlich auch so richtigen Hefe-Zuckerkuchen? Den gibt's in Berlin nämlich überhaupt nicht mehr."

„Natürlich, Gerdelchen", antwortete sie, „Hier, der ist noch warm. Kannst 'n halbes Blech haben, wenn du willst." Mein Vater wollte und bezahlte auch das noch.

In unserem Quartier lobte mein Vater mich gegenüber meiner Mutter.
„Hab den Rolf noch nie sich so schnell bewegen sehen."

Ich genoss auch wieder diese drei Wochen. Zum ersten mal in meinem Leben, hatte ich meinen Eltern etwas an Wissen voraus und ich konnte meiner Familie all die schönen Ecken zeigen, die ich schon kannte.

Etwas befremdlich fand ich, dass wir an den Wochenenden nicht auch alle Tage zum Kaffee im Bootshaus waren. Aber eine Tour mit dem Boot über die Seen machte Onkel Ka-Fiddie auch mit uns vieren, wobei ich dann auch wieder, ganz stolz, den Außenborder halten und das Boot steuern durfte.

Ziemlich anstrengend war mein Bruder, ... schon damals. Da, wo ich mich lockeren, schwingenden und leichten Schrittes auf Pfaden durch das Schilf, durch Brombeerbüsche, Heidekrautwiesen und auf Feldwegen fast lautlos dahin glitt, lärmte mein Bruder, der sich oft wie ein Elefant im Porzellanladen bewegte. Er zermalmte mit seinen Schritten Nacktschnecken, trampelte auf Ameisenpfade und verscheuchte durch seinen Krach, den er machte, so manches wilde Tier, das wir anderen dann nur noch in Panik flüchten sahen.

War ich dagegen allein oder mit Ille-Oma unterwegs, blieben die Blesshühner auf ihren Eiern im Schilf hocken, Rehe ästen im Unterholz weiter und Greifvögel schlugen vor unseren Augen ihre Beute.

Die Krönung war jedoch, dass mein Bruder es sogar schaffte, durch seinen Lärm die neugierigen Kühe, die sonst immer zu mir kamen, von ihren Weidezäunen ins innere der Weiden zu treiben.

Ich weiß nicht mehr, in welchem Zusammenhang das war, aber es gibt noch ein paar vergilbte Fotos von dieser Begegnung. An unserem vorletzten Sonntag in Krakow besuchte uns unser Brieselanger Gartennachbar mit Frau und Kind. Wir stehen in einer schön gestellten Aufnahme alle zusammen auf dem Steg des Bootshauses.

Unser Gartennachbar war schon seit der Kindheit der beste Kumpel Vadderns. Mit ihrer drei Jahre jüngeren Tochter wurde ich aber, im Gegensatz zu meinem Bruder, nie warm. Das sieht man zum Beispiel daran, dass ich, komischer Weise tu ich das auf fast allen Familienbildern, etwas Abseits zu allen anderen stehe.

Alle gestellten Familienfotos zeigen mich etwas abseits und mit trauriger Flappe. Selbst Fotos, auf denen ich als Teil einer Firmenbelegschaft abgebildet, zeigen mich immer etwas abseits oder von der Masse in irgendeiner Form abgesetzt.

Und erstaunlicher Weise erst Gruppenbilder von uns als Zeitungsredakteuren der „Prenzlberger Ansichten" oder mit meinen Freunden vom „Black International Cinema - The Collegium" lichten mich als Teil eines Teams ab.

Was wir genau im einzelnen in diesem Sommer 71 in Krakow gemacht haben, weiß ich nicht mehr. Aber ich kann mich noch an die mehr als schmerzhafte Bekanntschaft mit einer Wespe erinnern, die ich eigentlich nur von mir weg scheuen wollte, die sich aber standhaft wehrte und mich stach. Ein Jahr später wäre mir ein Wespenstich als das kleinere Übel lieber gewesen!

Mit meinen Eltern fuhren wir über eine andere Strecke, als mit Ille-Oma, nach hause. Es ging ab Krakow mit dem Bummelzug nicht nach Norden Richtung Güstrow, sondern nach Süden mit Umsteigen in Karow (Mecklenburg). Das war nur eine Bahnstation ... ja, das muss man den Berlinern so genau beschreiben, denn wir haben schließlich einen Ortsteil im Bezirk Pankow Namens Karow, der an der S-Bahn zwischen den Stationen Blankenburg und Buch liegt. Und wenn ich hier nun schreibe „wir sind bis nach Karow gefahren", da denken die Berliner dann: „Ha, ha, da warste ja schon fast zu hause!"
Von diesem Karow (Mecklenburg) fuhren wir mit einem Diesel bespannten Personenzug bis nach Waren (Müritz) und von dort mit einem normalen D-Zug und nicht mit einem Interzonenzug, bis nach Berlin-Lichtenberg und von dort mit der Straßenbahnlinie 69 bis zur Möllendorfstraße (hieß die damals auch so? ... weiß ich nicht!), dann weiter zwei Stationen mit der Straßenbahnlinie 3 bis Weißenseer Weg / Hohenschönhausen, auf alten Stadtplänen sieht man da noch die Bezeichnung

„Wilhelmsberg" und schließlich mit der Linie 63 oder 64 noch einmal fünf Stationen bis nach Hause.

Selbst diese sieben Wochen Sommerurlaub in Krakow erschienen mir noch zu kurz. Heute sehe ich das kritischer, denn in diesen ganzen Wochen hatte ich fast gar keinen Kontakt zu Gleichaltrigen.

Die letzte der üblichen acht Wochen Sommerferien verbrachte ich zu hause. Es ging darum, sich vor allem mental auf das neue Schuljahr vorzubereiten und den Kontakt zu den Schulkumpels wieder aufzunehmen.
Muttern kaufte vorsorglich neue Hefte und übte mit mir lesen, schreiben und rechnen.
Was man doch alles an Wissen so innerhalb weniger Wochen als Kind so vergessen kann, wenn man nur will …
…. und um wieviel erstaunlicher ist es, zu bemerken, was dann aus dem letzten Schuljahr doch noch hängen geblieben ist, … wenn Muttern mit 'nem Kleiderbügel halb über einem schwebt und Dresche anbietet, für den Fall, dass man „alles" vergessen hat, was man je gelernt hat. … … ..

Das neue Schuljahr begann wieder sehr aufregend.
Auf Grund eines Erlasses der vier Besatzungsmächte, bekamen alle Berliner Schüler, egal ob im Ost- oder im Westteil der Stadt, ihre Schulbücher von der Stadt gestellt.
Das waren nicht immer druckfrische Exemplare, und sie mussten am Jahresende auch wieder in der Schule abgegeben werden, aber die wenigsten dieser Bücher erlebten noch ein drittes Jahr. Es hielt

sich die Waage zwischen Neuexemplaren und ein Jahr alten, die von den jeweiligen Fachlehrern ausgegeben wurden und nur ganz wenige erlebten ein drittes oder gar viertes Schuljahr.

Der Vorteil eines so alten Buches war indes, dass man es im allgemeinen dann nach Abschluss der Klassenstufe behalten durfte.

Vorn in den Büchern war ein Stempel, in den der derzeitige Besitzer seinen Namen und die Klasse eintrug.

Das erste, was man immer machte, wenn man so ein gebrauchtes Buch bekam, war nachzulesen, wem aus der nun höheren Klasse das Buch im letzten Jahr gehört hatte.

Nebenbei sei es erwähnt, das Mathebuch und die Fibel der ersten Klasse durfte man in jedem Falle behalten und auch den Atlas, den es zum Beginn des Geographieunterrichts in der fünften Klassenstufe gab. Ich nutze ihn noch heute.

Ich erwähne das mit den uns vom Berliner Magistrat / Senat gestellten Bücher hier nur, weil ich gehört habe, dass man im Rest der DDR und im Bundesgebiet die nicht gerade billigen Lehrbücher wohl schon damals generell kaufen musste.

In dieser dritten Klasse erhöhte sich unsere Klassen-Stärke von bisher ca. dreißig auf etwa fünfunddreißig Schüler.

Der Hintergrund dafür war folgender. Am alten Anger in Hohenschönhausen stand noch, zwischen Schloss und Kirche, die alte Dorfschule. Dort wurde die erste und zweite Klassenstufe in je zwei Zügen unterrichtet. Das hatte den Vorteil, dass die Klassenstärken gerade noch bei den Grundlagen, etwas geringer waren. Für ab der dritten Klassenstufe wurden dann Schüler der Dorfschule auf die je drei Züge an den beiden Hohenschönhausener Oberschulen, an die Pestalozzi-Oberschule in der Werneuchener Str. und an unsere 9.Oberschule „Nicolai Bersarin" in der Roedernstraße, aufgeteilt.

Unter den Neuen waren u.a. auch Carsten und Uwe, mit denen ich mich relativ schnell anfreundete und Katrin, die Tochter DES Hohenschönhauser Fleischermeisters. Deren Fleischerei gibt's leider schon lange nicht mehr.
Katrin fand ich „schnuckelig".
…… … und ständig ging mir bei ihr der Schlager von Peter Rubin durch den Kopf: „Du kannst das … am besten … drum küss ich auch nur dich …. und weil wir … uns lieben …. drum küsst du auch nur mich … küss weiter, küss weiter, weil es nichts schöneres gibt …. schließlich haben wir ja beide stundenlang geübt …."

Dieses Schuljahr 70 / 71 war mein bestes Jahr von den Noten her. Am Schuljahresende hatte ich einen Notendurchschnitt von 1,4 und durfte in der Aula vor der versammelten Schule in aller Öffentlichkeit sogar eine Urkunde und ein Abzeichen für gutes Lernen entgegen nehmen. Da stand ich dann auf der Bühne, direkt neben Christina und mir war das alles fürchterlich peinlich, aber ein wenig Stolz war ich auch.

Im Sport schaffte ich das erste und einzige mal während meiner gesamten Schulzeit die Endnote „1", weil ich die erste Schwimmstufe erreicht hatte.

Die hatte ich aber wohl auch nur mit „Augen zudrücken" bekommen, denn ich weiß bis heute nicht, wie ich damals den Kopfsprung hinbekommen und die fünfzig-Meter-Bahn in einem Stück durchzuschwimmen geschafft habe.
Aber, naja, zumindest ging ich beim Schwimmen im tiefen Wasser nicht unter und hatte vor „ohne Grund" keine Angst mehr, wenngleich ich bei längeren Strecken noch immer Mengen an Wasser schluckte.

Der Klassenleiter, den wir in diesen beiden Jahren hatten, hieß Lobedan und war ein schon hoch betagter, alter Herr mit Glatze. Er stand vermutlich schon kurz vor seiner Pensionierung. Vom Aussehen, so mit Brille und so, hatte er frappierende Ähnlichkeit mit dem „Lehrer Lämpel" aus Wilhelm Buschs „Max und Moritz".
Er schweifte gern in seinem Unterricht ab und wir waren in dem Alter noch folgsam, und wenn er in Heimatkunde etwas über den Krieg erzählte, in dem er auch als Soldat gedient hatte, betonte er immer nachdrücklich, dass er natürlich niemals selber Menschen erschossen hätte.

Bis zum Frühjahr 71 hatte ich einen gewaltigen Schuss in die Höhe gemacht und war soweit gewachsen, dass ich nun ohne Probleme an die Pedalen meines Fahrrades kam.
Ich bin noch heute meinem Vater dankbar dafür, dass er mir schon damals so etwas wie richtige Fahrstunden gab.
An Hand von ihm selbst entworfenen Skizzen musste ich als erstes die Vorfahrtsregeln lernen.

Rechts vor links ist dabei noch das Geringste. Spannender wird es, wenn es abbiegende Hauptstraßen gibt!
Beispiel: Ich komme auf der Hauptstraße entlang und die biegt nach links ab. Von rechts steht schon jemand und von gerade zu kommt jemand. In welcher Reihenfolge darf gefahren werden? Also ich zuerst, da der von rechts kommende für mich auf der Nebenstraße ist. Danach dann der mir entgegen kommende, denn diese beiden Straßen, rechts und gerade zu, sind von der Hauptstraße aus gesehen in diesem Falle nur Nebenstraßen und wenn diese beiden Verkehrsteilnehmer nur noch stehen, gilt unter diesen beiden „rechts vor links". Und der, der Rechts von mir gestanden hat, fährt zum Schluss.
Noch interessanter ist es, wenn von links auf der Hauptstraße auch noch ein Auto steht, das geradeaus, in die Straße rechts von mir will. Auch da fahre ich zuerst. Auch dabei kommen wir beide zwar auf der Hauptstraße entlang, aber da komme ich von rechts und das gilt dann.

Solche Sachen machte mein Vater da mit mir. Er hatte da wirklich die Erfahrung, denn er hatte einige Jahre lang als Berufskraftfahrer gearbeitet.
In Hohenschönhausen hatten wir zwar einen Verkehrspark oben an der Buschallee, aber da waren wir, glaube ich, nur ein- oder zweimal als Schüler und hatten dabei nicht wirklich etwas gelernt.

Zuerst übten Vaddern und ich dann praktisch auf unserem großen Innenhof, danach ging es zu Fahrübungen auf unsere Straße und die

angrenzenden, später dann auch noch weiter, bis nach Lichtenberg. Vaddern vorn weg oder direkt hinter mir auf seinem Sperber.
So lernte ich ganz gut und bekam Fahrpraxis im richtigen Straßenverkehr.

In diesem Frühsommer begann ich auch endlich, mir mal von selbst ein Buch zum lesen zu nehmen. Nach Bildergeschichten von „Fix & Fax" und kleineren anderen Büchern wagte ich mich ziemlich schnell auch an „große Literatur" heran. Das schwierigste war eine Ausgabe von „Cooper's Lederstrumpf", die so ende der dreißiger Jahre erschienen sein muss. Diese „gekürzte und überarbeitete Ausgabe" war nur noch halb so dick, wie das Original, dafür aber flüssiger zu lesen. Allerdings … diese altdeutsche Druckschrift machte mir schon Schwierigkeiten. Auch waren die Charaktere etwas anders, als im Original dargestellt. Der Wildtöter war halt groß, schlank, blond und „hart wie Kruppstahl", während sein indianischer Gefährte eher etwas tumb dargestellt war.

Bücher waren von da an fester Bestandteil meines Lebens und Jahre lang war es für mich wichtig, vor dem Einschlafen noch ein paar Seiten in einem Buch zu lesen. Heute brauche ich zum Einschlafen den Fernseher.

Im Sommer 71 war ich ganze acht Wochen in Krakow am See. Die ersten drei Wochen wieder mit meinen Eltern, dann blieb ich zwei weitere Wochen so da und die letzten drei Wochen übernahm Ille-Oma.

Mit den Eltern wohnten wir in dem Jahr etwa zehn Häuser von der Bäckerei entfernt, was ich ein wenig schade fand, entging mir doch so der morgendliche Weg um den friedlichen See.

Ich weiß nicht mehr, was ich in den zwei Wochen ohne Eltern und Ille-Oma da allein in Krakow anstellte.

Der Ort war überschaubar, die Einheimischen wussten wohl, wohin ich gehörte und so wanderte ich oft auf eigene Faust umher. Das Toben war mir, im Gegensatz zu meinem Bruder, immer etwas fremd.

Meist saß ich auf irgendwelchen Stegen im Schilf und beobachtete Vögel und Fische, freute mich an Ameisenpfaden und an surrenden Libellen.

Bona, die ja nun für mich bedeutend kleiner war, hatte ich meistens mit dabei. Schon daher wussten wahrscheinlich die Natives, wohin ich gehörte.

Bald kannte ich jeden Weg und jeden Geheimpfad.

Nur zu Gleichaltrigen hatte ich keinerlei Kontakt.

Es kann zwar garantiert keine acht Wochen lang immer nur gutes Wetter gewesen sein, aber in meiner Erinnerung war es so.

Wenn es regnete war ich sicherlich irgendwo im Haus unterwegs.

Es muss eines dieser Wochenenden gewesen sein, in denen ich dort „allein" war, als mir Onkel Ka-Fiddie weitere „Geheimnisse" der Bäckerei zeigte. Zum einen nahm ich mich da immer mal mit zum Anheizen des Ofens. Es war, wie gesagt, eine

„Dampfbäckerei". Das heißt, mit Elektrizität liefen nur die wenigen Maschinen! Der Ofen dagegen buk mit Feuer. Es buk nicht über offenem Feuer! Nein! Muss man sich das in etwa so vorstellen, wie einen Badeofen oder eine Etagenheizung.
Das Feuerloch war an einer Seite des Ofens, durch eine Wand von der eigentlichen Bäckerei getrennt. Dort schaufelte Onkel ka-Fiddie Kübelweise Briketts in die Luke, überprüfte dann hin und wieder an irgendwelchen Anzeigen, die an Rohren im Backhaus hingen, diverse Drücke und Temperaturen und legte unter Umständen auch schon noch mal ein paar Briketts nach.

Für mich war hier in Krakow bei den Kohlenlieferungen etwas neu. Auch wir zu hause heizten zur damaligen Zeit noch damit. Aber die Berliner Kohlenhändler mussten und müssen bis heute die Briketts bei der Anlieferung in die Haushalte diese Kohlen in den Kellern selber stapeln. Das ist wegen der relativ kleinen Keller in den alten Berliner Mietskasernen. Deshalb gab es in den Berliner Haushalten diese großen Quaderförmigen Briketts. Firmen in Berlin, wie zum Beispiel unsere Schule, bekamen kleine Briketts geschüttet. Und außerhalb Berlins bekam jeder Haushalt seine Kohlen vor das Haus geschüttet. In Berlin gabs dafür halt diese Kohlenträger, die in großen Bottichen auf ihren Rücken die Kohlen lieferten und im Keller stapelten.
Mir fiel es in Krakow regelrecht auf, dass da immer mal vor dem einen oder anderen Haus auf dem Gehweg Briketts abgeschüttet waren, die dann die Hausbewohner mit Eimern in ihre Keller schleppten.

Ich glaube, fast bis zum Ende der DDR gab die Kohlen sogar noch auf Marken, auf Bezugsschein. Diese Kohlen auf Marken waren relativ preiswert, aber das entspechende Bezugskontingent war wohl ziemlich dürftig, so dass meine Eltern immer noch, zu horrenden Preisen sogenannte „HO-Kohlen" dazu bestellten. Diese Bestellungen mussten auch immer relativ zeitig am Jahresanfang bei den Kohlenhändlern eingehen.

Jedenfalls fand ich es spannend, zu sehen, woher der Backofen in Krakow seine Wärme bekam.

Ein weiterer Ort, der für mich unbekannt war, das war der Mehlboden. Ich habe leider eine Mehlanlieferung in Krakow nie hautnah erlebt. Nur einmal sah ich einen H3A-Pritschenwagen mit Mehlsäcken in der Auffahrt stehen und erlebte dann das Säcke rücken auf diesem Mehlboden am Tag danach.
Es roch recht eigenartig dort unter dem Dach, ein Gemisch aus Holz, Dachpappe, Teer, Mehl und Maus.
Ja, das darf man nicht vergessen. Man hatte auf dem Gehöft nicht umsonst so viele Katzen! Ich sah nie lebendig Mäuse. Bekam von deren Existenz nur immer dann was mit, wenn mir mal eine der Katzen ganz stolz ihre Beute vor die Füße legte.
„Iiiihhh! Tote Maus!"
Aber es muss sie dort in jeder Ecke gegeben haben. Die Hygiene-Vorschriften waren zwar damals schon hart, aber Mehlböden waren halt der ideale Lebensraum für diese possierlichen Tierchen.

Ich schnappte denn auch immer mal so die eine oder andere Story auf, die unter der Verwandtschaft erzählt wurde.

„Neulich brachte doch eine Kundin ihr Mischbrot wieder zu uns zurück. Da hatten wir doch tatsächlich eine ganze Maus eingebacken ...."

Ich fand diese Storys immer lustig.

Auch acht Wochen Krakow waren in meinen Augen zu kurz für mich.

Ab Herbst 1971 ging es für mich in die 4. Klasse. Wie schon im Jahr zuvor war der Unterrichtsraum ein dunkles Verlies mit viel zu kleinen Fenstern und zu dicken Mauern. Und wie auch wieder ein Jahr zuvor saßen wir an zu kleinen Tischen, die mitsamt den Stühlen in einer Reihe miteinander verschraubt waren und die obendrein auch noch ein Tintenfass hatten. Offenbar museale Überreste, aus dem Jahre 1906, als die Schule gebaut wurde.

Nach den „Kartoffelferien" im Oktober stiegen wir zu Thälmannpionieren mit roten Halstüchern auf. Meine Mutter hatte das Blatt der Jungen Pioniere „Die ABC-Zeitung" immer am Kiosk gegenüber gekauft. „Die Trommel", der Lesestoff für Thälmannpioniere, abonnierte sie dann für mich.

Mit Beginn der kalten Jahreszeit war für uns im Sportunterricht Eislaufen angesagt. Das Sportforum lag ja quasi um die Ecke, da bot sich das an. Die Eisbahn, wo heute der Wellblechpalast steht, war damals nur eine unüberdachte, ovale Eisbahn mitten in der Landschaft.

Im Gegensatz zum Schwimmen stellte ich mich bei dieser Sportart reichlich dämlich an und hatte am Jahresende, wie dann auch in den folgenden Jahren, in Sport nur eine „4".

Ich hatte auch ein wenig Pech, denn so richtig konnte ich am Eislaufunterricht in dem Winter nicht wirklich teilnehmen.
Das hatte einen ganz speziellen Grund.

So zwei Tage vor Silvester bekam ich Bauchschmerzen, die über Tage blieben. Muttern wärmte mir den Bauch mit Heizdecken. Als nach fünf Tagen noch keine Besserung bei mir eingetreten war, ging sie mit mir am 2. oder 3. Januar 1972, zum Kinderarzt.
Von da an ging alles ganz schnell. Ich fand es spannend, meine Mutter heulte, denn ich wurde mit einem Notfallrettungskrankenwagen und lautem Tatü-Tata ins Krankenhaus kutschiert und noch am selben Abend operiert.
Diagnose: Blinddarmdurchbruch. Den nächsten Tag hätte ich ohne OP vermutlich nicht überlebt.
Mein Schutzengel hat mich im Verlauf meines Lebens so einige male noch in letzter Sekunde von der Schippe gezerrt. Dies war, so ich mich erinnere, das erste mal.

Das Krankenzimmer, in dem ich aus der Narkose erwachte, war ein großer Saal mit zehn oder zwölf Betten. Tage lang hing ich am Tropf. Die erste feste Nahrung waren zwei trockene Scheiben Zwieback, die ich aber mit unendlichem Genuss, nach einer

Woche Verzicht auf jegliche Nahrung, die man in den Mund stecken konnte, knabberte.
Drei Wochen Krankenhaus, eine Halbmond-unförmige Narbe mit fünf Stichen, dazu noch eine kleine Narbe daneben, in der ein Schlauch für den Eiter eingelassen war, sind geblieben.

Nach diesen drei Wochen Krankenhaus, ich lag übrigens in der Klinik in der Weißenseer Schönstraße, durfte ich auch die restlichen Wochen bis zu den Winterferien noch nicht zur Schule.
Ich langweilte ich mich zu hause total, denn mit meinem Bruder kam ich schon damals nicht klar.
Muttern erledigte zu hause Schreibarbeiten, die sie sich an je zwei Vormittagen in der Woche aus irgendeiner Firma in der Grünthaler Straße abholte.
In der Zeit hütete uns Tick-Tack-Oma. Mein Bruder ging, so wie ich, nicht in den Kindergarten.

Am besten fand ich, dass mich Christina, in ihrer Funktion als Klassenbeste und Gruppenrats-vorsitzende unserer Pioniergruppe mich zweimal pro Woche besuchte, um mir Hausaufgaben zu bringen und um mir das eine oder andere an Stoff zu vermitteln.
Die Kumpels ließen sich erstaunlicher Weise in der Zeit kaum sehen.

Zu Pfingsten machte ich eine ganz besondere Radtour. Ich fuhr mit dem Fahrrad die komplette Strecke bis nach Brieselang. Laut Tacho des Mopeds meines Vaters waren das ca. fünfundsechzig Kilometer.

Viele Jahre später, 1980 muss es gewesen sein, machte ich diese Tour, in Begleitung eines Kumpels, erneut, aber da waren wir dann schon so schlau, bis Hohenneuendorf wenigstens mit der S-Bahn vorzufahren. Das sparte etwa zwanzig Kilometer.

Als es dann die Berliner Mauer nicht mehr gab halbierte sich die Strecke auf etwa die Hälfte, wobei ich natürlich schon durch meinen Wohnort im Prenzlauer Berg ein paar Kilometer sparte. Nach dem Tod unseres Vaters und nachdem ich das Grundstück schon längst nicht mehr betreten durfte, weil mein Bruder es, Jahre vor dem Tod unserer Eltern, heimlich von diesen, ohne mein Wissen, geschenkt bekommen hatte, im Sommer 2010, machte ich diese Tour erneut. Bis Brieselang hin mit der Bahn und dann zurück mit dem Rad und dabei immer Etappenziele gesetzt. Also erst Spandau, da fühlte ich mich noch recht fit, dann Jungfernheide, da ging es noch, Gesundbrunnen war fast schon Ende der Fahnenstange und die letzten anderthalb Kilometer waren es dann nur noch reine Viecherei. Aber immerhin nur gut drei Stunden gebraucht, fast wie in meinen besten Zeiten, fünfzehn Jahre zuvor, wo ich gut zweieinhalb Stunden für die Strecke benötigt hatte.

Aber zurück zu Pfingsten 72. Rund fünfundsechzig Kilometer sind für einen knapp Elfjährigen, auf einem Fahrrad ohne Gangschaltung und nur wenige Monate nach einer sehr, sehr schweren Operation schon ein gewaltiges Stück. Vaddern begleitete mich. Er fuhr auf dem Moped immer bis zur nächsten Ecke vor und ich strampelte hinterher. Etwa viereinhalb Stunden brauchte ich so. Am

Pfingstmontag fuhren dann aber mein Fahrrad und ich zurück nach Berlin mit der Bahn.

Die Sommerferien über war ich auch in diesem Jahr, das wusste ich schon vorher, immerhin war ich mit elf ja nun „groß" und ein richtiger „Teenager", die ganzen vollen, naja, nur knapp acht Wochen in Krakow „eingeteilt".
Aber die Umstände waren etwas anders.
Die ersten drei Wochen war ich mit Ille-Oma dort, zwei Wochen oder gut, ... ähm zehn Tage wäre ich mehr oder weniger allein und dann würden für nochmals etwa zweieinhalb Wochen meine Eltern mit meinem Bruder kommen und wir würden wieder hinterm Jörnberg wohnen. Etwa eine knappe Woche vor Schulbeginn wäre ich wieder zu hause.

Wie immer wurden wir von Onkel Ka-Fiddie und Astrid bei unserer Ankunft vom Bahnhof abgeholt.
Krakow war für mich immer wie so eine Zeitkapsel, an der alle Veränderungen mehr oder weniger Spurlos vorüber gingen, ... glaubte ich.
Es war ja auch die meiste Zeit so.
Die Verwandtschaft wurde einfach nicht älter, sondern sie hielten sich bei „um die fünfzig", das Auto war noch dasselbe, die Bäckerei roch noch, wie im Vorjahr, die Miezekatzen kannten mich noch, Bona kannte mich noch, ... also alles beim alten ...?

Ich wunderte mich schon, als wir an der Bäckerei nicht unsere Koffer ausluden, sondern sie im Wagen blieben. Ille-Oma musste Kaffee trinken, ich musste als erstes ins Backhaus stürzen ... ja, steht noch ... dann auf den Hof, Katzen begrüßen, ab in den Schweinestall ... aber letztes Jahr waren die doch größer .... ??? ... einmal mit Bona in der Einfahrt toben und dann Malzkaffee und meinen heiß geliebten Gitterkuchen! Krakow war einfach schön!

Aber dann ging es, mit Tante Eeka nochmals mit dem Auto los.
Ich merkte: die Route der Fernstraße durch den Ort hatte sich mal wieder geändert. Oder war die Beschilderung durch den Ort noch gleich, aber der überwiegende Teil der Fahrzeuge nahm den „Schleichweg", der zum Schluss schon keiner mehr war, weil alle ihn nahmen?

Mit dem Auto und unseren Koffern ging es zum Bootshaus. ... und ich staunte.
Das Bootshaus war komplett neu gebaut.
Ja, auch dieses Neue hatte wieder einen rostroten Anstrich, einen langen Steg vom Weg aus und ein Schilfdach. Aber alles andere war grundsätzlich anders.

Es gab eine moderne, weiße Tür mit Sicherheitsschloss und nicht mehr ein windschiefes, klapperiges Etwas, das man mit einem Schlüssel, wie das Hoftor eines Raubritterburg aufschloss.
Neben der Tür zwei, da nun gerade mit Rollladen verschlossene, moderne Klappfenster.

Zum Weg hin gab es auch noch eine kleine Terrasse, auf der man bequem mit Campingtisch und -stuhl geschützt sitzen konnte, wenn der Wind

mal von der Seeseite her kam. Drei kleine Stufen führten hinauf.
Und das Haus hatte offensichtlich eine zweite Etage, denn über der Eingangstür gab es noch ein Fenster. Dass es tatsächlich eine dritte Etage war, merkte ich erst innen.

Nun stiefelten wir also auf diese neue, etwas angehobene Terrasse am Ende des Stegs drauf zu, die mit Röhrichtmatten Sicht- und Windschutz zum Weg hin gab. Denn es war sicher schön, wenn man zum Zaun hin Bekannte und, mögliche, Stammkunden sah, aber die brauchten einem ja nicht unbedingt auf die gedeckte Kaffeetafel zu schauen.

Nach dem öffnen der Tür stand man in einer Art Vorraum. Lediglich schwere Igelitvorhänge oder so etwas ähnliches in der Art - vielleicht war es auch ein mit einem sehr weichen PVC überzogener Stoff diente als Raumtrenner.
Nach rechts und links waren so je anderthalb mal anderthalb Meter große Räume abgeteilt. Dann öffnete sich diese Art Vorraum zu einem großen Zimmer.
In der rechten „Kammer", wenn man so will, waren die ganzen Campingmöbel zusammengeklappt gelagert.
In der linken „Kammer" war so etwas wie eine kleine Küchenzeile eingebaut.
Ich weiß nicht, ob es überhaupt elektrischen Strom gab, aber ich glaube eher nicht. Neben einem kleinen Becken zum Geschirrspülen gab es einen zehn-Liter-Wasserbehälter. Ich werde auf die

Wasserversorgung dort gleich noch genauer eingehen. In einem weiteren Schrank lagerte vor allem Plastikgeschirr. Beide „Kammern" hatten je eine einen Meter mal einen Meter große Bodenluken, die man aufklappen und von denen aus man in eines der Boote klettern konnte.
Ich weiß gar nicht mehr, ob es dort unten auch noch mittig einen kleinen, schmalen Steg gab. Mir ist so, aber er war so niedrig, dass selbst ich dort gebückt gehen musste.

Von der linken, also von dieser Küchen-„Kammer" führte eine kleine, wegnehmbare Stiege, möglicherweise war es auch eine sehr stabile Leiter, ins obere Geschoss. Diese Leiter ... Stiege ... war wegnehmbar, weil sie unten auf oder direkt neben der einen Ausstiegsluke zu einem der Boote stand und weil sie bei der Küchenarbeit einfach nur im Weg war.
Der ganze untere Bereich war etwa 2,20 m hoch. Wie gesagt öffnete sich das Zimmer nach diesen „Kammern" zu einem stattlichen Raum. Angeln hingen an den Wänden und Urkunden, in Vitrinen standen Pokale über gewonnene Angelwettbewerbe und einfach Nippes herum und es gab zwei angenehme Sitzecken, in denen man in nicht mehr ganz so neuen Polstermöbeln „herum lümmeln" konnte. Der ganze Raum war komplett mit Linoleum ausgelegt.

Am schönsten war aber das große Fenster zum See. Links eine ganz normale Tür mit Sicherheitsschloss, aber mit großem Fenster und dann „das" große Fenster. Beides zusammen ging von der Breite her über die gesamte Hausfront hinweg. Einfach herrlich.

Vor diesem Fenster dann kein klapperiger Steg mehr sondern eine Trasse, die so breit wie das Haus war und die mindestens auch nochmals so drei, dreieinhalb oder sogar vier Meter in den See hinein wuchs. Alles umrandet von einem sehr stabilen Holzgeländer, an das aber auch wieder ca. 1,20 m hohe Schilfbastmatten als Blick- und Windschutz geknüpft waren. Nach ganz vorn zum See gab es eine breite, stählerne Leiter, die bis auf den Seeboden hinab ging. Etwa in Höre des durchschnittlichen Wasserspiegels hatte sie eine extra etwa 10 cm breite Stufe. Diese Leiter war zum einen als sehr bequemer Einstieg in eines der Boote gedacht, konnte aber auch als Ausgangspunkt für einen kleinen Schwimmausflug vor das Bootshaus hin genutzt werden.

Ich habe in all den Jahren das Schwimmen immer nur dann direkt vom Boothaus unternommen, wenn ich gar keine andere Möglichkeit dazu hatte.
Wenn man vom Steg aus in den See hinein schwamm, musste man immer erst eine Strecke von etwa dreißig bis vierzig Metern in den See zurück legen, damit einem keine „ekeligen" Wasserpflanzen mehr beim schwimmen um Brust und Beine strichen.

Nachdem wir bei unserer Ankunft die untere Etage besichtigt hatten, ging es mit den Koffern über die Stiege nach oben.

Dort war ein herrliches, kleines Zimmerchen entstanden.
An beiden Giebelseiten, also zum See und zum Weg hin je ein Fenster, an den beiden Seitenwänden je eine Schlafstatt. Ich weiß nicht mehr, ob das richtige oder nur Campingliegen waren.
Ein niedriger Schrank, ein Tischchen und zwei Stühle komplettierten das Mobiliar des Raumes.

Hier wohnten wir nun also. Direkt auf dem See.

Kann es etwas herrlicheres geben, als mitten auf einem See Urlaub zu machen?
Dieses leichte „blubb-schwapp, blubb-schwapp, blubb-schwapp" wenn das Wasser seicht an eine der Hauswände und ins Schilf hinein plätscherte. Und dazu nur noch dieser besondere Klang, den der Wind erzeugt, wenn er mit einer kleinen Böh ins Schilf fährt. Hin und wieder mal der Schrei eines Haubentauchers oder einer Möwe, das „quack quack" einiger Blesshühner oder das aufgeregte „quaak quaak quaak" zweier sich streitender Enten.
Abends zirpten auf der Wiese hinter dem Haus die Grillen und im Röhricht quakten Frösche.
Das Leben vollkommen entschleunigt .... und wunderschön!

Ein Problem, ich schnitt es vorhin schon an, war die Wasserversorgung.
Ha,ha, wird sich da so mancher denken. Probleme mit dem Wasser mitten auf dem See, wie geht das?

Für mich als kleinen Jungen war das kleine Geschäft nicht weiter schwierig. Da ging man eben ins Schilf oder wenn auf dem Weg hinter dem Haus zu viel Verkehr war, ging man halt tiefer ins Schilf hinein.
Das einzige, was da dann nervte waren die Mücken.

Ille-Oma generell und ich fürs große Geschäft, da mussten wir erst zur Seepromenade laufen und da war auf irgendeinem Grundstück eine öffentliche Toilette, bei der es jedoch ratsam war, das eigene Klopapier dabei zu haben.

Morgens die kleine Wäsche und das Zähneputzen, das ging im Bootshaus mit selbst geschöpftem Seewasser. Aber Trinkwasser und Wasser für den Abwasch holten wir uns auch per Kanister aus dieser öffentlichen Toilette.

Dabei fiel mir immer eines auf, generell wenn ich in Krakow war: das Wasser fühlte sich anders an. Es fühlte sich immer so an, als wenn darin schon Geschirrspülmittel wäre. Ein ganz, ganz weiches Wasser. Das Berliner Leitungswasser und auch das selbst gepumpte Wasser in Brieselang, hat ja einen gewissen relativ hohen Härtegrad, den das Krakower Wasser nie hatte. Das Krakower Leitungswasser war sehr weich.

Dieser Sommer war wieder wunderschön.
Nachdem wir uns am ersten Abend im Bootshaus eingerichtet hatten, war auch der nächste Tag noch mehr oder weniger frei. Wir saßen am Nachmittag mit der Verwandtschaft auf der Terrasse des

Hauses zum See hin. Onkel Ka-Fiddie machte mit uns wieder eine Bootsausfahrt über die Seen und erklärte die „Neuerungen". Da gab es einen weiteren Steg, denn die Familie Soundso konnte sich das nun leisten, „den Herrn Passows sein Haus" hatte einen neuen Anstrich bekommen und auf dem See sah man den ersten Surfer.

.... und wenn ich jetzt beim Schreiben dieses Abschnittes hier nicht so sehr durch die krakeelenden Spatzen, die sich auf meinem Balkon an einem uralten Meisenknödel gütlich tun, abgelenkt wäre ... sind die witzig! ... würde ich hier mit dem Text sogar mal voran kommen ......

Krakow an einem heißen Sommerabend. Flirrende Hitze auf staubigen Wegen, surrende Mücken ohne ende und das schrille, langzogene zirp-zirp der Schwalben in der Stadt und über dem See.
Am See der Geruch nach brackigem Wasser, totem Fisch und geteertem Holz. An der anderen Seite des Ortes der herzhaft harzige Geruch des Waldes mit seinen Beeren. Und über allem schwebte, waberte immer mal ein Streifen Duft nach Misthaufen, Stall und Dampflok.

Der erste Wochentag in diesem Urlaub 72, an dem die Bäckerei offen war, also ein Dienstag. Ich konnte es nicht lassen. Abgesprochen war es ja. Mit dem ersten Hahnenschrei, wortwörtlich, also in Krakow mit einem Hahnenschreikonzert aus allen Richtungen, wachte ich auf, wusch mich, zog mich an und machte mich durch das noch verschlafene

Nest auf zur Bäckerei, wo für mich wieder die Hinterpforte geöffnet war.

In der Küche umziehen und dann hinein ins Backhaus, wo ich schon freudig begrüßt wurde. „Hey Rölfchen, haste ausgeschlafen? ... Na, was willste denn machen? Brötchen sind noch nicht so weit. Magste Weizenteig walken?"

So gegen zehn holte Ille-Oma mich ab. Wir frühstückten allein im Bootshaus. Schwäne und Enten auf dem See und wohl auch das Paar Höckergänse hatten bald heraus bekommen, dass bei mir immer mal „versehentlich" ein paar Krümel von den Schrippen in den See fielen.

Die Seeterrasse des Hauses lag nach Osten hin, so dass wir etwa bis zur Mittagszeit die Sonne darauf zu scheinen hatten. Wir nutzten das und aalten uns auf Campingstuhl und -liege.

Zur Mittagszeit waren wir wieder in der Bäckerei, um am großen Tisch gemeinsam mit allen anderen zu essen.

Am Nachmittag wanderten Ille-Oma und ich wieder durch die Umgebung. Wobei ich auch dabei die Veränderungen innerhalb des einen Jahres registrierte. Da war ein neuer Zaun, dort kläffte ein anderer Hund, in jene Eiche dort war wohl der Blitz gefahren, diese Brombeerhecke war noch ausgedehnter, die Störche auf der Dorfschule hatten in diesem Jahr wohl nur ein Junges, Herr Passow hatte in seiner Drogerie eine neue Angestellte und am Bahnhof war noch immer der griesgrämige Mann mit der Kelle.

Hin und wieder lieh ich mir auch mal ein Fahrrad in der Bäckerei und machte damit auf eigene Faust kleine Touren. Einmal kam ich damit bis ins Dörfchen Kuchelmiß. Anstrengend war dabei für mich die Umgebung. In Berlin ist, mit Ausnahme der Steigungen bzw. des Gefälles von und zum Berliner Urstromtal, alles mehr oder weniger eben. Hier in Mecklenburg quälte man sich immer zum nächsten Hügel hinauf und schoss dann von dort aus ins nächste Tal. Das fand ich anstrengend und für mich ein wenig gewöhnungsbedürftig.

Am Ende der drei Wochen im Bootshaus mit Ille-Oma besuchten uns wieder meine Patentante Else und ihr Mann noch auf ein paar Tage und auch in diesem Jahr übernachteten sie im Seehotel.

Ich wurde von meinen Eltern dann direkt von Ille-Oma übernommen. Meine Eltern und mein Bruder kamen schon Samstagsmittag an, Ille-Oma und Tante Else samt Mann fuhren am Sonntagnachmittag zurück nach Berlin.

Für mich hieß das zunächst einmal umziehen, weg von dem schönen Bootshaus.
Zu viert nahmen wir Quartier in einem Zimmer unweit der Bäckerei. Ich vermisste ein wenig den Weg durch das verschlafene Örtchen, war aber gleichzeitig froh, weil ich nun noch zeitiger im Backhaus mit anpacken durfte.
Ich liebte dieses Backhaus einfach. Zum einen machte die Arbeit Spaß, zum anderen bekam ich hier die Anerkennung, die ich sonst von meinen Eltern nicht bekam.

An einem dieser Wochenenden war es dann auch, die Bäckerei war geschlossen, als mein Vater von Onkel Ka-Fiddie um einen Gefallen gebeten wurde. Mein Vater war damals noch Maurer, Spezialisierung „Putzer". Es war zu diesem Zeitpunkt noch nicht einmal angedacht, seine Schulausbildung in Abendkursen zu vervollständigen, zunächst die neunte und zehnte Klasse nachzumachen, um sich dann in ein Ingenieursstudium zu stürzen

Nein, zu dieser Zeit war er nur der Handwerker.

In der Bäckerei war an irgendeiner Wand hinter der großen Teigknetmaschiene etwas Putz lose. Vaddern klopfte zunächst die bröckelnden Stellen ab und verputzte dann komplett neu mit dem von Onkel Ka-Fiddie bereit gestellten Material. Es war wohl an einem Nachmittag erledigt.

Als Dank erhielten wir am nächsten Backtag ein ganzes Blech mit nach frischem Ofen duftendem Hefe-Zuckerkuchen!

Es war eine dieser wundervollen Wanderungen durch Heide, Wald und Flur und ich war, wie so oft, unaufmerksam, pflückte am Wegesrand stehende Blümchen, fuhr mit der Hand durch dichtes Gras und Kornblumen und ganz plötzlich zeckte es in meiner linken Hand und eine Biene wand sich mit ihrem Stachel im Ballen meines Daumes.

Mein Vater reagierte schnell, zog mir Biene und Stachel heraus und saugte dann noch das injizierte Gift aus der Wunde.

Es half alles nichts. Meine Hand schwoll in der nächsten Stunde an und hatte bald die doppelte,

wenn nicht gar dreifache Größe und sah dann fast aus, wie die Hand eines Boxers.
Dies war aber das einzig traurige Erlebnis dieser Art während des ganzen Sommers.

Eine kleine Änderung gab es zum Vorjahr.
Meine Eltern stellten mir an heim, auch in diesem Jahr eine Woche allein in Krakow zu verbleiben, mein Vater würde mich dann nach dieser Woche abholen.

So machten wir es. Nach den drei Wochen mit meinen Eltern zog ich erneut mit meinem Päcklein um, nun in die Bäckerei. Ich schlief, allein, in diesem Vorraum zum Badezimmer und war immer mehr für mich selbst verantwortlich.
Damit kam ich nun gewissermaßen überhaupt nicht mehr aus dem Backhaus heraus.
Erst ab nach dem Mittag verließ ich das Haus und wanderte auf eigene Faust durch den Ort und die hügelige Umgebung.

Auch dieser Sommer ging vorbei. Die Felder wurden abgeerntet, die Sonnenblumen verblühten und die ersten Vögel bildeten unruhige Schwärme.
Das Backhaus roch weiterhin lecker.

Die Abholung nach dieser einen Woche durch meinen Vater erfolgte anders, als von mir erwartet.
Wir fuhren nicht Zug, sondern er kam mit seinem Moped. Wie er diese Tour durchhielt, war mir ein Rätsel. Zurück brauchten wir gut fünf Stunden. Trotz mehrerer Pausen fühlte ich bei unserer Ankunft zu Hause mein Gesäß nicht mehr.

Nur eine Woche blieb dann noch zur Vorbereitung auf die Schule.

In der DDR begann der Unterricht immer, soweit ich mich entsinne, pünktlich am 1.September, ganz gleich, was für ein Wochentag das war.
Die Grundschulzeit war nun vorbei. Neue Fächer kamen dazu. Geschichte, Geographie, die ganzen naturwissenschaftlichen Unterrichtseinheiten ... und russisch.

Mir ist es bis heute ein Rätsel, wie man es innerhalb weniger Monate schaffen kann, dass aus aufgeweckten, wiss- und lernbegierigen Kindern so nach und nach Schüler werden, die das Fach „Russisch" und die Sprache an sich, hassen.

Etwas ganz anderes ereignete sich im Geschichts- und Sportunterricht. Der Pauker dort war so ein Typ vom Schlage der späteren „Baywatch"-Stars, gut gebaut, muskulös, Sonnen gebräunt ... ... und die Mädels in unserer Klasse, die sich, falls sie es bis dahin noch nicht waren, nun ihrer allmählich erblühenden weiblichen Reize bewusst wurden, lagen diesem Pauker reihenweise zu Füßen.

Uns Jungen interessierte er nicht, ... aber er war zumindest zu den schwächeren „Sportlern", wie mir, so schien es, fairer.

Ab dieser fünften Klasse begann auch das wandern in die Fachkabinette. Kein eigener Klassenraum mehr sondern nach jeder Stunde das Ränzelein packen und ab in den nächsten Raum. Recht schnell schliff sich dabei eine kleine Unart bei uns ein. Ja, es gab, rein theoretisch, einen Sitzplan, auf dem verzeichnet war, welches Kind an welcher Stelle saß, damit die ständig wechselnden Lehrer wussten, wer es denn da war, der sich meldete oder nur herum blödelte. Aber irgendwie hielten wir uns sehr schnell nicht mehr an diesen Plan. Beispielsweise saß ich im Physikunterricht neben Carsten in der mittleren Reihe vorne, bei Geographie neben Roger ganz links hinten und in Deutsch direkt hinter meiner, noch immer angebeteten Christina vorn rechts. ... von uns, von den Schülern aus gesehen.

Es war ein gutes Jahr, soweit ich mich entsinne. Am Faulen See bauten wir Höhlen im Dickicht des Waldes und im Schilf auf dem See. Einmal überraschte uns ein Mann dabei, der uns irgendeinen Ausweis unter die Nase hielt und meinte, wir dürften das nicht. Wir Kinder hatten Schiss vor der Type und verschwanden. Kamen aber am nächsten Tag wieder. Am Faulen See hatten wir auch so unsere „Mutproben" geschaffen, mussten uns an Ästen durch die Bäume hangeln oder mit dem Fahrrad einen steilen Abhang hinunter rasen.
Im Teich fingen wir Wasserflöhe fürs Aquarium. Auch Kaulquappen fingen wir und setzten sie zu hause mit zu den Fischen. Die Beobachtung der Entwicklung zum fertigen Frosch war dann wirklich spannend. Leider war es ein Wochenende, an dem wir in Brieselang waren, als die Quappen ihre Metamorphose komplett abschlossen und das Wasser endgültig verließen. Sie müssen einen Weg

gefunden haben, die Aquarienabdeckung zu überwinden, denn als wir an einem späten Sonntagabend aus dem Garten zurück waren, fanden wir keine einzige von ihnen mehr im Becken, allerdings drei Wochen später noch zwei eingetrocknete Leichen hinter der Kommode, auf der das Aquarien-Becken stand.

Das Jahr 1973 ließ sich gut an und genauso wurde es auch. Schule machte in diesem Alter noch Spaß.

Im Westfernsehen gab es schon ab Ende 72 eine neue Science-Fiction-Serie. „Raumschiff Enterprise" wurde für mich für Jahre zu DER Serie ihres Genres an sich.
Carsten und ich bastelten uns sogar Abzeichen mit dieser stilisierten Rakete. Auf den Höfen zwischen den Neubauten entlang Bahnhofstraße, Große-Leege- und Berliner Straße spielten wir die Episoden nach. Ein nach hinten hinaus gehender Kelleraufgang wurde dabei zum Raumschiff. Carsten, der uns damals ja fast alle anführte, war Captn Kirk, Uwe (Uli) war der Ingenieur Scotty und ich schlüpfte in die Rolle von Mr. Spock. Das Hochziehen einer Augenbraue und das wackeln mit den Ohren hab ich damals gelernt und kann es noch heute.

Ein wirklich einschneidendes und mein Leben bis heute beeinflussendes Fernseh-Erlebnis hatte ich im Februar 1973, als das ZDF an einem Sonntagnachmittag den Beatles-Film „a hard day's night" zeigte. Dadurch wurde ich zum Beatles-Fan! Ich wollte auch mal so berühmt werden, wie die, damit mich die Mädchen anhimmelten, vor Extase schrien und in Ohnmacht fielen. Bis heute bin ich Fan ihrer Musik.

In diesen Zeiten fing ich an, die ersten Geschichten und die ersten Erzählungen zu schreiben.
„Seltsame Abenteuer" hieß eine davon. Mittlerweile ist sie auch schon für den PC abgetippt und ich nehme mir alle Jahre wieder vor, sie zu überarbeiten und wirklich einmal als Buch zu veröffentlichen.
Es ging darum, dass eine Clique Jungen, vorzugsweise so Typen, wie Carsten und ich, mich selbst verdeckt unter dem Pseudonym „Joe Clark", eine Klassenfahrt an die Ostsee machen und wir dort in einer „unbekannten Bucht" eine voll Segel taugliche alte Fregatte finden, auf ihr eine alte Karte mit einer Schatzinsel entdecken, wir die Fregatte seeklar machen und mit ihr bis in den Pazifik segeln, dort ein paar Inseln ausfindig machen und diese, natürlich mit unseren Klassenkameraden, die wir so nach und nach aus der DDR heimlich abholen, besiedeln. Es spiegelt sich darin aber auch meine allmähliche Entwicklung zum Jugendlichen wieder, weil die Erlebnisse auf dieser Insel immer weiter ihre Prioritäten ändern. Geht es anfangs nur um die Entdeckung der Inseln, geht es dann später weiter mit der Besiedlung, aber auch um Motorradrennen und schließlich wird diese Inselgruppe ein Wirtschaftsunternehmen mit Hotelanlagen, in denen sich dann, und jetzt kommt es, plötzlich die vier Mitglieder der Beatles sehen lassen, die sich von mir, ... ähm ... Joe Clark, auch noch 'n Song schreiben und auf diesen Inseln

produzieren lassen. Man merkt, da lebten die Beatles alle noch, ich muss es also noch vor 1980 geschrieben haben. Es endet dann mit einem Angriff des Königreiches Tonga, das diese Inseln nach einem Krieg besetzt. Soweit der erste Teil.

Einen zweiten fing ich dann mit etwa zwanzig Jahren zu schreiben an.
Die Clique um Carsten und mich, alias Joe Clark, schafft es noch, vor den anrückenden Tonganern mit einer B 747 zu fliehen, aber wir stürzen nach einem Maschinenschaden dann leider ab.

Ich habe das alles in den frühen 80er Jahren einmal auf einer uralten „Continental"-Schreibmaschine abgetippt. Ein Ungetüm von Maschine. Schwer, unhandlich und bei Großbuchstaben wurde nicht der Kasten mit den einzelnen Lettern leicht nach unten gedrückt, sondern mit dem kleinen Finger der komplette Wagen mit dem eingelegten Papier nach oben. Da hatte man schon nach einer getippten Seite den ersten Krampf im kleinen Finger.
Den ersten Teil dieser „Seltsamen Abenteuer" tippte mir mal Astrid während einer Fortbildung in der WIPA komplett gegen ein Trinkgeld ab. Für die Fortsetzung hoffe ich auf die Texterkennung beim Scanner. Ich muss es nur mal angehen.

Eine weitere längere Geschichte schrieb ich in dieser Zeit unter dem Namen „Abenteuer im Weltraum" auf gleiche Art. Wie schon beim bei den „Seltsamen Abenteuern" entstanden die ersten Seiten handschriftlich und diese wurden dann später, mit Fortführung der Story, auf dieser alten Schreibmaschine getippt.

Die „Abenteuer im Weltraum" sind vom Film „Lautlos im Weltall - silent running" beeinflusst. Nach einem Atomkrieg lebt die Weltbevölkerung endlich friedlich im All. Alle Vegetation der Erde wurde in Kuppeln im Weltraum, in Biosphären, untergebracht. Zwei Kumpel, Carsten und ich, wieder alias Joe Clark, haben aber die Idee zur Rettung der Natur auf der Erde. Diese wollen wir dem Präsidenten der Weltregierung vortragen, aber auf einem Raumflug von einer zu anderen Raumstation gerät dieses, in einen Raum-Zeit-Wirbel und es gelangt in einen Raumschiffsfriedhof in einer Zeit vor zwölf Milliarden Jahren und ans andere Ende des Universums. Wie sich die beiden Freunde dort befreien, wie sie da noch andere Menschen, die gleichfalls dort hin geraten sind, mitnehmen, all das ist noch ausführlich beschrieben. Auch die Abenteuer auf dem ersten Planeten, den man nach einem Schlaf in einem schockgefrosteten Zustand erreicht, sind beschrieben, danach folgt dann aber ein recht abruptes Ende, denn die Akteure kommen in einen weiteren Raum-Zeit-Wirbel und landen wieder am Ausgangspunkt und in der Ausgangszeit.

Überhaupt machten Carsten und ich in jener Zeit viel gemeinsam. So entwickelten wir eigene Heißluftballons aus an den Seiten zusammengenähten seidenen Herrentaschen-tüchern und nahmen als Wärmequelle eine Geburtstagskerze.

Buchstäblich in Flammen auf ging unsere Zeppelinkonstruktion aus Butterbrotpapier, das wir mit dem Alleskleber Duosan verleimten. Der erste Testflug fand an einem Samstagnachmittag über dem Gasherd in der Küche meiner Eltern statt. ... Die Klebenähte brannten zuerst.... und wir hatten echte Mühe das dann entstehende Feuer noch so zu löschen, dass meine Eltern von der ganzen Aktion nichts mitbekamen.

Es kündigte sich ein weiterer schöner Sommer an. Da ich mittlerweile ein echter Fan der Radiosendung „Evergreens a go go" mit Lord Knud, jeden Samstag von 9.00 - 10.30 Uhr auf dem RIAS war, gab mir mein Vater sein kleines Kofferradio, eines der ersten modernen Transistorradios mit. Der Typ hieß „Mikki 2" und hatte nur Mittelwellenempfang. Mein Vater und auch ich ließen zu hause morgens im Bad dieses Radio bei unseren Morgenverrichtungen laufen. So hörte ich darauf meine Kindermorgensendung „Was ist denn heut' bei Findichs los?" auf dem Berliner Rundfunk, während ich auf dem Klo saß, mich wusch und Zähne putzte.

Schon seit ich sieben war, war mir an den Feriensamstagen diese Sendung mit Lord Knud aufgefallen. Leider hatten wir damals Samstags Unterricht. Aber, wie gesagt, zumindest in den Ferien, konnte ich ihn hören. Als Knirps faszinierte mich nicht nur, dass es da im Radio einen Typen gab, der andauernd Witze erzählte, auch die Musik, Beatles und Rock'n Roll, fand ich toll, obwohl nur einer von zehn Titeln diesem Genre entsprach. Ich hab einige dieser Sendungen später als Mitschnitt auf Band erhalten und der Sound bestand überwiegend aus Schlager-Schnulzen, à la Heintje und Roy Black. Aber die wenigen Rock'n Roll-Klassiker und das eine garantierte Beatles-Stück pro Sendung machten, gemeinsam mit diesem Moderator, die Sendung aus.

Als „Oldie" galt in jenen „goldigen" Zeiten bereits ein Song, der erst etwa fünf Jahre alt war. Die Entwicklung der Popmusik geschah damals in einem wahrhaft atemberaubenden Tempo, das war den technischen Neuerungen in der Aufnahmetechnik zu verdanken, die vor allem durch die Beatles ausgenutzt und populär gemacht wurden. Die ersten Beatles-Aufnahmen entstanden noch auf Drei-Spur-Tonbandgeräten, bei „Sgt. Pepper" hatte man schon vier Spuren („schon" ist gut - frage mich immer wieder, wenn ich dieses Album in den Händen halte, wie man mit nur vier Tonspuren so einen satten Sound hinbekommt!) und ein Jahr später, 1968, das „White Album" hatte bereits acht Tonspuren. Bei Popaufnahmen, die man derzeit macht, sind vierundsechzig Tonspuren die Regel, aber dank Computertechnik ist eine unbegrenzte Spur-Anzahl theoretisch auch möglich. Heutzutage kann man nicht mehr unterscheiden, ob ein Song erst letzte Woche, vor drei, fünf, zehn oder fünfzehn Jahren aufgenommen wurde. Damals konnte man das, zumindest bei den internationalen Sachen, eher eingrenzen. Beatles aus dem Jahr 1967 hören sich ganz anders an, als Beatles aus dem Jahr 1964 und das wiederum ist ganz anders produziert, als Buddy Holly von 1959, Bill Haley 1954, Chuck Berry 1956 oder Chubby Checker 1961.

Am coolsten finde ich ja Aufnahmen aus den 20er, 30er, 40er Jahren, in denen man theoretisch mit nur einer Tonspur arbeitete, also mit nur einem Mikrophon. Bandgeräte gab es erst ab Ende der 30er Jahre. Sie arbeiteten damals noch nicht mit einem Magnetband sondern anfangs mit einem dünnen Draht, der magnetisiert wurde. Aufnahmen aus jener Zeit klingen noch heute erstaunlich frisch, im Gegensatz zu den damals sonst üblichen Aufnahmen, die zwar schon durch ein elektronisches Mikrophon geschahen, die aber in so eine Art Wachsschallplatte geritzt wurden. Beim Film kam damals ein noch anderes Tonaufnahmeverfahren zur Verwendung, der sogenannte „Lichtton", der zum Teil noch heute Verwendung findet. Ein System Namens „Nadelton" gab es davor. Ab Mitte der zwanziger Jahre wurden die ersten kleinen Werbefilme und Kurzfilmchen, Einakter, auf diese Weise gedreht, im Jahr 1927 gab es den ersten Abend füllenden Tonfilm, „Jazzsinger" mit Al Jolson. Beim „Nadelton-verfahren" lief bei der Aufnahme eine Wachsplatte parallel zum Film mit. Beim Abspielen im Vorführraum waren Filmmaschine und Plattenabspielgerät technisch gekoppelt und Filmrolle und Plattenspieler liefen gleichzeitig an. Diese Schelllackplatten liefen von innen nach außen, so wie die CD-Player heute, und sie hatten eine Kennzeichnung, wo genau der Tonabnehmer mit der Nadel aufzusetzen war. Es waren die ersten Langspielplatten. Sie hatten eine Lauflänge von gut zwölf Minuten und waren nur einseitig bespielt. Etwas Zeitpuffer gab es auch, denn die damaligen Filmrollen hatten eine Länge von gut 19 Minuten.

Und noch ein Hinweis sei mir an dieser Stelle gestattet. Bevor man elektronische Mikros, Sprechfunk und Hörfunk hatte, wurden Musikaufnahmen, durch den Schalltrichter, durch den man die Musik später auch hörte, auf wachsene Grammophonplatten geritzt. Das war so die Tonaufnahmetechnik bis zum Lichtton. Diese Einspurtechnik, bei der später nichts mehr nachgemischt werden konnte, stelle ich mir so spannend vor, wie die heutigen Aufnahmen, die ich in meiner Hörfunksendung Okbeat mache, in der auch alles unplugged über nur ein Mikrophon abgenommen wird. Gerade bei großen Orchestern musste man die einzelnen Instrumentengruppen da sehr kalkuliert ins Studio setzen. Aber, gut, das ist ja ein Problem, das die Orchestrierung in jedem Schauspiel- und Opernhaus noch heute kennt. Insofern war man damals bei diesen Aufnahmen sicherlich, vom Wissen her, noch näher dran, als heute. Das Orchester platzierte sich genauso sinnig um den Aufnahme-Schalltrichter, wie zum Beispiel um die Gäste bei einem Konzert im Seebad Ahlbeck.

Die Sommerferien 1973 waren natürlich wieder in Krakow. Ich weiß heute nicht mehr, in welcher Reihenfolge, ob erst mit Ille-Oma oder zuerst mit meinen Eltern, ich dort war. Ich weiß nur, dass ich die gesamten Ferien, volle acht Wochen, da war.

Im Ort selbst gab es eine große Veränderung, die mich sehr überraschte. Aber dazu gleich mehr. Wenn ich im Bootshaus oder vom Quartier meiner Eltern los ging, wir wohnten wieder bei irgendwelchen Leuten in der Nähe des Jörnberg, dämmerte es gerade und die Sonne schob ihre Glut roten ersten Strahlen über die bunten Felder am Horizont und den See direkt auf meine Bettdecke im Zimmer. Der See dampfte um diese frühe Stunde, Hähne krähten, Hunde kläfften oft noch nicht, dafür nahm man, wirklich unüberhörbar, die Straßen laut entlang rasselnde Igel wahr, sah Marder oder von ihrer nächtlichen Pirsch leise über Dächer heimkehrende Katzen.

Diese laut rasselnden Igel! Als ich das erste mal so einen hörte, fürchtete ich mich sehr, wäre vor Angst am liebsten gleich weggelaufen, bis ich dann einen, wie in Trance im Rinnstein vor sich hin zockelnden Igel sah, der sich weder um laut scheppernde Mülleimerdeckel, noch um zerbrochene Glasscherben oder um lose Pflastersteine scherte und einfach mitten durch das „Ungemach" marschierte.

Diese frühen Tagesstunden hatten einen ganz besonderen Duft nach Erde, Feuchtigkeit, geteertem Holz, Brackwasser, Hühnerkacke, frisch gebrühtem Kaffee, noch heißen Schrippen, Pferdeäpfeln, Zweitaktmotor und Dachpappe.

Ganz eigenartig! So rochen auch nur Kleinstädte in der DDR und diese ausschließlich an frühen Sommermorgen.

Dieser Geruch ist es, der bei mir bis heute meinem Kopf sagt: du hast Urlaub. Manchmal weht so Hauch einer Nuance dieses Duftes durch den Thälmannpark und ich fühle mich dann für den Bruchteil einer Sekunde in meine Jugend zurück versetzt.

Und so ähnlich ist das auch, wenn ich eine Bäckerei betrete, in der noch wirklich selber gebacken wird.

Dabei meine ich jetzt nicht die Backshops, die schon vorgegarte Massenware, Convenience, in ihren Öfen nur noch aufwärmen, bis die Kruste gelb und knusperig ist. Das riecht nur wie zu hause mein Backofen.

Nein, eine richtige Bäckerei riecht anders und dies wiederum rieche ich!

Da duftet es nach Mehlstaub, Sauerteig, Hefe, erhitztem Fett, geschmolzenem Zucker, Korinthen, Zitronat und dann nach diesem richtigen, wirklich frischen Brot.

Das ist viel intensiver, als in so einer Zweig-Filiale einer Kette, in denen man allenfalls noch das Aldi-Deo der Bäckereifachverkäuferin, Diplom erworben auf dem „dritten Arbeitsmarkt", bemerkt.

Ich mochte diese frühen Spaziergänge am See entlang. Das war die Tageszeit, in der selbst der Wind noch schläft und und silbrige kleine Plötzen aus dem Wasser springen, weil sie denken, die Lichtreflexe der Sonne ober dem Wasser seien Futter und die genauso fix, wie sie aus dem Wasser schnellen, wieder in ihr Element zurück plumpsen.

Es sind die Stunden der Feen, die im Schilf vor sich hin murmeln. Noch zu früh und zu kalt für die sonst den ganzen Sommertag lang surrenden Mückenmännchen, die ab spätestens Mittag in ganzen Wolken über den Wegen tanzen, auf der Suche nach ihrer Mückenbraut, die schneller stachen, als man in dem Augenblick merkte.

Vereinzelt brummten schon Hummeln - den englischen Namen > Bumble Bee < find ich viel passender - durch das Geäst blühender Vorgärtenbäume oder um Blumenkästen auf windschiefen Fenstersimsen, bevor sie mit zunehmender Tageswärme, von der Aufmerksamkeit her, von agressiven Wespen abgelöst wurden, die sich auf alles, was süß und Eiweiß haltig war, wie von Sinnen stürzten.

Aber ich nahm diese Ruhe und den Frieden nur etwa drei Wochen lang wahr, in denen ich mit Ille-Oma im Bootshaus logierte. In Krakow hatte sich etwas Entscheidendes verändert, ich deutete es schon an.
Endlich war die seit langem geplante „Umgehungsstraße" fertig, die bei Krakow, dem Ort mit dem Loch im Zentrum, halt mitten durch führte. Sie nutzte ich, vom Jörnberg aus kommend, häufiger, weil sie mir gut zehn „unvergessliche" Minuten Wegzeit sparten, die ich länger in der Backstube verbringen konnte.

Die Fernstraße 103, die heutige B 103, war bis zum Bau der „Umgehungsstraße" aus Richtung Süden, aus Karow, kommend mal am Bahnhof vorbei, mal an der Schule entlang über den Marktplatz geführt worden. In beiden Fällen überquerte sie zweimal die Bahnstrecke, in der Güstrower Straße kurz vor der Jugendherberge immer, am Bahnhof oder in der Straße mit dem Kino, die noch immer „Wilhelm-Piek-Straße" heißt, von Fall zu Fall.
Das war schon so ein Ding, mit diesen drei beschrankten Bahnübergängen. Wenn an heißen

174

Sommertagen Güterzüge mit Getreide zusammengestellt wurden, oder wenn einander entgegen kommende längere Güterzüge sich in Krakow auf der sonst eingleisigen Bahnstrecke kreuzten, konnte es passieren, dass man schon mal eine ganze Stunde lang vor einer Schranke warten musste. Schrankenwärter muss da manchmal ein mehr als undankbarer Job gewesen sein.

Die „Umgehungsstraße" hatte man in Richtung Norden, nach Güstrow, einfach quer durch den Ort geschlagen. Aus Karow kommend ging es nicht mehr nach links Richtung Bahnhof oder nach rechts Richtung Schule/Marktplatz, sondern in einem Abstand von etwa einhundertfünfzig bis zweihundert Metern Entfernung parallel zur Bahnstrecke, die die Fernstraße nun gar nicht mehr querte, einmal gerade aus. Einige Schrebergärten hatten entlang der Trasse dafür weichen müssen und in der Wilhelm-Pieck-Straße, die am Kino vorbei führte, auf jeder Straßenseite je zwei oder drei Häuser mit ihren angeschlossenen Gehöften.

Für die Durchreisenden eine ungeheure Zeitersparnis, für die Krakower Bevölkerung mit Sicherheit eine Erleichterung durch weniger Lärm und Abgase. Nun gut, der typische DDR-LKW, der W 50 mit Ladebordwand, hatte nur eine Nutzlast von gut 5 t, ein W 50 Pritsche ohne Ladebordwand konnte 7,5 t laden, sein lange, bis ende der achtziger Jahre noch bei einigen Speditionen in Gebrauch befindlicher Vorgänger, der H3A / S4000 nur 3,5 t. Das ist in etwa doppelt so viel, wie ein „Sprinter" oder ein „Bulli". Daneben gab es dann

noch mit 4,5 t den Robur oder > L.O. < wie er genannt wurde. Zuverlässigster Kleintransporter des Ostblocks, und wenn er nach der „Wende" weiter gebaut worden wäre, ein echter Konkurrent zum VW-Bus / -Kleintransporter, war der Barkas B 1000.
Die heutigen großen LKW hätten durch die engen Gassen von Krakow niemals gepasst.
Dieser H3A-LKW, ein „Hauber", waren wirklich lange in Gebrauch. Kann mich entsinnen, dass wir sogar noch kurz vor der Währungsunion mit der Bundesrepublik, im Juni 1990, bei uns in der HO Klopapier und Damenbinden vom Großhandel noch regelmäßig mit genau diesen LKW beliefert wurden.
Da hatte das Wort „Kraftfahrer" noch wirklich die Bedeutung von „Kraft", denn die LKW hatten keine Servolenkung, so daß die Lenkräder groß waren und der Fahrer wirklich Kraft in seinen Oberarmen zum lenken brauchte.

Was mich in Krakow immer verwunderte war, wie hoch rund diese Straßen teilweise waren. Wie soll ich das erklären?
Die Goldberger-, Güstrower Straße hatte neben den Fußwegen und dem Bordstein zur Straßenmitte hin erst noch einen richtigen Rinnstein, in den dann schon auch mal Wischwasser entleert wurde und in dem Regenwasser ab rann. Daneben gab es dann auf Straßenniveau so etwas wie einen „Standstreifen", der so breit war, wie ein geparkter PKW. Das Pflaster war ein unmögliches Katzenkopp-Pflaster aus Feldsteinen und dann kam der Fahrstreifen, der so breit war, dass zwei LKW sehr, sehr bequem aneinander vorbei passten.

Dieser Fahrstreifen bestand aus nach oben hin etwas gerade geschliffenen, nicht ganz so huckeligen Pflastersteinen und bildete zur Fahrbahnmitte hin einen Hügel wie bei einem Tonnendach. Ich weiß nicht, in der Erinnerung ist ja alles größer, aber ich denke, die Fahrbahnmitte lag schätzungsweise einen halben Meter über dem Rinnstein.

In diesem Sommer 1973 war ich schon „groß". Ich war alt genug, um selbständig, sehr selbständig, zu sein, war aber noch nicht im Flegelalter und dementsprechend relativ „Pflegeleicht".

Mein üblicher Tagesablauf in diesen Ferien war zuerst mein Besuch in der Backstube, in der ich vier, manchmal fünf Stunden blieb. Danach war dann Frühstück mit meinen Eltern, mit Ille-Oma und falls vorhanden auch noch Tante Elschen und ihrem Mann oder in der Bäckerei in der Belegschaft angesagt. Danach verduftete ich meist und trieb mich irgendwo im Ort herum.
Mit Eltern und Bruder durchwanderten wir Nachmittags wieder und wieder die Mäkelberge oder schauten in der still gelegten und zu einem Heimatmuseum umgebauten Mühle, einer „Holländermühle", wie man mir damals beibrachte, mit in den Wind drehbarer Dachkonstruktion, vorbei. War ich allein oder nur mit Ille-Oma da, schaute ich pünktlich zur Mittagszeit wieder in der Bäckerei vorbei, um mit allen anderen zu essen. In diesen Fällen war ich dann Nachmittags auch viel auf dem See. Tante-Hannemie's Boot durfte ich mir fast

immer leihen, unter der Maßgabe, nie mit Motorkraft zu fahren und immer heil zurück zu kommen.

Es genügte mir, mit drei, vier Schlägen vom Bootshaus wegzupaddeln und mich dann durch Wind und Strömung irgendwo ins hinein Schilf treiben zu lassen.

Angeln mochte ich nicht, da mir die Fische leid taten. Mir genügte es, auf einem Boot im oder am Schilf zu sitzen und die Natur zu beobachten.

Zum Beispiel die Haubentaucher bei ihren Fischzügen, um dann zu erraten, wo sie denn wieder auftauchen würden. Ich liebte die ständig krakelenden Blesshühner und hatte vor Schwänen mit ihrem Nachwuchs gehörigen Respekt, denn ich kannte all die Schauergeschichten von den vielen Menschen, die allein durch die Flügelschläge wütender Schwaneneltern getötet worden sein sollen.

Eines hatte ich in diesen Sommern indes nicht: soziale Kontakte zu Gleichaltrigen.

Eines Nachts wachte ich auf, weil mich irgendwo was juckte. Es juckte zwischen den Beinen, genauer zwischen meinen Oberschenkeln kurz vor dem Knie. Dort hatten mich noch nie Mücken gestochen, aber es juckte genau so! Auch gab es kein flirrendes Summen von einem dieser Plagegeister. Ich war ein wenig beunruhigt.

Am nächsten Morgen zeigte ich meinem Vater die Stelle und der stellte nun wieder erstaunt fest, dass es da gleich mehrere Einstiche, ... Bisse? ... in einer Reihe hinter einander gab, die alle so in etwa den gleichen Abstand zueinander hatten.

Mein Vater: „Rolf, das muss ein Floh sein. Ich weiß auch nicht, was man da macht. Am besten ist, wir gehen nach dem Frühstück, gleich heute noch zur Drogerie vom Onkel Passow. Vielleicht hat der ja ein Mittel."

Gesagt, getan. Nach meiner „Arbeit" in der Bäckerei und dem gemeinsamen, familiären Frühstück, ging es zum Marktplatz.
„Onkel Passow" war sich sicher, das waren Flohbisse. Er verkaufte meiner Mutter ein Insektizid, mit dem sie meine Klamotten spülen solle, er riet zu einem Wechsel der Bettwäsche und mir zum Duschen.

Wir hielten uns an seine Anweisungen. Ich wechselte meine Wäsche, meine Mutter das Bettzeug und ich ging ins Bad unserer Unterkunft, um mich gründlich zu waschen.

In der folgenden Nacht erwachte ich, weil ich wieder „gebissen" worden war. Dieses mal außen am linken Oberschenkel und wieder vier „Bisse" nacheinander. Mit der Nachttischleuchte begutachtete ich die kleinen Wunden und genau in diesem Moment hopste etwas Stecknadelkopfgroßes Schwarzes mein Bein entlang und verschwand genauso schnell, wie ich es hatte hüpfen sehen wieder unter der Bettdecke.
Natürlich suchte ich den Quälgeist mit meiner Taschenlampe im ganzen Bett und weckte damit unsere Familie auf, die sich nun auch alle auf die Suche nach dem „Untier" machten.

An diesem Tag wiederholten wir das ganze Prozedere mit dem Wäsche wechseln und spülen und dem mich ausgiebig waschen. Indes es nutzte wenig, denn auch in der folgenden Nacht erhielt ich Flohbisse.

Allgemeine Ratlosigkeit. Auch unsere Bäckersleute und Herr Passow wussten keinen Rat mehr. Eine Möglichkeit sah ich noch. Was, wenn sich der Floh Tags über oder wenn ich duschte still und heimlich auf meinem Kopf aufhielt? So komplett duschen, wie zu hause, konnte ich in der kleinen Kemenate, die unser Bad bei der Gastfamilie war, bei der wir untergebracht waren, nun auch wieder nicht.
Vielleicht sollte ich einfach … …… …
Dazu brauchte ich aber Ausdauer!

Nach einer erneut zerbissenen Nacht und trotz nicht gerade schönem Sommerwetters, der Himmel war bezogen, aber es regnete immerhin nicht, die Luft-Temperatur lag bei knapp zwanzig Grad Celsius, am Strand gefühlt höchstens sechzehn Grad und es herrschte ein recht frischer Wind, also trotz dieser Umstände ging ich morgens nach dem Frühstück mit meiner Mutter ins Freibad.
Wir waren fast die einzigen Gäste.
Hier setzte ich meinen Plan in die Tat um. Ich ging ins Wasser, das an diesem Tag vermutlich sogar wärmer war, als die Luft außen herum.
Ich verbrachte den Vormittag damit, lange Strecken im Schwimmerbereich ausgiebig tauchend zurück zu legen.

In der folgenden Nacht hatte ich keine Flohbisse mehr. Ob da meine Tauchgänge geholfen haben oder ob sich der Floh nur ein anderes Opfer gesucht hat, weiß ich nicht. Onkel Ka-Fiddie vermutete im Nachhinein einen Hühnerfloh bei mir, der immer mal aus Hunger an mir gekostet haben mag, sonst wäre ich wohl zerbissener gewesen.

Dieses Jahr war das erste, in dem mir in Krakow nicht nur das Backhaus wichtig war.
Auf mein flehendes Betteln hin hatte mir mein Vater das Kofferradio, das ja sonst bei uns zu hause immer im Bad stand, in diesen Urlaub mitgenommen und ich durfte es während der Ferien dort in Krakow sogar weiter nutzen.

Unsere Bäckersleute staunten nicht schlecht, als ich am ersten Samstag der Ferien um Punkt zehn Minuten vor neun Uhr das Backhaus mit den Worten „Ich muss dann mal Radio hören gehen." verließ.

Dieser für alle, einschließlich mir selbst, erstaunliche Abgang machte dann in der Bekanntschaft dort die Runde und Tante Eeka erzählte dem verblüfften Herrn Passow „Unser Rölfchen hat doch am Samstag das Backhaus direkt mal freiwillig verlassen. Als ich ihn dann das nächste mal bei uns im Haus gesehen habe, hatte er sein Vadderns Kofferradio am Ohr und hat wohl solche Hottentottenmusik, Rock and Roll oder sowas, ziemlich laut gehört."
Mir waren solcherart Lästereien einerlei, wenn ich sie überhaupt mitbekam.

Jeden Samstag war ich um 9.00 Uhr zurück aus der Bäckerei, gestriegelt und gebügelt, hatte ausgiebig gefrühstückt und hatte das Kofferradio am Ohr, um im RIAS die „Evergreens a go go" mit Lord Knud zu hören.
Und das war überhaupt nicht einfach!

Man konnte den Westberliner RIAS mitten in der DDR-Provinz in Mecklenburg nur auf Mittelwelle empfangen. Das Funkwerk Nauen, einstmals zu Kaisers-Zeiten erbaut und Anno dunnemals dazu dienend, den Funkkontakt zu den deutschen Kolonien in Übersee zu halten, war zu DDR-Zeiten zu einem fast reinen Störsender verkommen. Dieser Störsender sendete auf den gleichen Frequenzen, wie die Sender, die er stören sollte, einen ziemlich nervenden Pfeifton.
Auf UKW störte die DDR die Westsender nicht, denn UKW-Sender hatten damals eine Reichweite von nur durchschnittlich sechzig Kilometern im Radius. Man konnte den RIAS auf UKW beispielsweise von Berlin aus nur bei entsprechender Witterung fast bis zur Elbe empfangen. Auch im bayerischen Hof stand ein UKW-Sendemast des RIAS, der in die DDR hinein strahlte, der aber, so die Verlautbarungen des Senders, offiziell für die bayerische Bevölkerung war.
Man konnte mit etwas gutem Willen die UKW-Sender des RIAS als regionalen Rundfunk für Westberlin und Teile Bayerns ansehen. Deshalb wurden diese Frequenzen nicht durch das Funkwerk Nauen oder andere Sendeanlangen gestört. Bei der Ausstrahlung auf Lang-, Mittel- oder

Kurzwelle im „49-Meter-Band" sah das anders aus. Diese Frequenzen konnte man im gesamten Ostblock erreichen und diese Frequenzen waren es auch, die das Funkwerk Nauen störte.

Man störte alle westlichen Sender in diesen Frequenzbereichen, einschließlich zum Beispiel auch „Radio Luxemburg" das ich zu hause gelegentlich mal auf Kurzwelle hörte. Es war das erste in jenen Zeiten in der DDR überhaupt irgendwie empfangbare kommerzielle Radioprogramm! Es war pfiffiger, schneller, lebendiger, als alles das, was man sonst im Radio empfangen konnte. Selbst der amerikanische Soldatensender AFN war gegen „Radio Luxemburg" mit seinem Starmoderator Frank Elstner noch lahm.

Der Empfang von Lord Knud im RIAS war in Krakow mit dem kleinen Kofferradio nicht einfach. Von zu hause in Hohenschönhausen aus ging es noch. Vermutlich sendete der RIAS vom Schäferberg aus im Süden Berlins. Das Funkwerk Nauen mit seinem Störsender stand westlich Berlins. Da hatte man zwar auch den Störsender mit drauf, aber der Winkel, mit dem man die Ferritantenne des Kofferradios zum Schäferberg ausrichtete, war größer. Bei guter Witterung konnte man den RIAS auf Mittelwelle innerhalb Berlins wegen des größeren Winkels zum Funkwerk Nauen fast störfrei empfangen.

Von Krakow aus gesehen, etwa zweihundertfünfzig Kilometer nördlich von Berlin entfernt, war der Winkel zwischen Sendestelle Schäferberg und

Störsender Funkwerk Nauen zu gering, um beides genau trennen zu können.

Ich musste also, wenn ich Lord Knud in Krakow hören wollte, das Radio in einem gewissen sehr engen Winkel, der kaum Abweichungen zu ließ, halten, durfte es und vor allem mich selbst, dabei möglichst wenig bewegen und empfing auch dann noch überwiegend ein Pfeifgeräusch, umgeben von viel Rauschen, das gelegentlich mal von einigen Fetzen Musik und kaum noch erahnbarer, kaum noch verständlicher Moderation unterbrochen war.

Aber ich liebte es und hörte die Sendungen während meiner gesamten Ferien in Krakow!

Einmal im Jahr, so zum Sommerausklang, wurde in Krakow ein großes Fest ausgerichtet. Ich weiß nicht mehr dessen genauen Namen, aber ich entsinne mich, dass man in den Jahren davor immer davon geschwärmt hatte und ich hatte auch schon festlich geschmückte Boote auf dem See gesehen.
1973 war ich das erste mal selber richtig dabei.
Tante-Hannemie schmückte ihr Boot mit Lampions die sie zwischen zwei langen Stöcken .... Angeln? ... die sie an Bug und Heck des Bootes aufrecht befestigt hatte, an einer Leine aufhängte. Ich durfte ihr dabei helfen.
Als die Nacht herein brach, es kann bereits 21 Uhr gewesen sein, funkelten auf der Seepromenade erleuchtete Girlanden und eine große Menschenmenge versammelte sich am Ufer.
Dann fuhren sie und auch wir los, in einem bunten Reigen, Boote aus allen Richtungen des Sees, von

allen möglichen Bootshäusern und -stegen. Die, oftmals durch Geburtstagskerzen, erleuchteten Lampions tanzten in einem leichten Wind und im Takt von Wellen und Ruderschlägen.

Man musste für dieses Fest Glück haben und wir hatten es in diesem Jahr. Es durfte nicht zu windig sein, Ostwind, der in Richtung Uferpromenade wehte, war ideal und es durfte auf gar keinen Fall regnen, sonst weichte alles durch. Aber auch bei schon bei einer leichten Brise fing der eine oder andere Lampion Feuer und kokelte unter den Flüchen seiner Besitzer ab.

Als schließlich alle teilnehmenden Boote vor der Uferpromenade angelangt waren, formierte sich ein Bootszug der zwischen Seehotel und Fischerei an den Zuschauern entlang der Promenade vorbei paradierte.

Es gab ein Feuerwerk und an Land wurden Grillwürstchen und Bier aus Pappbechern vertilgt.

Ich kann mich vor allem noch an diese herrlich friedliche, eine ungeheure Freundlichkeit ausströmende Atmosphäre dieses Bootskorsos erinnern. Alles ist in einem warmen, weichen, gelben Licht gehalten und niemand war hektisch oder ungehalten.

Es war in Krakow nicht die vollen acht Wochen immer nur schönes Wetter. Ich erinnere mich noch genau, wie ich an einem Sonntag oder einem Montag, es muss einer der beiden Wochentage gewesen sein, denn ich durfte nicht ins Backhaus, weil an diesem Tag geschlossen war, von einem heftigen Gewitterguss geweckt wurde.

Kein feiner, ekliger, alles durchweichender Landregen, der nie aufhört, sondern heftige Schauer, aber noch kein Gewitter, trommelte auf das Schilfdach des Bootshauses, auf Steg und See.

Ich hatte es schon immer einmal gewollt, aber wo konnte ich es schon …. zu hause auf dem Balkon? … in Brieselang hinterm Gartenzaun? … wohl kaum!
Aber hier ging es, auf dem Steg mitten im Schilf.
Duschen im Regen!

Toll! Ich kann es nur empfehlen!
Ich griff mir also Handtuch und „BaDuSan - Duschbad" und tanzte im herab prasselnden Regen, vor neugierigen Blicken durch das Schilf um mich herum geschützt, nackend über den Steg.
Es ist tolles, weiches Wasser, das als Regen herab fällt. Das Wasser ist so weich, dass man eigentlich gar kein Duschgel oder eine Badelotion braucht.

Ich hatte seitdem in meinem Leben nicht mehr die Möglichkeit, zur Wiederholung von „duschen im Regen". Es blieb leider bei dieser einmaligen Erfahrung.
Auch in diesem Jahr fuhr ich als Sozius auf dem Kleinmotorrad meines Vaters wieder mit nach Hause. Ob er mich damit extra aus Krakow abholte oder ob das unsere allgemeine Rückreise war, weiß ich nicht mehr. Aber ich entsinne mich noch sehr deutlich an die harte, enge Sitzbank und die schier unendlich langen Stunden, denn der Heimweg schien kein Ende nehmen zu wollen. Auf den letzten Etappen hielten wir in jedem Dorf, um uns die Beine und vor allem das Gesäß zu vertreten.

Habe ich hier jemals etwas über Schulausflüge jenseits der „Wandertage" berichtet? Auch nicht über die Wandertage selbst?

Letztere verbrachten wir immer irgendwie auf derselben Route, jedenfalls bis einschließlich zur sechsten Klasse. Mir ist entfallen, wie oft die im Jahr statt fanden. Diese Wandertage begannen, wie alle Wege in Hohenschönhausen, mit einer Straßenbahnfahrt. Ab S-Bahnhof Lenin-/Landsberger Allee ging es mit der S-Bahn bis Friedrichshagen und von dort zu Fuß weiter entlang der Bölschestraße bis zum Spreetunnel und nach diesem am Müggelsee entlang. Mal endete die Tour an der „Müggelseeperle", meistens aber mit einer Tasse Gulaschsuppe am Müggelturm, von wo aus wir dann ... weiß gar nicht mehr die Route ... wieder heim fuhren.
„Wandertag" hieß immer, um den Müggelsee latschen.

Und sonst? Ich war ja kein Hortkind. Nahm auch nie an der Schulspeisung teil. ... Vielleicht hätte ich dann ja wenigstens mal Mutterns „Kochkünste" schätzen gelernt. ....
Also dazu muss ich noch sagen ... Muttern und ihr kochen ... ja ... Sie gab sich ja immer redlich Mühe, aber sie hatte auch so Gerichte drauf, an die ich bis heute nicht ran komme. „Brühreis" war eines davon. Gab es mindestens einmal pro Woche! War billig und Mutterns Lieblingsgericht. Das war so Hühnersuppe mit glibberigen Teilen darin, die mit Suppengrün und sehr, sehr viel Reis gekocht war.

Die „light-"Version war dann die Variante Hühner-Nudelsuppe. Die gab es aber nicht ganz so oft und sie esse ich mittlerweile auch wieder.

Mutterns zweites Lieblingsgericht waren „Wrucken". So kotzig, wie sich „Wrucken" schreibt, war es dann auch! „Wrucken" ist Kohlrüben-, Steckrübeneintopf, den Muttern mit ein wenig Kasseler und Kartoffeln kochte. Die Kartoffeln waren das weiße in der Suppe, irgendwann aß ich nur noch sie.

Jahrzehnte später, ich war schon lange bei Muttern raus, ja, es muss zwei Jahre vor ihrem Tod gewesen sein, probierte ich mal bei einem Besuch bei meinen Eltern im Sommer in Brieselang einen viertel Teller ihres Kohlrübeneintopfs. Ließ das dann aber auch nach wenigen Löffeln wieder stehen..

Wie oft es Wirsing- oder Weißkohleintopf mit zähem Hammelfleisch bei uns gab, ‚möchte ich nicht aufzählen.

Spaghetti mit Schmalzfleisch und geriebenem Käse war das einzige, was ich an Mutterns Küche mochte.

Ja, ich gebe gern zu, als ich älter wurde und nicht mehr jedes Wochenende mit meinen Eltern mit nach Brieselang musste, zog ich „Tempo-Linsen" aus der Tüte, „Tomatencremesuppe" aus der Büchse oder Milchreis mit Zucker und Zimt, den ich selber kochen konnte, Mutterns Eigenkompositionen in Punkto kochen vor.

In ihren letzten Lebensjahren von Muttern hab ich zu den Feiertagen immer nur noch anstandshalber mitgegessen und als ich zu Weihnacht 2008 das erste mal meine eigene Gans ... gut, es war nur Gänsebrust, ... kochen musste, stellte ich fest, dass ich selbst solche Festtagsbraten besser konnte, als meine Mutter.

Ich weiß nicht, so bestimmte Gerichte kannte ich von Muttern auch gar nicht. Die hab ich dann erst in Betriebskantinen kennen und schätzen gelernt. So zum Beispiel Pellkartoffeln mit Quark und Leinöl, Hering in Sahnesoße oder „Tote Oma", Blutwurst mit Sauerkraut.

Der Schulhort unserer Schule in der Roedernstraße in Hohenschönhausen war in einer alten Baracke auf der anderen Straßenseite, als die Schule selbst. In dieser Baracke wurde beispielsweise auch mein Bruder in der ersten und zweiten Klasse unterrichtet. Auch die Vorschule, in die ich gegangen war, fand in dieser Fuß kalten Baracke statt. In ihr fand auch die Schulspeisung statt.
Meine Klassenkameraden, die daran teilnahmen, mussten vor unserem Schulgebäude ordentlich in Zweierreihe antreten, dann in Begleitung einer Aufsichtsperson das eigentliche Schulgelände verlassen, etwa fünfzig Meter die Roedernstraße hoch gehen, diese überqueren und gelangten so zu dieser Baracke.
Die Rücktour halt auch so gebündelt.
Ich glaube, ab der achten Klasse konnte man dann auch selbständig zur Schülerspeisung hinüber gehen und da reichte es aus, dem Aufsicht führenden Lehrer am Tor des Schulgeländes die aktuelle Essensmarke zu zeigen.

In dieser Baracke fanden auch die „Ferienspiele"
statt. Meine Klassenkameraden schwärmten nach
unseren ersten Ferien, den „Kartoffelferien" im
Herbst, davon und so wollte ich auch daran
teilnehmen. In den ersten Winterferien löcherte ich
meine Mutter, dass ich auch zu den „Ferienspielen"
will.

Also gut, Muttern ließ sich erweichen und ist mit mir
dort dann auch hin und da war dann unter den
Kindern kein einziges, das ich kannte. Und damit
hatte sich das Thema „Ferienspiele" erledigt.

Aus Berichten weiß ich, dass dort halt die Kinder gut
beschäftigt, aber auch ideologisch geschult wurden.
Sehr beliebt waren „Geländespiele" die militärische
Aspekte hatten. Die hatten was von „Räuber und
Gendarm". Eine Gruppe Kinder waren die Guten,
die andere die Nichtguten und die versuchten sich
nun im Gelände, meist in einem Waldstück",
gegenseitig zu verstecken und zu finden, wobei
dann das Gelände schon auch so unübersichtlich
war, dass man mit Lageskizzen und Kompass
arbeiten musste.

Schnitzeljagden waren eine leichtere Form davon.

Durch meine Sommerurlaube in Krakow habe ich
auch nie das Erlebnis „Ferienlager" mitgemacht.

In dem DEFA-Jugendfilm „Sieben Sommersprossen" aus dem Jahr 1978 ist meiner Ansicht
nach die Atmosphäre in einem „Ferienlager" recht
treffend wieder gegeben.

Ich selbst machte Erfahrungen wie „Geländespiele",
Schnitzeljagden und so etwas nur bei
Klassenfahrten. Jeweils in den Maiferien der dritten
und vierten Klasse, also 1971 und 1972, ging in die

Jugendherberge auf „Burg Rabenstein" nach Belzig im Fläming.
Erinnere mich noch an einen großen Schlafsaal und daran, dass zwar alle Mädchen unserer Klasse aber mit mir nur eine Hand voll Jungs bei diesen beiden Klassenfahrten dabei waren.

Im Jahre 1973 kam ich in die sechste Klasse. Soweit ich mich entsinnen kann, war dies mein schönstes Schuljahr.
Ich hatte im Klassenverband alle meine Kumpels und fühlte mich wohl.

Es war bereits nach dem Jahreswechsel 1973 / 74 als mein Kumpel Carsten mir erzählte, dass er gehört habe, dass der Typ, der diese Samstagmorgenradiosendung machte, Lord Knud, auch noch in der Woche abends auf diesem Sender eine Hitparade moderiere.

Die Sendung hieße „Schlager der Woche" und liefe im RIAS am Montag und am Freitag je von 20.00 bis 21.30 Uhr, eines davon, wohl die Freitagsendung, sei eine Wiederholung.

Es dauerte fast zwei Wochen, bis ich meine Eltern davon überzeugt hatte, dass ich diese Sendung einfach hören musste. Immer wieder fragte mein Vater nach, wie diese Sendung denn heiße.
Jahre später erfuhr ich, dass meine Eltern die „Schlager der Woche" selbst noch aus ihrer Jugend kannten und sich dabei lieben gelernt hatten. Die „Schlager der Woche" liefen von 1946 bis 1985 nacheinander mit den Moderatoren Wolfgang

Behrendt (bis 1954), Fred Ignor (bis 8.Januar 1968), Charlie Hickman (bis September 68) und ab 7. Oktober 68 bis zu ihrem Ende am 27. September 1985 Lord Knud. Die Sendung galt an ihrem Ende als „älteste Hörerhitparade der Welt."

Wir fanden dann auch einen Modus, wie ich die Sendung hören konnte. Mein Bruder und ich waren ja in einem Zimmer untergebracht. Bis dahin war es so, dass mein Bruder nach dem 19.10 Uhr Sandmann vom SFB-Fernsehen ins Bett ging, ich aber noch, bereits im Schlafanzug und mit Bademantel bekleidet, immer bis zwanzig Uhr aufbleiben durfte. Manchmal durfte ich da dann auch schon eine ZDF-Fernsehdokumentation sehen, die bis 20.15 Uhr lief, aber danach musste ich ins Bett.

Das hören der „Schlager der Woche" wurde mir gestattet, indem ich im Pyjama um 20 Uhr in Vadderns Bett ging und ich die Sendung dort auf seinem Kofferradio via Mittelwelle hörte. Mir wurde gesagt, ich dürfe nicht maulen, wenn ich nach der Sendung allein in mein eigenes Bett wandern müsse und ich dürfe am nächsten Morgen auch nicht maulen, wenn ich zur Schule geweckt würde.
Ich ließ mich darauf ein und maulte wohl kein einziges mal. Allerdings schlief ich wohl das ein oder andere mal während der Sendung ein und musste dann erst wieder geweckt werden, um in mein Bett zu gehen.

Wie meine Eltern das gemacht haben, weiß ich nicht, aber in den Mai-Ferien 74 ging es für zehn

Tage in Familie in ein Erholungsheim des Betriebes meines Vaters nach Kap Arkona auf Rügen. Es war ein sehr warmer Mai, denn ich weiß, dass wir dort auch badeten.

Die Fußball-WM 74 in Deutschland war die erste WM, die ich mitbekam. Wir alle waren in der Klasse Bayern-München-Fans, bis auf ein paar hart gesottene BFCer.
Dennoch brüllte ich beim Fußball schauen in Familie bei dem entscheidenden Spiel DDR gegen Bundesrepublik als einziger in der Familie für die DDR-Seite. War doch ein tolles Tor von Sparwasser, oder?

Meine Sommerferien 74 wurden geteilt. Erst ging es mit Ille-Oma für drei Wochen nach Krakow, danach für zehn Tage zur Klassenfahrt nach Thüringen in ein Dorf bei Sonneberg.
Ich weiß nicht mehr, wie das Nest hieß, in dem wir untergebracht waren. Wir schliefen auf Feldbetten in zwei Klassenräumen der Dorfschule, ordentlich nach Jungs und Mädchen, geteilt. Wir machten Ausflüge, sammelten Beeren, ich selbst fing mir für zwei Tage einen Durchfall ein, den unsere Klassenleiterin sehr schnell mit Hilfe von Schwarzem Tee kurierte und wir machten „Geländespiele". Am interessantesten für uns Kids war aber die Hufschmiede im Dorf, in der täglich noch Pferde beschlagen wurden.
Es war so etwas wie eine Abschlussfahrt, denn mit Beginn der siebenten Klasse änderte sich alles.

Nach dieser Klassenfahrt ging es mit den Eltern nochmals für zwei Wochen nach Krakow. „Rölfchen, du bist ja wieder da!", wurde ich von Onkel Ka-Fiddie bei der Ankunft im Bahnhof in Empfang genommen.

Wieder waren wir in irgendeiner Straße rund um den Jörnberg untergebracht.
So wie schon in den drei Wochen mit Ille-Oma am Beginn der Ferien, so durfte ich auch jetzt wieder Vadderns Kofferradio für meine nun zwei Sendungen, Montag 20 Uhr und Samstag 9 Uhr, benutzen.

Was wir genau da in Krakow machten, weiß ich nicht. Vermutlich viel wandern und baden. An einen Ausflug aber erinnere ich mich noch.
Wir hatten uns wohl in der Strecke vertan und uns über- bzw. die Strecke unterschätzt. Wir liefen vom Jörnberg aus immer am See im Uhrzeigersinn entlang. Wir kamen dabei am Campingplatz vorbei, an einer weiteren Bootsausleihe, immer weiter. Dann kamen wir in ein Dorf, dann in noch ein Dorf ... wo wir genau waren, wussten wir nicht, aber wir sahen weit, weit in der Ferne, noch immer die Krakower Mühle, die hinter uns immer kleiner und kleiner wurde.
Wir aßen in irgendeinem Gasthof in einem der Dörfer zu Mittag und machten uns dann auf den Rückweg. An diesem Umkehrpunkt war die Mühle kaum noch so groß, wie ein Stecknadelkopf
Das Problem war dann, dass die Mühle beim Rückmarsch einfach nicht größer werden wollte. Der Heimweg nahm kein Ende.

Muttern, Vaddern und ich röchelten. Mein Bruder indes sprang noch immer vor uns auf dem Weg, hinter uns auf dem Weg und zwischen uns hindurch, machte einen Heiden Lärm dabei, und lief wohl die ganze Strecke dreimal, weil er ständig vor und zurück hopste, schrie, hüpfte, rannte ....

Meine Gedanken drehten sich langsam im Kreis. „Bis zur Mühle, dann ist es nicht mehr weit, ... nur noch bis zur Mühle... ....“

Wir kamen Fußlahm in unserer Unterkunft an. Wir drei Großen hatten Blasen an den Füßen.

Und mein kleiner Bruder? Der ließ sich selbst am Abendbrottisch kaum bändigen, weil er vor dem Haus unbedingt noch Fußball spielen wollte, was er dann auch tat, während wir anderen drei uns in Liegestühlen die Abendsonne auf den Pelz brezeln ließen.

Es war an einem Nachmittag, als wir in Familie in der Bäckerei vorstellig wurden. Vaddern hatte sich mal wieder ein ganzes Blech Zucker-Hefe-Kuchen bestellt. Ich tollte mit meinem Bruder und mit Bona durch das Gehöft. Aus dem „Waschhaus“ genannten Stall-Gebäude hörte ich merkwürdige Geräusche. Ich wusste schon, dass dort Wäsche gewaschen wurde, die dann auch meist noch draußen auf dem Hof hing. Ja, dieses Gehöft, war schon ein Ding. Darauf war ein Misthaufen, die Hühner gakelten und scharrten zwischen grobem Kopfsteinpflaster, daneben herum tollende Katzen, aufgehängte Wäsche und an der Wand zur Backstube hin lagen auf langen Brettern frische Brotleibe zum abkühlen.

Nun also merkwürdige Geräusche aus einem Stallgebäude. Neugierig öffnete ich die Tür.

Ich staunte nicht schlecht! Was ich sah, war eine lebende Waschmaschine.

Das, was ich bisher an Waschmaschine kannte, war Mutterns WM66 mit dem großen Bottich und dem Wellrad darin. Trommelwaschmaschinen oder Waschvollautomaten kannte ich sonst nur aus dem West-Werbefernsehen.

Was ich hier in Krakow nun zum ersten mal wahr nahm, musste ich für mich neu einordnen.

Die Waschmaschine war ein großer Holzzuber, in dem sich vier weiße Stangen, die etwa den Durchmesser einer heutigen Leuchtstoffröhre hatten und die ein Stück weit aus dem Wasser heraus ragten, mit lautem Gebrumm mal in die eine, mal in die andere Richtung drehten. Dabei wippte dieser Holzzuber, der auf vier Beinen stand und an dem unten ein Elektromotor hing, immer recht bedenklich hin und her.

Mir war diese Waschmaschine deshalb etwas unheimlich und ich beschloss, diesen Raum künftig zu meiden.

Überall in der DDR gab es diesen Kuchen, mit der Aufschrift „In der Assiette gebacken". Auch unsere Bäckerei stellte diesen Kuchen her. Es war so ein Rührkuchen der in jenen goldigen Zeiten noch innerlich saftig war und der so richtig nach Schokolade, Vanille und Safran schmeckte.

Kauft man heute solcherart Kuchen im Supermarkt, ist er immer nur süß, dabei vollkommen geschmacklos und obendrein auch noch Staub trocken, weshalb er von vielen oft als „Kinder-Erstickungskuchen" bezeichnet wird.

Ich weiß nicht, ob es da ein allgemeines Grundrezept für solcherart Kuchen in der DDR gab. Denkbar wäre eine mögliche DIN- ... Verzeihung TGL-Norm. Die „TGL" war das DDR-Pedant zur „DIN".

DIN = Deutsche Industrie Norm,
TGL = Technischen Normen, Gütevorschriften und Lieferbedingungen
Wobei die TGL-Nummern mit den DIN-Normen-Nummern weitgehend übereinstimmten. In der Umgangssprache behielt man meist die „DIN"-Bezeichnung bei. Niemand kaufte im Einzelhandel beispielsweise einen Schreibblock in der Größe TGL-A-4 sondern man sprach weiter von DIN-A-4.
Allerdings klärte mich jetzt Wikipedia darüber auf, dass es auch heute noch im Maschinenbau gewisse Teile gibt, die nach noch immer gültigen TGL gefertigt werden, weil es für diese Teile bislang keine DIN-Norm gibt.

Aber zurück zum „Kuchen gebacken in der Assiette". Will sagen, es kann sein, dass es für die Herstellung dieses Kuchens eine spezielle TGL gab, ein besonderes Einheitsrezept, an das sich alle DDR-Bäcker zu halten hatten und daß es möglicherweise sogar ein Pflichtkontingent gab, was jeder Bäcker von diesem Kuchen zu backen hatte, aber dies ist mir hier heute unklar.

Die Assietten waren bei Anlieferung nur ein knapp einen Millimeter dicker Bogen aus sehr festem, mehrlagigem Stanniolpapier, der etwas größer als ein A 4 - Blatt war. An den Kniffstellen war das

Stanniol etwas dünner, so dass es sich kniffen ließ, andere Stellen waren richtig ausgestanzt.

Es war damals eine meiner Nebenbeibeschäftigungen, wenn ich auf dem Steg im Bootshaus saß und den See betrachtete oder wenn ich abends im Liegestuhl lag. Immer hatte ich ein paar von diesen Stanniolbögen parat und kniffte und riss diese Assietten zurecht. Einen Preis hatte ich für diese Arbeit mit Onkel Ka-Fiddie auch ausgemacht. Zehn Assietten für einen Pfennig. Für mich damals viel Geld!

Dieser Sommer war wieder einmal viel zu schnell vorbei.

Die nun folgende siebente Klasse war für mich das schlimmste Schuljahr, auch noch aus heutiger Sicht.

Was war geschehen? Man hatte in Hohenschönhausen eine neue Schule gebaut. Sie steht noch immer in der Degnerstraße. Alle Kinder, die von uns aus gesehen hinter Obersee- und Bahnhofstraße wohnten, gingen ab dem Schuljahr 74/75 dort hin. Das waren halt in meinem Falle all meine besten Kumpels.
An unserer Schule machte man aus drei sechsten Klassen im Schuljahr 73/74 nun zwei siebente Klassen im Schuljahr 74/75.
Das, was heraus kam waren vollkommen neue Klassenstrukturen. Ich hatte den Eindruck, als wenn bei uns die ganzen „Rowdy's" gebündelt worden wären. Außerdem hatte ich keine Kumpels mehr.

Allein um nur irgendwie durchzukommen machte ich mich fort an zum Klassenclown und hielt mich an Torsten, der sehr gutmütig war, den ich zu lenken wusste und der mich, wegen seiner körperlichen Kraft, gut beschützen konnte.
Ich brauchte das gesamte siebente Schuljahr, um in dieser neuen Schulklasse anzukommen.

In der siebenten Klasse kamen ein paar neue Schulfächer hinzu. Dabei hatte ich dann mal Glück. Die zweite Fremdsprache neben Russisch war nur fakultativ, also freiwillig. Die Schulleitung legte fest, unsere Klasse sei die Englischklasse, unsere Parallelklasse bekomme Französisch. Je nachdem, wieviele Schüler bei uns auf die zweite Fremdsprache gänzlich verzichteten oder französisch lernen wollten, so viele Schüler könnten aus der Parallelklasse zu uns hinüber kommen zum Englischunterricht.
Es kamen nur vier.

Englisch war dann auch das Fach, in dem ich in den kommenden vier Jahren durchschnittlich die besten Noten heim brachte. Ja, selbst als er schon aus der Schule raus war, machte ich meinem Bruder seine Englischhausaufgaben fertig. Das einzige Fach, in dem ich ihm freiwillig half. Aber die Englischlehrerin meines Bruders merkte es dann immer. „Da hat dir sicherlich wieder der Rolf geholfen ...."
Für mich machte der Englischunterricht Sinn! Ich wollte Beatles-Texte übersetzen!
Zwei Jahre später war dieses Basisenglisch für mich wichtig, um die Moderationen des amerikanischen Soldatensenders AFN oder des

britischen Pendants dazu, den BFBS, wenigstens halbwegs zu verstehen.

Weil diese Englischstunden nur fakultativ waren, wurden sie gewissermaßen an den normalen Unterricht rangehängt. Englisch war dann entweder meist in der siebenten Stunde, die so gegen 14.15 Uhr begann oder in der „Nullten Stunde" mit Beginn um zehn nach sieben in der Frühe. Manchmal war es auch in der ersten oder sechsten Stunde. Soweit ich mich entsinne, gab es nur immer zwei Wochenstunden. Der Englisch-Unterricht in den ersten beiden Jahren wurde zum Teil mit Hilfe von DDR-Schulfunk-Fernseheinheiten unterstützt, die etwa fünfundzwanzig Minuten lang waren. Die Verabschiedung erfolgte durch die beiden Worte, ich schreib das jetzt mal lautbildlich „goodbye wieöös". Niemand, wirklich niemand, nicht mal die Pauker, wusste dieses „wieöös" zu deuten.

Jahrzehnte später berichtete ich mal einem englischen Musiker, Neil Gilmartin, den ich in meiner Hörfunksendung „OKbeat" zu Gast hatte und mit dem ich mich angefreundet hatte, von meinem DDR-Margot-Honecker-Schulenglisch und dass niemand wisse, was dieses „wieöös" heiße. „Ist doch ganz einfach!", meinte er in seinem lustigen Gemisch aus deutschem und englischem Kauderwelsch. „Wieöös ist ein verschliffenes >viewers< ... das heißt Zuschauer."

Danke Neil! Damit hast Du ein jahrzehntelanges Mysterium enthüllt!

Zwei weitere Schulfächer kamen hinzu. Allerdings war ich von deren Wert nicht überzeugt. Hinter „PA" verbarg sich „Produktive Arbeit" - also Kinderarbeit, hinter „ESP & TZ" versteckten sich „Einführung in die sozialistische Produktion & Technisch Zeichnen".

Schulkumpel Roger und ich schwänzten „unabsichtlich" die erste Einheit, weil wir irgendwie wohl den Veranstaltungsort des ganzen verpeilt hatten. „PA" und „ESP & TZ" fanden nicht in unserer Schule statt. Das bekamen wir aber erst am Tag dieses Unterrichts mit, als wir vor unserer Schule aufkreuzten und niemand anderes aus der Klasse da war. Wir trauten uns nicht, im Schulsekretariat oder im Lehrerzimmer nachzufragen und so beschlossen wir, Am Faulen See lieber „Cowboy und Indianer" zu spielen.
Natürlich gab es am nächsten Tag Ärger in der Schule. „Wo ward ihr denn?" „Habt ihr 'ne Entschuldigung?"
Gesengten Hauptes musste ich am Nachmittag den versäumten Tag meiner Mutter beichten und die schrieb mir einen Entschuldigungszettel.
„Unser Rolf hatte an dem Tag eine schlimme Magenverstimmung und war den ganzen Tag zu hause."
„Aber nochmal mich ich so'n Affentheater nicht mit dir mit! Nächste Woche gehste da hin!" schimpfte meine Mutter.
Es war übrigens mein einziger Tag, den ich jemals die Schule schwänzte.

„PA" war wirklich Kinderarbeit. In der siebenten und achten Klasse waren wir im „Metall-Leichtbau-Kombinat" in der Bahnhofstraße in Hohenschönhausen. Dass das Firmengelände an den Stasi-Knast grenzte, munkelte man. Aber in diesem Alter begriff ich noch nicht dessen Tragweite.

In diesem „Metall-Leichtbau-Kombinat" feilten wir in langen Bandreihen an Fenstergriffen für Klappfenster und setzten auch spezielle Bohrungen. Mein Vater meinte immer, ich sei handwerklich nicht begabt, hier zeigte sich, dass ich es wirklich nicht war. Ich produzierte eine ganze Menge Ausschuss.

Im zweiten Jahr dort stellten wir mit Glasfaserwolle von uns zu befüllende Deckenabdeckungen her. Kann man das so schreiben? „Decken-abdeckungen"? Also diese quadratischen Deckenverkleidungen, ca. 50 cm Seitenkannte, ca. 10 cm tief, die an die Decken zum Beispiel von Kaufhallen, in Bürogebäuden und Fabriken angebracht wurden. Die Bodenfläche so ein löcheriges Sieb. ... Ist klar, was ich meine?

Diese Dinger mussten mit 'ner Maschine gefalzt und gebohrt und verschraubt und mit dieser Glasfaserwolle - na hoffentlich kein Asbest !!! - befüllt werden.

Eigentlich war das ziemlich locker. Man stand in einer großen, lärmenden Maschinenhalle, in der jeder Arbeiter irgendwas anderes machte und bohrte, feilte oder falzte was. „PA" war als voller acht-Stunden-Arbeitstag geplant. Aber es wurden als Stunden wohl nur die 45-min-Unterrichtsstunde gezählt.

In der neunten und zehnten Klasse waren wir in einer Gummibude. Die hatten Produktionsstätten in Weißensee in der Bizetstraße fast am Antonplatz, in der Boxhagener Straße im Friedrichshain und auch in Rummelsburg hinterm Knast. Tja und dann gehörte wohl auch die Gummibude in Brieselang dazu, an der wir auf unserem Weg vom Bahnhof zum Garten immer vorbei kamen.

In dieser Gummibude entgrateten wir irgendwelche Ränder.

Nach einem Tipp eines Arbeiters, dass gewisse Gummidichtungen, die wir da herstellten, ein „wichtiges Ersatzteil für den PKW Trabant" seien, die „wie Goldstaub" unter der Hand gehandelt würden, mopste jeder aus der Klasse davon ein paar Teile, selbst dann, wenn die Familie keinen Trabant hatte, denn man konnte ja nie wissen ...

Insgesamt machte man sich bei dieser „Produktiven Arbeit" aber nicht tot. Es gab keinen Ärger, wenn wir in der neunten Klasse gemeinsam mit den Arbeitern eine rauchten, wir konsumierten Literweise diese, wie singt die Band Pankow in ihrem Lied „Werkstattsong"? „...diese gelbe Brause"... das war die „Bitter-Lemon" von „Spreequell" in uns hinein schütteten. An Brause gab es eigentlich nur die „Club-Cola", selten „Vita-Cola", dann diese saure „Bitter-Lemon" und noch zwei Sorten gelbe und rote Brause für Diabetiker. Man versuchte es 1978 mal für ein halbes Jahr mit einer Apfel brause, die aber bei der Bevölkerung nicht ankam, weil sich braune Flusen in der Flasche absetzten. Gelegentlich gab es auch mal Fassbrause, aber diese ekelige Bitter-Lemon war so das Hauptgetränk am Arbeitsplatz. 65 Pfennige plus 30 Pfennig Pfand kostete eine Flasche.

Also wir tranken Literweise diese „gelbe Brause", aßen in den längeren Pausen unsere von zu hause mitgebrachten Brote oder der eine oder andere holte sich in der Kantine der Firma, in der wir unsere Pausen gemeinsam mit den Arbeitern machen mussten, auch mal 'ne Bockwurst mit Brot oder 'ne Soljanka.

„ESP & TZ" machten wir in der siebten und achten Klasse in einer Baracke auf dem Gelände des „Metall-Leichtbau-Kombinats". Zwei Stunden lang „Einführung in die sozialistische Produktion", das ging noch. War ein bisschen so ähnlich wie das Fach „Staatsbürgerkunde", das wir auch ab der siebenten Klasse hatten, nur noch mit praktischerem Hintergrund. Die zwei Stunden „TZ" - technisch zeichnen - hasste ich. Auf dem Millimeterpapier machte ich oft so viele Radierungen, dass die Millimeterstruktur bald verschwand, ich nahm oft zu dicke oder zu harte, zu weiche oder nicht richtig angespitzte Bleistifte, die mir dann noch unter Umständen abbrachen oder die das Papier aufrissen, wenn ich wo schon zu oft radiert hatte und ich wurde dadurch mit meinen Zeichnungen nie fertig. Aber zum Glück gab es „TZ" nur zwei Jahre lang. In der neunten und zehnten Klasse hatten wir vier Stunden ESP in einem Schulgebäude am Ende der Degnerstraße, wo diese schon auf den Malchower Weg trifft.
Ich kann mich beim besten Willen nicht mehr daran erinnern, was wir in diesem Fach gelernt haben. Ein bischen war es, wie die Betriebe und Kombinate in der DDR aufgebaut waren, aber es war auch relativ viel technisches Zeugs dabei, wie zum Beispiel

Maschinen im inneren funktionieren, wie das mit Keilriemen und „Schlupf" ist und sowas. Aber, wie gesagt, es ist lange her.

Auch diese ESP-Tage wurden immer als ganze Unterrichtstage gewertet. Und nur gelegentlich ging es dann noch mal für eine Unterrichtseinheit fakultativ Englisch zurück an unsere eigentliche Schule.

Mit Beginn meiner siebten Klasse setzte sich auch mein Vater nochmals auf die Schulbank. Im Abendstudium holte er erst seine neunte und zehnte Klasse nach und stürzte sich dann in ein Ingenieursstudium.

Da Muttern mir ab diesem Jahr, sie hatte die Schule auch nur bis zur achten Klasse besucht, rein fachlich bei meinen Hausaufgaben nicht mehr helfen konnte, war ich nun auf Vaddern angewiesen. Das Problem war dabei, das er nicht annähernd so gut erklären konnte, wie Muttern.

Diese quasi nicht mehr vorhandene Hausaufgabenhilfe, aber wohl auch vor allem die neue Klassenstruktur bewirkte, dass meine Leistungen im Unterricht rapide abnahmen. Hinzu kam, dass ich anfing, mächtig zu pubertieren und mich Mädchen und Musik, genau in dieser Reihenfolge, weit mehr interessierten, als irgendwelcher langweiliger Unterricht.

Überall in den West-Fernsehshows gewannen die Leute Cassettenrecorder! Ob bei Rudi Carelles „Am laufenden Band" oder bei Wim Toelkes „Der große Preis" über all bekamen die Gewinner Cassettenrecorder!

Und so wollte auch ich meinen Cassettenrecorder!

Bei einer Elternversammlung noch vor Weihnachten 74 hatten sich meine Eltern mit anderen Eltern wohl über das Thema „Aufklärung" unterhalten. Meine Eltern hatten mich da schon soweit, dass ich sehr genau wusste, woher die Babys kamen. Nun, meine Eltern boten anderen Eltern an, auch ihre Kinder mit aufzuklären. Im Gegenzug erklärte mir der Vater von meinem Kumpel Torsten, wie sein Cassettenrecorder funktioniert.
Was für ein Tausch! Die Aufklärung gegen eine Bedingungsanleitung!
Nach dieser Erklärung wollte ich nun nur noch einen Cassettenrecorder!

Die Aufklärung meiner Kumpels durch meine Eltern in meinem Beisein, ... ich kannte das doch alles schon, ... war mir dagegen nur noch peinlich!

Mein Vater arbeitete in diesen Zeiten noch immer auf dem Bau und machte gelegentlich auch an Samstagen, Sonn- und Feiertagen Überstunden auf einer Baustelle in der Storkower Straße. Der Zweigeschosser neben dem Polizeirevier steht ... heute nicht mehr. Er ist erst 2018 abgerissen worden. Vaddern nahm mich manchmal dazu mit. Er arbeitete dort mit einem Kollegen Namens Bernd zusammen, der nicht ganz so uralt war, wie mein zwanzig Jahre älterer Vater. Bernd war nur zehn Jahre älter als ich.
Von ihm bekam ich aufgeschrieben, wo man noch so im Radio Musik spielte, die mir gefiel. Dabei waren solche legendären Sendungen wie die „Hey

Music" beim SFB, die ja noch heute läuft, aber auch der RIAS-Treffpunkt am Samstag ab 16 Uhr, „Graves bei Nacht" oder auch „Rock over RIAS".

Nachdem ich über Monate hinweg meinen Vater mit meinem Wunsch nach einem Cassettenrecorder weich geklopft hatte, besorgte dieser besagte Bernd mein Wunschgerät, einen vom Typ „Sonett", den es eigentlich nur unterm Ladentisch zu kaufen gab. Vierhundert Mark hatte ich selbst gespart, die zum Kaufpreis noch fehlenden einhundertfünfzig Mark schoss Vaddern auf Kredit vor.
Und genau am 24.Januar 1975 hielt ich dann meinen eigenen Cassettenrecorder in den Händen.
Von da an interessierte ich mich allerdings noch weniger für die Schule.
Mein Halbjahreszeugnis war entsprechend mies!
Von einem Zensuren-Durchschnitt von 1,8 sackte ich innerhalb diesen halben Jahres auf 3,4 ab.
Also wenn mein Kind so schnell so tief von den Noten her abgesackt wäre, hätte ich als Eltern irgendetwas unternommen. Zumal so ein rapider Sinkflug nicht nur mit „nicht aufpassen" oder „keine Hausaufgaben machen" zu erklären ist. Da stimmen andere Sachen, zum Beispiel in der Klasse, nicht mehr. Kann es sein, dass ich gemobbt wurde? Hatte ich vielleicht andere psychische Probleme? Heute gibt's Schulpsychologen für solche Dinge. Bei mir gab es nur „'n Satz heißer Ohren" und den Spruch „musst dich wieder mehr anstrengen." Was natürlich gar nicht half!

Im Frühjahr ging es mit der Klasse für eine Woche ins Landschulheim Stolzenhagen bei Wandlitz. Ich erinnere mich an viel zu harte Betten, an derbe Scherze zwischen uns Bengels, an wenig Unterricht, an Geländespiele, Heerscharen von Blutrünstigen Mücken, wenig schmackhaftes Essen und an die erste Diskothek, die ich fuhr, weil ich meinen Cassettenrecorder natürlich dabei hatte. Diskothek fahren hatte den Vorteil, dass ich nicht zu tanzen brauchte.

In den Mai-Ferien war ich eine ganze Woche lang mit meinen Eltern im Garten in Brieselang.
Ich weiß nicht, wo sie her kam, aber plötzlich stand die süße, Kleine mit dem Lockenkopf, die mich verdammt an die Schauspielerin, den Kinderstar Shirley-Jane Temple erinnerte, vor mir. Es war die Cousine unserer Gartennachbarin, die dort für ein paar Tage zu Besuch war, und ich war sofort in sie verknallt.
Richtig zusammen waren wir nur während ein paar Wochenenden in den kommenden Jahren. Nach meinem Grundwehrdienst verloren wir uns aus den Augen. Von 2006 bis 2014 hatten wir per E-Mail wieder Kontakt zueinander, danach verlief es sich. Andrea!
Mittlerweile ist sie nun schon zum dritten mal verheiratet.
In jenem Frühjahr lief ein Lied im Radio, das ich natürlich mit meinem Cassettenrecorder aufnahm und das wir zu „unserem" Lied machten, Marianne Rosenberg mit dem Schlager „Er gehört zu mir".

Zu meinem Geburtstag in diesem Jahr wurde ich „spürbar" erwachsen, denn ich bekam meinen Personalausweis.

Als es in den darauf folgenden Sommerferien wieder nach Krakow ging, hatte das was von Wehmut und Abschied.

Die Zeit war in Krakow einfach stehen geblieben, während ich mich mit großen Sprüngen weiter entwickelte.

Ich weiß nicht mehr, in welcher Reihenfolge ich dort war, ich glaube aber, die ersten drei Wochen wieder mit Ille-Oma und die letzten zwei Wochen mit meinen Eltern. Dazwischen war ich zwei Wochen „allein", die letzte Ferienwoche war ich dann wieder zu hause.

Ja, ich stand noch immer früh auf, um im Backhaus zu helfen, aber ich war nicht mehr ganz so früh und ganz so lang da. Nein, ich schlief sogar bis sieben und half dann noch so eine, anderthalb bis zwei Stunden im Backhaus. In all den Jahren davor war ich immer mindestens vier Stunden dort. Dieses länger schlafen hatte damit zu tun, dass ich nun abends länger wach war, um noch Radio zu hören. Ja, auch den SFB gab es damals auf Mittelwelle, so ich mich recht entsinne.

Während der Zeit mit Ille-Oma und in den zwei Wochen allein suchte ich nun auch gezielt die Krakower Dorfjugend auf. Es waren nicht viele da und nicht alle ließen sich auf den „großkotzigen" Berliner ein, aber es gab schon Berührungspunkte, zum Beispiel vor dem Kino oder in der Eisbar, wo man dann ein paar Worte mit einander wechselte und wo man auch mal über Musik fachsimpeln konnte.

Tonbandkassetten waren, wie auch die Cassettenrecorder, in der DDR relativ teuer. Eine Cassette mit 60 min Laufzeit kostete 20 Mark. 90-min gab es Anfangs gar nicht. Die Westverwandtschaft schenkte also zu Weihnachten und zum Geburtstag welche. Offiziell durften die Westler im Osten nur Cassetten verschenken, die sie vorher im „Intershop" gekauft hatten. Die „Intershops" waren Läden in der DDR, die jeder betreten konnte, aber in denen ausnahmslos mit westlichen Währungen bezahlt werden konnte. Sie gehörten zur staatlichen Handelsorganisation. Ab Mitte der 80er Jahre durfte der DDR-Bürger nicht einmal mehr „Westgeld" besitzen sondern er hatte es, sofern er welches zum Beispiel durch Verwandtschaft bekam, dieses Westgeld in sogenannte „Forum-Schecks" auf einer Bank eins zu eins umzutauschen und mit diesen Forum-Schecks konnte er dann im „Intershop" einkaufen gehen.

Dieses Umtauschen machten aber die wenigsten. Diese Dinger hießen „Forum-Schecks", weil die staatliche Handelsorganisation „Forum" hieß. Mit der deutschen Währungsunion am 1.Juli 1990 gingen „Forum", die „HO WtB" (Handels-organisation Waren des täglichen Bedarfs) und Kaisers-Kaffee-Geschäft GmbH aus der Bundesrepublik in Berlin, mit Ausnahme des damaligen Stadtbezirks Pankow, erst einmal ein sogenanntes Joint-Venture unter dem Namen HoFKa ein, ein halbes Jahr später und nach der Deutschen Wiedervereinigung übernahm das Tengelmannunternehmen in Form von Kaiser's die gesamte Firma.

Aber zurück ins Jahr 1975! Im Intershop gab es bei Cassetten nur die Marke BASF, 60-min-Tapes wurden für 5 DM verkauft, 90 min gab es für 7,50 DM. Aber Tante Else zum Beispiel, die berufsbedingt auch hin und wieder nach Westdeutschland reisen durfte, kaufte meist preiswertere No-Name-Produkte.

In diesem Sommer bestand mein Musikarchiv aus einer 60-min-Cassette heimischer Produktion vom Hersteller ORWO, sowie einer 60-min und zwei 90-min-Cassetten aus dem Intershop, wobei die vierte erst halb bespielt war.

Es muss meine Umgebung ganz schön genervt haben, dass ich immer und immer wieder dieselbe Musik spielte. Der Titel „Brazil" von der „Ritchie Family" war mein größter Renner. Übrigens ein Stück, das ich auch heute noch, nun von CD, gerne mal in meinen Sendungen einsetzen würde, wenn es nicht mit gut fünfeinhalb Minuten für den Hörfunk eigentlich zu lang wäre.

Auch stolzierte ich, mit dem Cassettenrecorder im Arm und die Musik voll aufgedreht, gern mal über den Krakower Marktplatz, was aber bei den Einheimischen nur das Vorurteil von dem arroganten Berliner weiter nährte.

Im Bootshaus gab es etwas Neues. Über irgendwelche Kanäle nach Westdeutschland hatte man viele Tuben eines Fisch-Anfütter-Futters, wenn man so sagen darf, bekommen. Ich weiß nicht mehr, wie es hieß, aber Onkel-Ka-Fiddie sprach nur von „Futt-Futt". Die gelblich weiße Paste, die man aus Zahncremegroßen Tuben drückte, roch selbst für meine Begriffe sehr lecker. Es war ein Teig. „Futt-Futt" eignete sich nicht nur zum Anfüttern, sondern es wurde wohl meist sogar als Köder für Friedfische auf den Angelhaken gespießt. Dadurch sparte man sich das lästige Suchen nach Regenwürmern auf dem Misthaufen im Gehöft der Bäckerei.

Dabei noch eines. Auf diesem Gehöft der Bäckerei wurde einfach alles wiederverwendet, recycelt, könnte man sagen.
Von den Resten des gemeinsamen Mittagessens wurden die beiden Schweine gefüttert. Nicht verkauftes Brot und alter Kuchen, unverkäuflicher Kuchen wurde in Wasser eingeweicht und an Hühner und ebenfalls an die Schweine verfüttert. Was es dann noch an Küchenabfällen gab, wurde gekocht und auch den Schweinen gegeben. Und erst das, was gar nicht mehr verwendet werden konnte, landete auf dem Misthaufen. Aus diesem wiederum holte man die Regenwürmer für die Angelei. Was man da an Fischen fing wurde entweder gekocht oder gebraten und von uns Menschen gegessen, Fische, die zu klein zum essen waren oder die zu viele Gräten hatten, wie zum Beispiel Plötzen, wurden entweder an die zahlreichen Katzen verfüttert oder gekocht dem Schweinefutter zugegeben.
Leider hab ich niemals eine Hausschlachtung erlebt, aber ich kannte den Raum unter dem oberen Badezimmer, direkt über dem Backhaus, in dem

Schweineschinken und Wurst von den Decken herab hingen und der immer so lecker duftete.

Ich hatte es ja schon einmal erwähnt, dass man auch beim Verkauf der Erzeugnisse im Laden der Bäckerei darauf achtete, möglichst alles zu verkaufen. Von den Blechkuchen wurden die Ränder abgeschnitten und diese billiger als Kuchenbruch verkauft. Kuchen und Brot, die schon einen Tag alt waren, wurden zum halben Preis verkauft. Liegen gebliebene Schrippen wurden in Scheiben geschnitten, ein zweites mal gebacken und dann als Zwieback verkauft. Weißbrot, das auch den zweiten Tag nicht verkauft wurde, was eher selten vor kam, wurde Luftgetrocknet und durch eine Mühle, die man zu diesem Zweck im Haus hatte, geschrotet und zu Semmelmehl verarbeitet. Was dann noch übrig blieb, wurde zu Hühner-Schweinefutter. Wobei man da auch sagen muss, dass von vornherein relativ knapp gebacken wurde. Also nach Schrippen brauchte man nach 10 Uhr gar nicht mehr zu fragen, das war aussichtslos. Wobei dabei immer ein halber Wäschekorb voll im Backhaus für die Kunden am Nachmittag stehen gelassen wurde.
Gerade bei Schrippen und Brot gab es für die Bäckersleute recht wenig zu verdienen. Sie hatten wohl Mengen mäßig ein staatliches Soll zu backen und zu verkaufen, aber das Geschäft machte man mit Kuchen. Die Preise für Brot und Schrippen waren schließlich staatlich subventioniert und so blieb für die Bäckerei wohl pro Brötchen, das man für 5 Pfennige verkaufen musste, nur ein zehntel Pfennig letztlich Gewinn übrig.

Bei Brot war es nicht viel anders. Sie hatten von der Menge her ein gewisses staatliches Soll zu erfüllen und daran hielten sie sich auch. Aber der Gewinn war gering.

Darum wurde nur so viel Material eingesetzt, wie unbedingt notwendig war. Deshalb gab es keine Spezialbrötchen. Geld verdient wurde allein mit Kuchen.

Noch etwas interessantes zur Preiskalkulation in der DDR insgesamt. Sowohl Gaststätten, als auch Bäckereien oder Fleischereien, also alle Betriebe, in denen Lebensmittel in irgendeiner Form weiter verarbeitet wurden, durften für ihre Produkte, das galt also ganz besonders für Gaststätten, zwar die Kosten für Personal und so weiter, wie auch alle anderen möglichen Betriebskosten einschließlich des verarbeiteten Warenwertes mit einkalkulieren. Gewürze, Farbstoffe, Backhilfsmittel, Geschmacksverstärker und der gleichen durften aber in den Verkaufspreis nicht mit einkalkuliert werden.

Diese Anordnung hatte zur Folge, dass die verarbeiteten Lebensmittel relativ natürlich blieben. Im Roggenbrot war halt nur Mehl, Wasser, Salz und Sauerteig.

Der Joghurt blieb unter diesen Umständen relativ farblos und schmeckte kaum süß und hatte als Aroma nur den reinen Joghurt-Geschmack und nicht noch irgendwelche Früchte dazu, die sowieso nicht im Joghurt enthalten sind.

Wollte man als Festtagsbraten eine dunkle Soße, so hatte Muttern, später dann auch ich selber, einen alten Esslöffel, auf dem ich Zucker anhäufte und den ich dann über einer Gasflamme am Herd erst zerlaufen, dann braun werden ließ, um dann im Kochtopf diesen braunen Zucker im Wasser sich auflösen zu lassen. Das war einfache Zucker-Couleur. Und die war halt auch nur aus Zucker und nichts anderem.

Insofern waren die Lebensmittel in der DDR sicherlich farbloser und etwas fader und nicht so süß im Geschmack, aber sie waren unter Garantie, wegen ihrer Natürlichkeit, gesünder, weil sie keine Chemie enthielten.

Im übrigen konnten diese Lebensmittel verarbeitenden Kleinbetriebe ihre Preise auch nicht selber festlegen. Nicht mal für eigene Kreationen ging das. Der „Berliner", den der Berliner als „Pfannkuchen" kennt, kostete in Berlin 30 Pfennig, auf dem Land 24 Pfennig. Aber dieses Gebäck gab es überall.

Der von mir in Krakow so heiß und innig geliebte Gitterkuchen war eine eigene kulinarische Kreation unserer Bäckersleut' und die mussten halt ihre preislichen Vorstellungen mit der staatlichen Preiskommission absprechen, bevor sie einen Endverbraucherpreis festlegten, der dann aber über Jahre blieb.

Die einzigen Lebensmittel, bei denen als Händler man zumindest ein wenig gestalterischen Freiraum hatte, waren frisches Obst und Gemüse. Für diese erschien jede Woche eine neue Preistafel, so ein beidseitig eng bedrucktes A-4-Blatt, das von Woche zu Woche farblich variierte, um sie auseinander halten zu können. Diese Preistafel wurde durch den Obst-Gemüse-Großhandel schon am Freitag für die

Folgewoche mit ausgeliefert und hatte in jeder Filiale, bei Supermärkten halt am Gemüsestand mit auszuliegen. Bei uns in der Kaufhalle hing das Ding halt irgendwo ganz offen in einer Schutzfolie am Regal. Darauf waren die Preise für die Folgewoche aufgelistet.

Dabei gab es ein sogenanntes „A-Sortiment", das der Großhandel in der Woche liefern musste und das der Einzelhändler zu bestellen und anzubieten hatte. Das „B-Sortiment" war nur bedingt verfügbar, seitens des Großhandels, wie auch beim Einzelhandel.

Der Punkt, wo man mit den Preisen als Einzelhändler etwas variieren konnte war, dass es für die meisten Produkte unterschiedliche Preise für die Qualitätsstandards gab.

Ich will das mal am Beispiel des Blumenkohls erklären. Die höchste Qualitäts- und Preisklasse war die „A I". Diese Blumenkohlköpfe waren schlohweiß,, knackig und hatten eine bestimmte Größe. „A III" waren die kleinsten davon. Preisklasse „B" durfte dann schon ein paar braune Stellen am Rand des Kopfes haben, „B I" - „B III" war wieder nur eine Größenfrage. Und „C" wäre heute Schweinefutter, wurde damals eigentlich nur an Großküchen geliefert und war überwiegend braun, teilweise auch schon matschig.

Aber, zehn Prozent einer durch den Großhandel gelieferten Menge durften höherer und zehn Prozent durften einer niedrigeren Handelklasse angehören.

Und halt auf diesem Weg konnte man als Gemüseeinzelhändler ein wenig mit den Preisen arbeiten, indem man die zehn Prozent, die wirklich schlechterer Qualität war vom Preis absenkte, und dafür die zehn Prozent besserer Qualität vom Preis herauf setze und bei diesem Heraufsetzen der Preise die Qualitätsbestimmungen als Einzelhändler recht großzügig für sich selbst auslegte.

Für Südfrüchte gab es keine unterschiedlichen Handelsklassen. Zitrone oder Banane kostete halt 5 Mark das Kilo, Orangen vier Mark, egal, ob die Orangen aus Spanien kamen oder ob es die grünen, strohigen Saftorangen aus Kuba waren … Punkt. Die Zitronen im DDR-Einzelhandel kamen im übrigen fast alle aus Spanien, die Bananen ausschließlich aus Südamerika (Equador, Costa Rica, Kolumbien).

Von den drei verschiedenen Schrippensorten hatte ich schon berichtet?

Das waren ganz unterschiedliche!

Die „Herdbrötchen" lagen auf einer Schicht von sehr feinen Sägespänen. … also so sahen die aus. Wenn ich mir heute anhöre, dass die „Frucht" im Erdbeerjoghurt gleichfalls nur gefärbte Sägespäne sind, kann dies also durchaus möglich sein.

Die Brötchen begannen alle mit demselben Arbeitsgang. Eine Weizenteigkugel, die etwa so groß war, wie ein Brotrohling, wurde geformt, dann in einer Maschine platt gemacht, in dieser in gleich große, vom Gewicht her, Teile zerschnitten und in dieser Maschine auch noch zu handlichen Kugeln geformt wurden. Ich weiß nicht, waren es zwanzig, fünfundzwanzig, dreißig Schrippenrohlinge?

… mh …. ich rieche geradewegs den Teig und den Mehlstaub! …

Machte man diese „Herdbrötchen", so wurden diese Kugel einmal per Hand oval geformt, auf ein mit einer Schicht Sägemehl bestreutes Brett zum „gehen lassen" gelegt und sie bekamen da dann schon mit einem Messer diese Ritze in der Mitte. Nachdem der Teig gegangen war, wurde er für das Backen, natürlich von Hand, auf sehr lange, dünne Schieber gelegt und in den Ofen geschoben. Diese Brötchen wurden da direkt auf dem Ofenboden gebacken.

Die „Blechbrötchen" waren von der Herstellung her einfacher. Diese durch die Maschine geformten Kugeln wurden sofort auf ein Backblech gelegt und eingeritzt, ohne sie nochmals von Hand zu formen. Auf diesen großen Backblechen kamen sie dann auch in den Ofen und aus diesem wieder heraus.

„Knüppel" waren aufwendiger. Ich glaube, das war auch ein etwas anderer Teig, bei dem man das zugesetzte Wasser durch Milch ersetzt hatte. Sie kosteten wohl auch sieben Pfennige. Wieder der Produktionsvorgang bis zu den Kügelchen aus der Maschine. Diese Kugeln wurden dann aber von Hand einmal sehr platt gedrückt und von zwei Seiten dann zur Mitte des Teigstückes wieder eingerollt. So entstand diese Ritze. Gebacken wurden sie wie die „Herdbrötchen" auf Sägemehl direkt auf dem Ofenboden.

Neben der reinen Brötchenkneterei hatte ich auch noch andere Aufgaben. Eine bestand darin, die soeben aus dem Ofen geholten Schrippen, die man vom Ofen aus direkt in Rattanwäschekörbe fallen

ließ, in den Laden zu bringen und dort in die entsprechenden Regalteile zu schütten.
Ich weiß nicht mehr, aber ich glaube, an Samstagen waren das zwanzig bis fünfundzwanzig Wäschekörbe voll, die wir da verkauften.

Weil ich mich im Backhaus ständig aufhielt, habe ich an den Laden kaum Erinnerung.
Wenn man das Haus durch die Vordertür betrat, stieß man dahinter in etwa anderthalb Meter Abstand sofort auf eine zweite Eingangstür. Diese zweite Eingangstür war eigentlich ständig verschlossen. Von diesem quasi Vorraum war gleich rechts neben der ersten Eingangstür die Tür zum Laden.
War der Laden verschlossen, waren auch beide Eingangstüren hintereinander verschlossen. Also ich kenne das hinein gehen in das Haus durch beide Eingangstüren nur in Ausnahmefällen wie zum Beispiel wenn der Besuch aus Berlin vom Bahnhof abgeholt worden war. Dann versammelten sich alle wie die Dienstboten vor dem Haus und begrüßten einen. Ansonsten betrat man das Haus von hinten über den Hof. Das änderte sich dann erst, als die Bäckerei nicht mehr existierte.

Und so kannte ich den Laden eigentlich nur aus der Tür zum Backhaus.
Betrat man den Laden als Kunde, so hatte man drei normale Zimmerfenster, wie man sie von Bauten aus der Kaiserzeit noch kennt. Zwei davon dienten als Schaufenster. Auf ihren sehr breiten Simsen waren einige Luft getrocknete Backwaren ausgestellt. Es kann sein, daß diese Backwaren

auch aus ewig haltbarem Salzteig extra angefertigt waren, denn hin und wieder wurde auf ihnen Staub gewischt. Diese Simse waren im Laden so hoch wie die unteren Fensterflügel durch zwei Holzläden vom Kundenraum abgeteilt, so dass man im Sommer für die Beleuchtung im Laden dort wohl nur die Oberlichter dieser Fenster hatte. Aber es war deshalb nicht dunkel im Laden.

Das dritte dieser Fenster befand sich bereits hinter der Ladentheke, die geradezu quer den Raum trennte. Dieses Fenster hatte nach innen keine Holzläden, so dass der Bereich für die Verkäuferin gut Licht durchflutet war.

Diese Ladentheke bestand aus einem Tresen, auf dem eine Registrierkasse stand und über den der Verkauf statt fand. Geschnittenes Papier und Pappen zum Kucheneinwickeln lagen darauf und Papiertüten für die Brötchen. Wobei es in der DDR üblich war, wenn man Schrippen kaufte, der Verkäuferin gleich den eigenen Einkaufbeutel in die Hand zu drücken und diese befüllte ihn dann. Neben diesem Thesen stand eine große Theke, in dem der Kuchen ausgestellt war. Eine Kühltheke gab es nicht. Deshalb gab es in dieser Bäckerei auch keine Torten im normalen Tagesangebot. Torten wurden von Tante Hannemie nur auf Kunden-Vorbestellung gemacht. Leider kann ich mich beim besten Willen nicht mehr daran erinnern, an welcher Stelle der Theke die Registerkasse stand. Ich glaube, es war genau in der Mitte. Aber ich kann mich noch entsinnen, wie ich Bauklötzer staunte darüber, wie schnell Tante Eeka immer im Kopfrechnen war.

Hatten sie überhaupt so eine schrecklich ratternde Registrierkasse? Ich weiß es einfach nicht. Ich denke, die hatte noch eine Handkurbel und war nicht elektronisch. Nur der Endpreis jedes Kunden wurde dort eingetippt. Einzelne Positionen wurden im Kopf gerechnet oder notfalls auf einem Stück Papier mit dem Bleistift zusammengerechnet.

An der Wand hinter Theke und Tresen war ein hohes, ausgesprochen tiefes Holzregal angebracht. In ihm lagerte ein groß Teil des Blechkuchens, das meiste Brot und dort waren auch zwei große Fächer, in die die Schrippen hinein geschüttet wurden.

Ich glaube links an der Wand, zum Backhaus hin, waren auch nochmals Holzregale, in denen Brote lagen. Mehr Einrichtung hatte der Laden nicht.

Stühle und Tische, damit die Kunden noch ein wenig verweilten, gab es nicht. Vielleicht noch einen Stuhl, damit eine betagtere Person sich beim Anstellen mal etwas setzen konnte. Es war in der DDR nicht üblich, vor oder in der Bäckerei seinen Kuchen zu essen oder dort vielleicht gar Kaffee zu bestellen, denn diesen gab es nun garantiert in keiner normalen Bäckerei, so wie ich sie noch aus jener Zeit kenne.

Woran ich mich noch entsinne war dieser eigentümliche Geruch aus Zucker, Honig und frischem Brot, der sich ein wenig gegen den Mehlstaub aus dem Backhaus abhob.

Spätestens ab August müssen beim Verkauf die ganzen Heerscharen von Wespen anstrengend gewesen sein. Da surrte es um den Verkaufstresen nur so.

Wie die genaue Einteilung beim Verkauf der Waren war, weiß ich nicht mehr. Ich seh hinter der Theke nur Tante Eeka und im Laden eine „S"-Schlange von Kunden, die sich dann aus dem Laden hinaus schlängelte und mal in diese, mal in jene Richtung vor dem Haus die Straße entlang führte. Sie kann manchmal zwanzig bis dreißig Meter lang gewesen sein.

Tante Eeka verkaufte morgens immer, gelegentlich durch Tante Lotti unterstützt. Der Laden machte Mittags glaub ich für drei Stunden zu und öffnete dann nochmals von 15 - 18 Uhr. Alle Daten unter Vorbehalt. Nachmittags wechselte man sich ab. Ich weiß, dass da viel Tante Lotti im Laden stand. Es war ja auch Nachmittags kaum noch was los. Der überwiegende Teil der Waren wurde morgens mit den Schrippen verkauft. ... Ich schreib hier immer frei weg „Schrippen", aber sie hießen außerhalb Berlins „Brötchen". ... Gelegentlich verkaufte Nachmittags wohl auch mal Astrid, Tante Hannemie oder eine Nachbarin aus dem Nebenhaus.
Hin und wieder, meist an Samstagen, tauchten Leute auf, die im Backhaus einen eigenen Braten, ein Spanferkel oder gar einen selbst gemachten Kuchen in unserem Ofen backen ließen, denn nicht alle Haushalte hatten damals einen Herd mit Backofen. Der eigene Backofen war, im Gegenteil, gerade auf dem Land eher unüblich.

Aber von all dem wusste ich damals noch nicht sehr viel. Ich bekam immer nur mal mit, dass da auf der „Restwärme" noch was im Ofen lag, das nicht von den Bäckersleuten selbst war.

Ich wußte auch nichts davon, dass sich unser Familienleben bald wieder ändern würde. In diesem Alter denkt man als Kind oder Jugendlicher noch in Zeitabschnitten wie: wann sind die nächsten Ferien, wann Weihnachten und wann ist der eigene Geburtstag?

Im Zuge der Jahreszeiten änderte sich auch das, was man in den Ferien unternahm. Und allein das zählte.
Am letzten Ferienwochenende 1975 holten meine Eltern unser Auto direkt vom Werk ab.
Es war ein weißer Trabant mit dem amtlichen Kennzeichen IZ 20 - 36.
Wir hatten nicht zwölf bis achtzehn Jahre auf den Wagen warten müssen! Bei uns vergingen von der Bestellung bis zur Auslieferung gerade einmal vier Wochen.
Wie kam das?

Die Oma meiner Mutter aus Westberlin, also die Mutter ihres Vaters, der 1945 im Kriege umgekommen war, wollte, dass auch ihre Ostberliner Enkel- und Urenkel von ihrem Erbe etwas abbekämen.

Nach vielen Überlegungen und mit Hilfe des Bruders von Ille-Oma, der seit 1952 mit seiner Familie in Steglitz wohnte, kam man überein, dass diese Westoma uns über die Handelsfirma GENEX den Trabi kaufte.
Wikipedia schreibt dazu:
„Die Geschenkdienst- und Kleinexporte GmbH (kurz Genex; später nur noch Genex Geschenkdienst

GmbH) war ein am 20. Dezember 1956 auf Anordnung der DDR-Regierung gegründetes Unternehmen. Es war eine der wichtigsten Devisenquellen der Kommerziellen Koordinierung, einer Abteilung des Ministeriums für Außenhandel der DDR. Hauptsitz war in Ost-Berlin. Anfangs diente es nur als Geschenkdienst für Kirchengemeinden. Nach dem Bau der Berliner Mauer 1961 wurde das Geschäft aber weiter ausgeweitet, sogar nach Dänemark (über die Jauerfood AG in Kopenhagen-Valby) und in die Schweiz (über die Palatinus GmbH in Zürich). Das Unternehmen vertrieb einen Katalog mit dem Titel Geschenke in die DDR, aus dem die Bürger der Bundesrepublik Waren bestellen und mit D-Mark bezahlen konnten, die direkt an ihre Verwandten und Bekannten in der DDR versendet wurden."

Aber, auch das muss man sagen, diese Waren wurden zu überteuerten Preisen angeboten.

Ich möchte gerade mal für die jüngeren Leser mal ein paar Beispiele nennen.
Für die DDR-Regierung bestand zwischen D-Mark und DDR-Mark ein Umtauschkurs von 1 : 1. So mussten West-Berliner, wenn sie die DDR oder Ostberlin besuchten, pro Tag und pro Person eine gewisse Summe, mal waren es 13,50 M, mal 25 Mark im Verhältnis 1 : 1 an der Grenze umtauschen.

Illegal tauschte der DDR-Bürger, der D-Mark hatte, mit anderen DDR-Bürgern ... bei guten Freunden zu einem Kurs von 1 DM gegen 4 DDR-Mark, bei weniger guten Freunden auch gern schon mal 1 DM gegen 10 DDR-Mark ein.

Die Preise in dem Genex-Katalog lagen bei etwa 1 : 2 – also 1 DM gegen 2 DDR-Mark.

Der Trabant kostete nach zwölf bis achtzehn Jahren der Wartezeit im Inland ca. 8.500 DDR-Mark, im Genex-Katalog etwa 4.200 DM – aber mit nur einer Wartezeit von gerade mal vier bis sechs Wochen.

Auf Grund dieses Mangels an Fahrzeugen, kam es in der DDR zu dem Kuriosum, dass auf dem Automarkt einige Gebrauchtwagenmarken teurer waren, als die entsprechenden Neuwagen.
Für einen gebrauchten Trabant bezahlte man, wer keine Westkontakte hatte und nicht Jahre warten wollte, unter der Hand 12.000 – 13.000 DDR-Mark. Ein Parkplatz direkt am S-Bf. Grünbergallee war der mehr oder weniger illegale private Markt für Gebrauchte. Der Markt dort war zwar nicht gern gesehen, wurde aber durch die Behörden mehr oder weniger hingenommen.

Ich spreche hier von einigen Automarken, denn es gab auch Marken, die man sofort mitnehmen konnte. Der russische „Moskwitsch" war so eine Marke. Der Luft gekühlte Otto-Viertaktmotor befand sich vorn und hatte einen Verbrauch von angeblich 25 l auf 100 km. Diese Fahrzeuge waren zwar zuverlässig, sie rosteten indes innerhalb weniger Jahre überall durch. Ersatzteile dafür gab es schwer. Der Saporoshez SAS kam aus der Ukraine. Der Fahrgastinnenraum war noch kleiner, als der des Trabant. Er hatte einen Luft gekühlten Heckmotor, blubberte, wie ein Panzer, hatte den Fahrkomfort eines Traktors und war auch eine „Rostlaube". Auch hier war der Verbrauch relativ hoch. Reines Benzin kostete in der DDR übrigens 1,50 M / Liter, Gemisch (für den Zweitakter) 1,56 M.

Nun also unser Trabi. Am ersten Montag im September begann für uns wieder der Unterricht, am Abend stand unser nagelneuer Trabi vor der Haustür. ... und er war schön! ....

Ich weiß noch, wir sind Wochenlang fast jeden Abend irgendwo hingefahren. Meist in die nähere Umgebung Berlins.
Das ganze hatte aber bereits ende Oktober schon wieder ein Ende. Wir waren für einen Tag zum Winter fest machen in den Garten gefahren. Auf der Rückfahrt kamen wir auf der Fernstraße 96, heute B96a, kurz hinter Schildow, schon auf Berliner Gebiet, in eine Geschwindigkeitskontrolle. Mein Vater war wohl etwas rasant gefahren. Dabei stellte man bei ihm eine leichte Alkoholfahne fest.
Vaddern redete sich raus mit, er habe im Garten Wein abgezogen und dabei seien ganz versehentlich ein paar Spritzer wohl auch in seinen Mund ....
Aber in der DDR galt die Null-Promille-Grenze und so mussten wir das Auto dort stehen lassen und mit der Bahn nach hause fahren. Mein Vater holte den Wagen dann am nächsten Tag. Diese Eskapade, eigentlich unverantwortlich, mit Frau und zwei Kindern im neuen Auto, nachdem er fünfzehn Jahre lang gar keine Fahrpraxis gehabt hatte, bei

schmierig-glatten Straßen angetrunken Auto zu fahren.

Dass Vaddern da schon lange ein Alkoholproblem hatte, hab ich erst viele Jahre später begriffen. Aber da war ich wohl der einzige in der Familie, der das sah.

Jedenfalls bekam mein Vater hier nun vier Wochen Fahrverbot.

Die achte Klasse entwickelte sich für mich indes besser, als ich dachte. So langsam kam auch ich nun wieder im Klassenverband an und begann neue, gute Freundschaften zu knüpfen.

Und dann kam sie, die erste Schuldisko für uns große. Sie fand etwa alle vier Wochen in der Aula unserer Schule statt und wurde meist von etwas älteren Schülern gefahren. Teilnehmen durften nur Schüler ab Klasse acht aufwärts.

Klassendisko kannte ich ja schon, aber nun war ich mit Kumpels unter den „Großen".

Gleich zu beginn des Abends knüpfte ich Kontakte zu den Diskothekern und verwies auf meinen eigenen Cassettenrecorder.

Aus diesem Kontakt ergab sich, dass unser neuer Klassenleiter, den wir nun hatten, ein Herr Krüger, den man vom Aussehen eher für einen von uns Schülern hätte halten können, meinen Kumpel Roger und mich in den Herbstferien für ein paar Nachmittage zu einem Lehrgang in eine Schule in der Nähe der Pistoriusstraße in Weißensee schickte, auf der wir einen allgemeinen Technikkurs mit kleiner Prüfung belegten.

Inhalt dieses Kurses war unter anderem die Bedienung von Filmgeräten, Overheadprojektoren (die Dinger hießen damals bei uns „Polylux"), Fernsehern, Plattenspielern und Tonbandgeräten, um, so die offizielle Lesart, den Fachbereichslehrern im Unterricht bei der Bedienung der Technik behilflich sein zu können. Rein praktisch wendete ich dieses Wissen indes dann aber beim Fahren der Schuldiskothek an, der ich mich ab November 75 anschließen durfte. Die „Großen", es waren schon Schüler der zehnten Klasse, gestatteten es.

In der allerersten Disko im September tat ich neben dem Knüpfen von Kontakten aber noch etwas anderes. Ich traute mich ja nicht, ein Mädchen zum Tanz aufzufordern. Das trau ich mich bis heute nicht!

Um mir „Mut" anzutrinken, kaufte ich mir in der Kaufhalle deshalb also drei solcher „Pennerpullen". Was war da drin? Vielleicht 'n doppelter oder dreifacher Schnaps, so 0,4 oder 0,6 cl - auf keinen Fall „Sto Gramm" = 100 cl!

Drei dieser Pullen mit einem fürchterlichen Weinbrandverschnitt holte ich und flößte sie mir im Laufe des Abends heimlich ein.

Als die Disko vor 22 Uhr beendet war, Schuldiskotheken endeten immer zu der Zeit, hatte ich ein Problem, denn ich selbst bemerkte meine Alkoholfahne! Um diese zu übertünchen, rauchte ich mit einem Kumpel meine ersten drei Zigaretten. ....

Natürlich noch nicht auf Lunge sondern nur Backe.

Als ich dann mit gehöriger Verspätung endlich heim kam, war das Theater zu hause groß. Meine Mutter jammerte: „Unser Kind raucht und säuft!"

Nach den Kartoffelferien trat unsere Klasse komplett der FDJ bei und machte aus uns Thälmann-pionieren FDJler – Mitglieder der Organisation „Freie Deutsche Jugend".
Das heißt alle traten bei, ... außer mir.
Aus irgendwelchen für mich nicht nachvollziehbaren Gründen war mein Antrag zur Aufnahme in die FDJ an unserer Schule verschludert worden.

Große Feierstunde auf dem abendlichen Schulhof bei Fackelschein, jeder wird namentlich aufgerufen und bekommt feierlich sein Mitgliedsbuch ausgehändigt, auch ich lauerte, geschniegelt und gebügelt in meinem nagelneuen blauen FDJ-Hemd, auf meinen Namen, aber mein Name wurde nicht genannt.
Großes Entsetzen bei allen, ... bei mir in erster Linie, aber auch bei der Schuldirektorin, beim Klassenleiter, beim FDJ-Leiter der Schule. Ich stehe einsam und verlassen auf der „falschen" Seite des Schulhofs. Alles prüfen, auch im Büro, ... tja, mein Antrag ist eingegangen, ist aber nirgends auffindbar. Ohne Antrag kann ich nicht aufgenommen werden.

In den nächsten Wochen stellte ich den Antrag noch zweimal. Noch zweimal verschwand er. Hatte da meine Mutter die Finger im Spiel?

Da handelte mein Vater, sprach in seinem Betrieb mit „seinem" obersten FDJ-Sekretär und der nahm mich dann, ohne Feierstunde, auf.
Rein formal gehörte ich daraufhin bis zum Beginn meiner Lehre nicht der FDJ-Organisation meiner Schule an, sondern der in Vadderns Betrieb, dem „VEB - Kombinat - Ingenieur Hochbau Berlin - IHB" an.
So kann es gehen.

Meine Mitgliedsbeiträge zahlte Vaddern bei sich im Betrieb, bei mir in der Klasse landete ich trotz alledem in der FDJ-Leitung, in der 8.Klasse zuständig für Sport und Kultur, in der 9. und 10.Klasse zuständig für Agitation und Propaganda.

Die achte Klasse stand ganz in Vorbereitung der Jugendweihe im April 1976. Mit besonderer Freude entsinne ich mich noch an die Jugendstunden. Einmal besuchten wir zum Beispiel den Betriebsteil Spreequell des „Getränkekombinats Berlin" in der Indira-Gandhi-Straße. Sehr interessant, zuzusehen, wie Brause gemacht wird und wie eine solche Abfüllanlage insgesamt funktioniert.
Dann waren wir Zuschauer in einer Gerichtsverhandlung in der Littenstraße in Mitte. Was darüber hinaus noch geschah, weiß ich nicht mehr. Wahrscheinlich auch wieder Treffen mit „Arbeiterveteranen", dann kam wohl auch mal irgendein Offizier des Wehrkreiskommandos, um uns für seine Sache zu gewinnen ... ...

Bei all dem sackte ich in der Schule zwar nicht ab, galt aber zum Halbjahr als Versetzungsgefährdet, weil ich eine „5" in Biologie hatte.
Warum gerade da?
In diesem Halbjahr war die menschliche Fortpflanzung behandelt worden und das kannte ich schon, besser erklärt, von zu hause und so langweilte ich mich im Unterricht.
Aber bis zum Schuljahresende fing ich mich wieder.

Die Jugendweihe fand im Volkshaus Weißensee statt. Im Vorfeld probten wir akribisch den Ablauf. Ich war der dritt größte der Klasse und so sollten wir dann auch die Bühne betreten. Ich als der Dritte von vorn.
Aber dann änderte sich noch etwas.
In jenen Tagen waren gerade diese Plateau-Schuhe, auch für uns Männer und dazu diese herrlichen Schlaghosen mächtig in Mode.
Ich ging auf zehn Zentimeter hohen Absätzen, war damit nun der Größte und musste unsere Klasse beim Gang auf die Bühne anführen.
Mir war das alles nur peinlich, aber die Plateau-Schuhe waren mächtig cool und so beugte ich mich in mein Schicksal und hoffte, beim Bühnenauf- und Abgang mit den hohen, schweren Schuhen möglichst nicht zu stolpern.

Die Jugendweihe selbst fand am 11. April 76 statt. Bei der anschließenden Familienfeier war ich zum ersten male richtig betrunken. Opa goss mir immer ein - Dujardin - Weinbrand aus dem Westen!

Die Jugendweihefahrt in den Maiferien führte nach Radebeul bei Dresden, wobei uns am meisten das Karl-May-Museum interessierte.

Die Sommerferien 76 verliefen ganz anders, als in den Jahren zuvor. Nach einigen Tagen zu hause, ging es am Mitte Juli zu Verwandtschaft nach Pruchten. In etwa genau so ein Verwandtschaftsverhältnis, wie nach Krakow - also für mich auch, gelinde gesagt, um sieben Ecken.
Die Verwandten dort hatten einen Bungalow, den sie gegen Geld auch uns vermieteten. Pruchten liegt an der Ostseeküste, am Darßer Bodden, etwa auf halbem Weg zwischen Barth und Zingst. Zingst wäre ohne Auto fast nicht zu erreichen gewesen, und wenn dann höchstens mit einem rappel vollen Linienbus, der zweimal am Tag fuhr.

Die Autobahn nach Rostock war da noch nicht fertig und so beschloss Vaddern, mit uns über die Fernstraße 96 bis Stralsund und dann Richtung Barth zu fahren. Unser Trabi war gut gefüllt und hatte zum Glück noch kurz vor dem Urlaub einen Dachgepäckträger bekommen, den uns allerdings der Onkel aus Steglitz besorgt hatte.

Kein Zweifel, Pruchten war schön. Mir aber fehlte die Bäckerei. Morgens nach dem Frühstück fuhren wir mit dem Trabi Richtung Zingst. Dabei kamen wir sehr oft in einen Stau, denn um nach Zingst zu kommen, musste eine Meer-Enge, also eine Bodden-Enge überquert werden. Damals existierte dafür nur eine ehemalige Eisenbahn-Ponton-Brücke, die immer nur Verkehr in je eine Richtung

zuließ. Eine Ampel regelte das. Je nachdem, wie zeitig wir loskamen, brauchten wir für die Überquerung zwischen zehn und dreißig Minuten. Dann ging es durch Zingst hindurch und hinter den Dünen auf unbefestigten Waldwegen entlang in Richtung Müggenburg und irgendwo da, wo man dann zwischen Düne und Wald am Wegesrand einen Trabi so abstellen konnte, dass er vorbei fahrende andere Fahrzeuge nicht behinderte, dort hielten wir. Meist waren das so kleine, ausgefahrene Lichtungen, auf denen schon andere Autos standen. Man musste dabei nur aufpassen, dass man sich im losen Zuckersand nicht festfuhr.
Tja und dann dort, wo es gestattet war, rüber über die Düne.

Strand! Strand in alle Richtungen! .... Und Ostsee ... bis zum Horizont! ...

Der Strand war dort nicht bewacht. Sogenannter „wilder Badestrand". Da konnte man FKK machen, wenn man wollte, oder man ließ es bleiben.
Meine Eltern wollten, ich wollte nicht.

Zum Mittag gab es meist von Muttern selber gemachten Kartoffelsalat und „diese gelbe Brause".
Muttern hatte so einen Windschutz aus Stoff genäht, den man wie eine Trutzburg aufstellte.
Meine Mutter hatte insgesamt Probleme, da ihr im Laufe der Jahre immer mehr Farbpigmente in der Haut fehlten, sah sie im Sommer immer aus, als wenn die Emaille bei ihr abplatzte, oder, wie ich dann so „schön" bemerkte, wie eine gescheckte Kuh. Sie verbrannte in der Sonne im Wortsinne und

brauchte ständig Schatten. Das war an einem Strand an der See, wo das Meer ebenfalls das Sonnenlicht reflektierte, recht schwer.

Zum Abend fuhren wir meist irgendwo was Warmes essen, oft nach Bodstedt.
Dort, erinnere ich mich, hatten sie eine Jukebox im rappel vollen Restaurant. Vaddern gab mir immer mal zwei Groschen dafür und kurz darauf mischte sich in den allgemeinen Lärm aus klirrenden Gläsern, klimperndem Besteck, greinenden Kleinkindern und dem allgemeinen Gebrubbel der Tischgespräche der alles übertönende Klang der „Silver Convention" mit ihrem „Fly Robin Fly". Ein Song der mich wohl bis an mein Lebensende an Bodstedt erinnern wird.

So ähnlich geht es mir mit dem amerikanischen Spielfilm „Grenzpunkt Null", der in den Westdeutschen Kinos unter dem Titel „Fluchtpunkt San Francisco" lief. Berry Newman in der Rolle eines drogenabhängigen, abgehalfterten ehemaligen Rennfahrers, der nur noch Autos überführt. Dazu die grenzenlose Weite des amerikanischen Westens mit seinen Wüsten und Kakteen und als die Synchronstimme eines blinden Radio-DJ's, der den einsamen Fahrer begleitet, der geniale Christian Brückner!
Ich sah diesen Film damals mehrfach. 1975 noch mit meinen Eltern im Kino in Krakow, dann aber auch 1976 und 1977 in Pruchten. Dort hatte man auf irgendeinem Acker eine große Leinwand gespannt und ein paar Holzbänke aufgestellt. Die

Vorführmaschine war wohl in einem Schuppen. Freilichtkino hinter dem Bodden.
Die Bänke waren hart, der Ton war schlecht und es gab scharenweise Mücken und surrende Motten, alles akustisch eingerahmt vom Gezirp der Grillen!

Es waren zwei wundervolle Wochen dort an der Ostsee!
Aber das Herz blutete mir, als wir meinen Bruder in Krakow bei meiner Oma ablieferten und ich nicht bleiben durfte.
Ja, man hatte mit mir darüber gesprochen und ich verstand es auch, dass ich nun zu groß sei für diese Art Urlaub.

Wir kamen aus Richtung Rostock über die Fernstraße 103, waren weit hinter Güstrow und als ich dann plötzlich die Mühle von Krakow sah, hüpfte mein Herz!
Natürlich musste ich trotz des Sonntages ins Backhaus schauen und in den Schweinestall und als es zum Kaffeetrinken zum Bootshaus ging, war ich auch nicht „irgendwie cool", sondern ich ließ mir meine Freude, in Krakow zu sein, offen anmerken.

Da war er wieder, der See, das brackige Wasser, das Gekreisch der Möwen, der Geruch nach frischem Fisch, das Rauschen des Windes im Schilf.
… für mich leider nur für diesen Tag.

Nach dem Abendessen ging es weiter direkt nach hause.

Natürlich wusste mein Bruder das ganze nicht zu schätzen, so sah ich es. Er lief nicht morgens in die Bäckerei zum helfen, sondern schlief bis zehn Uhr Mittags.

Und dann hatte er da gerade eine Phase, in der er auf alle Fragen, Bitten, Anweisungen immer mit den Worten antwortete: „Kicher Kicher, Kreisch, Kreisch!"

Auf alles!

„Kicher kicher, kreisch kreisch!"

Bei meinen Eltern und mir lief er damit ins Leere, hier in Krakow war ihm da alle Aufmerksamkeit sicher.

„Kicher kicher, kreisch kreisch."

Es war wohl das erste Augustwochenende und ich hatte es mir im Kalender eingetragen: eine Nacht lang Beatles im RIAS!

Das war die Zeit, in der ich immer noch mit nach Brieselang fahren musste und nicht mal einen Tag lang zu hause bleiben durfte.

Was also tun?

Schon in Pruchten hatte ich meine Eltern bekniet, diese Nacht im Radio mitmachen zu dürfen. Schließlich willigten sie ein. Mit Tonbandcassetten hatte ich schon vorher gespart.

Die Sendung hieß „Graves bei Nacht" und lief von 22.35 Uhr bis 4.50 Uhr.

So nun das also in Brieselang. Kein Strom! Alles musste über Batterien laufen. Einen Satz, fünf Stück, dieser großen „R 1"-Batterien hatte ich im

Cassettenrecorder, einen Satz, nochmals fünf Stück, in Reserve. Vadderns Radio brauchte nur vier davon.

Am Abend baute er mir vor der Laube sein altes Zelt auf, in das ich mir eine Campingliege für den Schlaf am Morgen, einen Anglerhocker und zwei Gemüsekisten von Opa rein stellte, die ich mit Geschirrtüchern „wohnlicher" machte.
Beleuchtung war eine Petroleumlampe und für den Gang „hinter den Busch" hatte ich noch eine Taschenlampe.
In der Hütte, auf der Kochmaschine, stand eine Kanne Kaffee für mich.

Niemand von den Erwachsenen glaubte, dass ich diese Nacht durchhielt. Für mich als Beatles-Fan war das dagegen eine klare Sache und ich hielt durch!
Während der Nachrichten, die immer zur jeweils halben Stunde liefen, holte ich mir Kaffee und ging mal ums Zelt. Lärm machte ich da im übrigen überhaupt nicht, denn ich hörte die Sendung komplett unter Kopfhörern.
Der RIAS machte an den Wochenenden immer eine Sendepause von 4.50 - 5.00 Uhr, in der Woche von 4.35 bis 4.45 Uhr. Um 5.00 Uhr fiel ich auf die Liege und sofort in den Schlaf.
Und überhaupt nicht nett fand ich, dass ich nur wenig später am Sonntagmorgen um 7.30 Uhr davon geweckt wurde, daß genau vor unserem Grundstück ein großer Bagger einen dort mal abgeladenen Sandhügel mit lautem „Teck-Teck-Teck" auf einen LKW lud.

Ich war so müde, dass dieser Sonntag für mich gelaufen war.

Leider hatte der Moderator Berry Graves es nicht geschafft, das ganze Beatles-Archiv einmal durch zu spielen. Er kam nur so etwa bis zum Jahre 1964. Und so bot er an, in seinen nächsten Radionächten, die etwa alle drei bis vier Wochen statt fanden, zwischen 2.35 und 3.30 Uhr jeweils weiter Beatles zu spielen.
Bis er das Archiv durch hatte, dauerte es so etwa ein Jahr. Bis auf die letzte Folge dieser Reihe, die ich nicht hören konnte, weil wir da wieder im Urlaub in Pruchten waren, ein Kumpel musste mitschneiden, verpasste ich keine der Sendungen und ich blieb auch danach dieser Hörfunkreihe, so lang es sie gab, bis etwa 1985, treu.

Nach den Ferien ging es in die neunte Klasse. „Zeichnen" fiel als Fach nun weg. Ansonsten gab es keine großen Neuerungen. Unsere Klasse wurde immer voller. In den Schulen der gerade erst entstehenden Neubaugebiete wurden die neuen Schüler bis einschließlich zur achten Klasse aufgenommen. Wer älter war, wurde in die bestehenden Klassen der alten Schulen mit hinein gestopft.
Wir hatten dadurch zeitweise eine Klassenstärke von fast vierzig Leuten.
Die Schuldisko hatte nun unsere Klasse übernommen und ich war da an vorderster Front mit bei.
Mein Zensuren-Durchschnitt erholte sich langsam wieder und pendelte sich bei etwa 2,5 ein.

Mein Kumpel Torsten war nicht mehr dabei. Er hatte schon die achte Klasse nur mit Müh und Not geschafft. Dafür tauchten neue Leute auf. Micha zum Beispiel, der aus dem Stasi-Neubaugebiet in Hohenschönhausen-Gartenstadt kam.

Ich hatte nie viel mit dem Fach Staatsbürgerkunde im Sinn gehabt. Als ich einmal sehr knapp, wohl noch kurz vor der Stunde selbst, die zu erledigenden Hausaufgaben bei ihm abschrieb, machte es in meinem Kopf plötzlich „klick". 'Ach so wollten die das haben!', dachte ich mir.

Als ich verstanden hatte, was die Lehrerin, unglücklicher Weise unsere Direktorin, von uns in diesem Fach hören wollte, hatte ich fortan darin nur noch gute Noten.

Gut anderthalb Jahr später wollte man mich in der mündlichen Abschlussprüfung der 10. Klasse in Staatsbürgerkunde sehen. Auch das schaffte ich mit Bravour.

Im November 76 bekamen wir unerwarteten Familienzuwachs. Unsere Eltern waren nicht da. Mein Bruder und ich wussten nicht, wo. Da klingelte es an unserer Wohnungstür.

Als ich öffnete, stand sie auf vier wackeligen Beinen vor mir, klein, schwarz, braune Augen, Ohren fast bis zum Boden und am ganzen Arsche vor Freude wackelnd.

Bessy!

Unser Familienhund!

Bessy war eine ausgesprochen liebenswürdige, sehr geduldige Pudeldame.

Für mich war sie bald wie meine kleine Schwester, die ich beschützen musste.

Bessy dominierte fortan unser Leben!
Das begann schon damit, dass beispielsweise in der Schrankwand alles außer Reichweite des Hundes gelegt wurde.

Pudel sind die idealen Familienhunde. Sie sind geduldig, haben ein freundliches Wesen, sind witzig, intelligent, Haaren nicht und unter der Dusche kommt der klassische Wolfskörperbau zu Tage. Sie haben nur einen Nachteil: sie müssen hin und wieder zum Scheren, weil ihr Fell ständig nachwächst.

Was wir mit Bessy erlebten, wäre eigentlich ein eigenes Buch wert. Hier nur so viel, sie war total verzogen, hörte auf überhaupt kein Kommando, schlief meist in meinem Bett auf dem Kopfkissen, aber Nachts mussten alle Türen der Wohnung auf sein, weil sie gern mal von einem Bett zum anderen wechselte. Im Urlaub im nächsten Jahr, bei Wanderungen über den Darß, warnte sie uns vor einer Rotte von Wildschweinen, wenn man mit ihr in den Tierpark ging, bellte sie Hirsche, Antilopen und Elefanten an, vor dem Wolfsgehege setzte sie sich hin, legte den Kopf in den Nacken und heulte mit den Wölfen mit und im Raubtierhaus wollte sie unbedingt auf den Arm. In Brieselang verjagte sie alle Miezekatzen, pflückte mit mir gemeinsam Erdbeeren und aß sie leider auch selbst und wenn man sie mal im Wald von der Leine ließ, war sie immer mindestens fünfzig Meter vorne weg. Sie fraß Erdbeeren, saure Gurken, kochend heiße Kartoffeln, süße Schlagsahne, Erdnussflips und Softeis, schlürfte Bierflaschen mit aus und hatte

beim Essen ihren Kopf immer genau unter einer meiner Achselhöhlen auf dem Tisch zu liegen. Dabei konnte sie so betteln, dass ich immer weich wurde. Sie kniff mich morgens, wenn ich das Haus verlassen musste, in die Waden, sie tröstete mich Nachts, wenn ich Liebeskummer hatte, sie sprang am Nachmittag immer genau dann auf meinen Schoß, wenn ich eine Kaffeetasse in der Hand hatte und sie maunzte, wenn sie spielen wollte und ich gerade keine Zeit hatte.
Bessy!

Im Frühjahr 1977, oder waren es bereits die Winterferien, gründeten wir als die Schuldiskotheker, mit einigen Leuten aus der 14.Oberschule in der Degnerstraße eine Schülerband in der meine alten Schulkumpels waren. Das Verstärkerequipment kam größtenteils von unserer Schule, die Instrumente von deren, und geprobt wurde auch dort. Wir probten nicht viel. Es kam vom Sommer bis Herbst, da waren wir dann schon in der 10.Klasse, zu insgesamt drei Auftritten, einem in der 14.OS, zweien bei uns im Rahmen unserer Schuldisko. Wir waren laut und mein Schlagzeug rumpelte wohl mächtig. Wir hatten keine zehn Songs drauf, wovon nur zwei selbst geschrieben waren, einer davon hatte einen Text von mir. Ich entsinne mich kaum noch. Es muss schauderhaft gewesen sein. Ich saß am Schlagzeug, Holli war am Bass, aber an den Rest der Besetzung hab ich keine Erinnerung mehr. Ein Stück sang ich bei den Auftritten. Es war der Song „Stand by me", den John Lennon erst kurze Zeit zuvor veröffentlicht hatte.

Teile dieser Schulband existierten dann wohl noch weiter, nach dem Abschluss der 10.Klasse, aber ich verfolgte das nicht mehr weiter. Jedoch behielt ich meine Drumsticks, meine Trommelstöcke.

Im August 1995 dann plötzlich ein Anruf von Bernd, mit der Bitte, dass halt diese Band noch, nun unter anderem Namen, existiere, er an diesem Abend einen Gig im brandenburgischen Rathenow habe, aber sein Drummer sei erkrankt, alle anderen Alternativen aufgebraucht und ob ich nicht helfen könne. Man würde mich auch von zu hause abholen.

Klar, alten Kumpels hilft man gern, ich sagte zu und war vier Stunden später in Rathenow. Nach rund siebzehn Jahren Abstinenz setzte ich mich nun also wieder in eine „Schießbude". Ich hatte knapp zwei Stunden Zeit zum Proben, danach begann die Veranstaltung.

Für mich der blanke Horror!

Der Abend schien kein Ende zu nehmen.

Als ich nach der Veranstaltung wieder nach hause kam, verbrannte ich meine Drumsticks im Badeofen.

Aber ... als ich im November desselben Jahres von einem mir bekannten Musiker gebeten wurde, ihn bei Plattenaufnahmen am Schlagzeug zu unterstützen, tat ich dies. Das war dann aber auch mein letzter Einsatz als Drummer.

Seit September 2017 hab ich zu haus ein elektronisches Schlagzeug und will daran auch immer mal spielen, aber irgendwie kommt immer etwas dazwischen.

In den Sommerferien 1977 nahm ich an Ferienarbeit teil. Ich war für drei Wochen Aushilfe in der

Konsum-Kaufhalle bei uns in Hohenschönhausen, in der Konrad-Wolf-Straße, um mir etwas Geld für Schallplatten zurück zu legen.

Mit den Eltern ging es anschließend für zwei Wochen wieder nach Pruchten. Nun mit auch dem Hund.
Wir nahmen die selbe Route, wie im letzten Jahr. Aber irgendwie schien der Trabi innen nun noch enger zu sein. Na, mein Bruder und ich waren gewachsen.
... und dann saß Bessy die ganze Zeit lang natürlich auf meinem Schoß! Meine Oberschenkel bestanden bei unserer Ankunft nur noch aus blauen Flecken, denn jedes mal, wenn Vaddern mit dem Auto langsamer wurde, turnte sie auf mir herum und wurde aufgeregt. Sie war auch Aufgeregt, wenn sie Kühe auf der Weide sah, sie bellte Radfahrer an, die wir überholten, sie bellte Autos an, die uns überholten, sie wurde aufgeregt, wenn vor uns oder hinter uns ein Auto war, ... also eigentlich saß sie nie auf meinem Schoß, sondern trampelte ständig auf mir herum und traf dabei nicht selten die Stelle, bei der es wirklich weh tut.

Auch im Urlaub selbst war es so, dass wir uns mit ihr etwas einfallen lassen mussten. Am Strand hatte sie ihre Flasche Wasser und ihr eigenes Futter und einer von uns musste sie ständig beschäftigen, was uns ganz schön beschäftigte.
Wenn wir abends essen gingen, blieb sie allein im Auto, bis wir bestellt hatten, dann ging der erste von uns mit ihr eine runde Gassi, kam dann das Essen,

ging zuerst der von uns zu ihr, der mit seinem Essen auch als Erster fertig war.

Einmal jedoch missbrauchten wir sie. Wir waren Pilze sammeln gegangen. Unsere Verwandten waren sich, nachdem sie unsere „Beute" begutachtet hatten, „ziemlich" sicher, dass die Pilze in Ordnung seien. Aber dennoch machten wir es so, dass Muttern nach dem Kochen erst Bessy eine kleine Portion davon gab und als sie noch nach einer Stunde munter war, aßen auch wir Menschen.

Auf der Rücktour von Pruchten fuhren wir für einen Tag wieder in Krakow vorbei. Meinen Bruder ließen wir nicht dort. Ille-Oma wollte nicht. Er war ihr wohl zu anstrengend.
Für mich war es wichtig. Wieder einmal Backhaus riechen, See riechen und mit „meiner" Bessy mal um den halben See tollen.

Nach den Ferien die zehnte Klasse. Ein neues Fach gab es: Astronomie. Fand ich spannend! Raumfahrt, Mondlandung, moralischer „Sieg des Sozialismus" beim rennen ins Weltall, Entstehung Sonnensystem und Erde und sowas.

Ich hab im Kreuz den „Scheuermann", deshalb bekam ich die Unterlagen, mit denen ich mich bei Firmen bewerben durfte, vier Wochen vor den anderen Mitschülern.
Beim „Scheuermann" hat man so gut wie keine Bandscheiben und die Wirbel scheuern ohne diese aufeinander. Schwere körperliche Arbeit kann ich deshalb nicht.

Die Bewerbung geschah mit dem Endzeugnis der 9. Klasse. Muttern meinte, ich solle ins Büro gehen. „Da machste dir wenigstens nicht die Hände schmutzig." Die Alternative, die die Berufsberatung in meinem Falle anbot wäre „Haushandwerker" gewesen. Das assoziierte ich mit „Werkstatt" und „Feile" und dem Fach „PA". Handwerker wollte ich deshalb nicht, also ging ich ins Büro.

Hätte ich mich damals doch nur durchgesetzt, wäre meiner Nase gefolgt und Bäcker geworden! Aber das machte schon mein Kreuz gesundheitlich nicht mit.

Im Dezember des Jahres 1977 machten wir eine Klassenfahrt nach Stralsund. Jugendherberge. Bei uns als Aufsichtsperson mit im Zimmer unser Klassenleiter. Na, zumindest kamen wir da so wenigstens Nachts zum schlafen.

Auf der Disko dort lernte ich eine junge Dame aus Stendal kennen. Keine Ahnung, wir schrieben uns noch bis Weihnachten und danach war Schluss. War aber 'n Achtungserfolg für mich in unserer Klasse, denn mich mit einem süßen Weib in einer Ecke wild rumknutschen stehen, sah man nicht alle Tage.

Das Schul-Abschlußjahr begann bereits Ende Januar 1978 mit zwei Stunden schriftlicher Russischprüfung in der Aula. Russisch galt als Hauptfach. Ich schaffte es mit Ach und Krach. Als ich im ersten Lehrjahr nochmals Russisch hatten, kam ich nur deshalb durch, weil die Paukerin dort wegen Krankheit je zwei von drei eingeplanten Unterrichtseinheiten ausfallen ließ.

Im Mai die Abschlussarbeiten in Deutsch und Mathe. Mathe ging. Bei Deutsch verrannte ich mich und wäre fast am Thema vorbei gerauscht. Das Goethe-Zitat:
„Man soll alle Tage wenigstens ein kleines Lied hören, ein gutes Gedicht lesen, ein treffliches Gemälde sehen und, wenn es möglich zu machen wäre, einige vernünftige Worte sprechen." münzte ich um in: „ ... man sollte jeden Tag einen Beatles-Song hören ..." Das ging fast schief.
Bei den Naturwissenschaftlichen Fächern hatten wir in unserem Jahrgang bei den schriftlichen Prüfungen die Wahl zwischen Physik oder Chemie. Im Jahr danach war es wohl Biologie und Chemie und im Jahr darauf bekamen die 10.Klassen Biologie und Physik zur Auswahl. Ich wählte Chemie und war erstaunt, dass ich nach weniger als der Hälfte der vorgegebenen Zeit und als einer der ersten im Raum überhaupt fertig war. Und noch erstaunlicher fand ich dann im Nachhinein mein hervorragendes Ergebnis bei dieser Arbeit. In meinem Kopf schwirrten Atome umher, verbanden oder lösten sich, koppelten mit anderen, bildeten Gitter, Sechs- oder Achtecke oder sie explodierten.

Zwei Wochen drauf die mündlichen Prüfungen. Zuerst Mathe. Ich um 8.00 Uhr laut Plan der erste Prüfling. Aber die Zeremonie, mit großem Appell, vorher auf dem Schulhof wegen dieser Prüfungen, dauerte länger und so verschob man mich ans Ende.
Gut, ich also nach hause, weiterhin Angst habend, Muttern natürlich auch da. Ich da nun schon kräftig rauchend seit einem Jahr. Neue Prüfungszeit 14.30

Uhr. Ich zeitig genug von zu hause los, dabei noch, weil es so gewünscht war, das FDJ-Hemd übergestriffen und pünktlich da. ... und nervös! ... Mit Sinus, Cosinus, Tangens, Dreieckbeziehungen hätte man mich da ganz leicht ausknocken können. Aber ich bekam Potenzen und Gleichungen. Mein Lieblingsthema! „X" hier, „Y" dort, Formel umstellen, im Bruch kürzen, eins, zwei, drei, keine Zauberei, fertig!

Nach der Vorbereitung hinein in den Prüfungsraum. Weil es schon so spät war, hatten die meisten Lehrer keinen Unterricht mehr und waren nun mit im Raum, also neben dem Mathe-Fachlehrer noch der Physiklehrer und die Englischlehrerin und die Direktorin mit ihrer Vertretung und unser Klassenleiter und ich weiß nicht mehr, wer noch alles, aber ich hatte acht Lehrer vor mir! ... Grusel! ... Aber ich war mir mit meinen Ausführungen sicher!

Dann unser Mathe-Lehrer, Herr Scheller, den wir schon seit der fünften Klasse, also sechs Jahre lang hatten:

„So, Herr Gänsrich, können sie uns das nun auch noch an der Tafel demonstrieren, was sie uns eben so vorbildlich geschildert haben?"

Tja ... also ... denn ...

Ich drehte mich zur Tafel um, auf einmal ein Lacher von hinten.

Ich, nervös! Was 'n los? Ist ja noch gar nichts geschrieben! Hab ich etwa das Stück Kreide falsch angefasst?

Von hinten ein: „Ist alles gut, machen sie ruhig weiter."

Ich also vorgeführt und erklärt und demonstriert und auch noch Fragen beantwortet und dann raus auf den Flur und warten.
Dauerte nicht lange!
Wieder rein gerufen, alles erstklassig, fachlich hervorragend, ich hätte mich wohl selbst übertroffen ... mir fielen die Steine LKW-Weise vom Herzen.
Applaus von allen Seiten!
Und zum Schluss noch der gut gemeinte Satz an mich: „Und das nächste mal, wenn sie vor einer Prüfungskommission erscheinen, ziehen sie sich doch andere Hosen an."
Da erst merkte ich es. Ich war mit meinen zerschlissendsten Jeans, die, die ich sonst nur noch zu hause oder im Garten bei der Arbeit trug, erschienen.
Im raus gehen raunte mir dann noch Herr Scheller zu: „Es war mir eine Freude, sie wenigstens einmal in all den Jahren bei mir an der Tafel zu sehen. Sie haben sich im Unterricht ja immer nicht getraut."

Die mündliche Deutschprüfung ist schnell erzählt, ich in einer ordentlichen Hose, kleine Prüfungs-kommission und ich hab da dann verbal das wieder rausgerissen, was ich in der schriftlichen Arbeit versaut hatte, denn wäre nur die schriftliche gezählt worden, hätte ich diese Prüfung nicht geschafft.

Und meine sehr ordenliche Note in „Staatsbürgerkunde" hab ich mündlich nur noch mal gefestigt.

Die letzten zwei Wochen vor den Ferien schon mehr oder weniger frei. Wir wurden noch zu kleineren

Arbeiten eingeteilt. Schultor streichen, mal'n Tag in der Essensausgabe helfen, mal Milchgeld einsammeln. ….. … … Mein Kumpel und ich wurden als Begleitpersonen bei einem Wandertag einer ersten Klasse mitgeschickt. Es war ein Erlebnis!

Letzte Ferien. Von Muttern bekam ich Ferienarbeitsverbot!
„Du kannst in deinem Leben noch genug arbeiten! Genieß die freien Tage!"
Wie recht sie hatte.

Im Urlaub ging es in ein Ferienheim des Betriebes meines Vater, ins Örtchen Nassau, das in diesem Falle leider nicht auf den Bahamas, dafür aber in der Nähe von Karl-Marx-Stadt lag. Nassau - nass Au - sagt alles! Angeblich der regenreichste Ort in der ganzen DDR!
In Nassau bekamen wir den ersten Flug eines deutschen ins Weltall, Siegmund Jähn, medieal mit.

Ich weiß nicht. Wir waren in diesem Jahr nicht mal für einen Tag in Krakow.
Im September begann meine Lehrzeit. Ich wurde zum „Wirtschaftskaufmann" ausgebildet.
Die Berufsschulklasse war der blanke Horror für mich, denn ich stand als Männchen achtundzwanzig mehr oder weniger weiblichen Wesen gegenüber, die alle für sich, jede einzelne allein, zauberhaft, nett, charmant, schnuckelig waren, aber gegen sie als Gruppe hatte ich keine Chance.

Im folgenden Jahr, nun hatten wir schon 1979, fuhr ich zum letzten mal mit meinen Eltern in den Urlaub.

Da galt ich offiziell schon als „erwachsen", denn ich war achtzehn Jahre alt.
Es ging in ein Ferienheim meines Vaters nach „Plau am See" in Mecklenburg.
Mir waren meine Eltern da nur noch peinlich und so versuchte ich meine Freizeit möglichst allein zu gestalten. Im etwa gleichen Alter waren Ines Kohlschmidt und die farbige Nachona. Mit den beiden freundete ich mich an und wir unternahmen auch einiges zusammen. Der Kontakt zu Ines hielt die nächsten fünf Jahre. Und wäre sie damals nicht mit einem Dirk verlobt gewesen, wer weiß ... denn wir beide verstanden uns prächtig!

Die Familientour ins nicht weit entfernte Krakow am See, machte ich aber selbstverständlich mit!
Es war wie eine Heimkehr nach Haus. Hier die Bahn, da die Mühle, die Bäckerei, das Backhaus, die Gerüche, die Geräusche, die Menschen ... alles so wohlig vertraut!
... und die Stippvisite definitiv viel zu kurz!

Im Sommer des nächsten Jahres meine Facharbeiterprüfung! Ich unkte gegenüber meinem Lehrmeister noch so, von wegen, nicht dass ich da diesen acht Uhr Termin verschliefe, denn mich genau einen Tag nach meinem Geburtstag so früh zur mündlichen Prüfung einzuladen, da müsse ich ja aufpassen, nicht mit 'ner gehörigen Restalkoholfahne vor der Prüfungskommission aufzuschlagen.

An meinem Geburtstag selbst trank ich aber keinen Alkohol, machte keine Party, ging zeitig ins Bett und ... verschlief!

Vaddern weckte uns sonst immer alle. Sein Wecker war aber in der Nacht stehen geblieben. Bessy weckte mich mit ihrer kalten Schnauze um kurz vor acht, weil sie sehr energisch ihre Runde verlangte.

Anruf von mir in der Firmenzentrale, mich wortreich entschuldigt, aber es war ja letztlich meine Schuld. Ich war volljährig und für meine Handlungen selbst verantwortlich.

„Na denn kommen 'se mal!"

Um kurz vor zehn war ich da, am Nachmittag um halb vier durfte ich zur mündlichen Prüfung. Man hatte mich gut schmoren lassen.

Die Prüfung selbst dauerte wieder bei mir. Alle anderen waren nach zehn, maximal zwanzig Minuten wieder raus aus dem Raum, ich saß auch noch nach einer halben Stunde vor der Prüfungskommission!

Hinterher erklärte man mir das.

Rein von meinen normalen Unterrichtsnoten her, hatte ich einen Zensuren-Durchschnitt von drei.

Meine schriftlich Arbeit sei allerdings exzellent gewesen und nun wollte man nur nochmal mündlich nachtesten, ob ich denn das alles auch wirklich wisse, was da in dieser, meiner schriftlichen Arbeit stand.

Nun muss ich dazu anmerken, dass ich nicht, so wie alle anderen Prüflinge unseres Jahrgangs dort in der Firma, ein schriftliches Thema bekommen hatte, über das schon Vorgänger Facharbeiterarbeiten geschrieben hätten. Nein, der Bereich, in dem ich im letzten Lehrhalbjahr eingearbeitet worden war,

war auch erst vor einem halben Jahr gegründet worden. Ich konnte mir also nicht von einem älteren Kollegen dessen Facharbeiterarbeit einfach zum „abkupfern" ausleihen, nein, ich hatte selber denken müssen.

Die schriftliche und mündliche Prüfung rissen meinen Zensuren-Durchschnitt raus! Ich machte beides mit sauberer „1" und konnte somit den Facharbeiter mit „2" abschließen.

Wobei, die Umstände unter denen meine schriftliche Arbeit entstand, eigentlich 'n Lacher waren.

Als angehender „Wirtschaftskaufmann" hatte ich diese Arbeit auf der Schreibmaschine zu verfassen.

... ist übrigens bis heute das Beste, was ich aus meiner Lehrzeit mitgenommen habe, dass ich auf der Tastatur mit zehn Fingern halb blind tippen kann. ...

Gut, also diese Arbeit tippte ich nicht selbst. Da hätte ich Tage und mehrere Flaschen des in der DDR damals nur über die Westverwandtschaft zu beziehenden „Tip-Ex"'s für gebraucht. Ich spannte dafür Muttern ein, denn sie war auf der Schreibmaschine wesentlich fitter, als ich. Sie sagte mal was von vier bis fünf Seiten pro Stunde, die sie bei ihrer Heimarbeitstätigkeit so schaffte. Ich schaffe heut' nur zwei und wenn ich mir den Text noch selber ausdenke, so wie hier, pro Stunde manchmal nur 'ne halbe Seite.

Nur wenige Tage vor dem Abgabetermin meiner schriftlichen Hausarbeit nahm ich alle meine bis dahin angefertigten Notizzettel und diktierte meiner Mutter diese Arbeit, insgesamt fast zwanzig Seiten,

innerhalb von nur zwei Tagen druckreif direkt in die Maschine hinein.
Offenbar wusste ich wohl, was ich da tat.

Ille-Oma war in diesem Sommer schon in Rente. Während mein Bruder mal für ein Wochenende bei unseren Gartennachbarn in Brieselang blieb, fuhren Vaddern, Muttern und ich Ille-Oma an einem Tag nach Krakow und zwei oder drei Wochen später auch wieder zurück.
All die vertrauten Gesichter, all die Gerüche und Orte ... ...
Große Aufregung gab in Krakow, weil wohl Astrid mittlerweile genau den „älteren Mann" aus Rostock geheiratet hatte, mit dem sie bereits sechs Jahre zuvor zusammen war und von dem sie, was ja fast noch unerhörter war, bereits seit fünf Jahren ein Kind hatte.
Sie hatten ein eigenes, relativ kleines, Bootshaus am Krakower See, das ich aber schon aus dem Jahre 1975 kannte, als ich zum „Baby kieken" von meiner Mutter aus dorthin mit geschleppt worden war.

Im Sommer 1981 wechselte ich die Firma. Ich ging als „1.Fachverkäufer Obst-Gemüse" in eine HO-Kaufhalle.
Hintergrund war, dass ich bereits in der Lehre gemerkt hatte, dass ich kein reiner Büromensch bin, sondern dass ich immer irgendwie „auf Achse" sein musste ... und wenn es nur für ein bis zwei Stunden am Tag war.
Hinzu kam der Verdienst. Beim Großhandel Obst-Gemüse bekam ich etwa 450 Mark, im Einzelhandel

plötzlich 680 Mark auf die Hand. In diesen Jahren für mich ein gutes Argument!

In den nächsten Jahren erreichten mich Nachrichten aus Krakow nur von ferne.
Im Februar 1982 verstarb Ille-Oma und damit der Grund, um dort Urlaub zu machen.
Der alte Patriarch des Hauses verstarb auch, hoch betagt, aber ich weiß nicht mehr wann.

Da Berlin mit allen möglichen Dingen besser versorgt wurde und ich deshalb an vieles besser heran kam, konnte ich aus dieser Position heraus nun auch mal Krakow helfen. Konkret ging es um Backzutaten, die in den Gemüsebereich hinein fielen. Vieles kam lose, als Schüttware an und musste von uns in der Kaufhalle hinten erst noch verpackt werden. Wir tüteten Rosinen, Kokosraspeln, Zitronat und Mandeln ein.
Den einen oder anderen Karton, je etwa fünf Kilo Inhalt, kaufte ich auf Arbeit komplett zum vollen Einzelhandelspreis und schickte ihn, natürlich alles in Absprache mit ihnen, nach Krakow.

Meinen Urlaub verlebte ich bereits seit 1980 gemeinsam mit Kumpels. Meist machten wir Party in einem Dorf im Kyffhäuser namens Seega.
Im Sommer 1983 zog ich zum einen bei meinen Eltern aus und in meine eigene Wohnung ein, machte Urlaub in Rumänien mit einer Reise vom FDJ-eigenen Reiseunternehmen „Jugendtourist" und nahm im Oktober für drei Wochen an einer Politschulung in Prieroß bei Königswusterhausen

teil. Im Ergebnis verlobte ich mich mit einer Anja und hielt Kontakt zu einer Marina.

Das Jahr 1984 war dann dagegen nicht mein Jahr. In der HO wechselte ich gezwungener Maßen zweimal die Kaufhalle und entlobte mich von Anja wieder. Kurz vor Weihnachten unternahm ich meinen ersten Suizidversuch.

Auch die folgenden beiden Jahre waren alles andere als schön, wenngleich sie mir auch ein „unglaubliches Erlebnis" einbrachten. Zum 2. Mai 1985 wurde ich, fast vierundzwanzigjährig, zum Grundwehrdienst in die NVA einberufen, am 31.Oktober 86 daraus wieder entlassen.
Also ich hätte auf diese Zeit auch gern verzichtet, andererseits durchfuhr ich in dieser Zeit einen unwahrscheinlichen Reifeprozess für mich.
Das, was ich dort erlebt habe, hab ich in einem eigenen Text, der bereits seit 2005 fertig vorliegt, beschrieben, es ist auch als Buch bei BoD im April 2019 erschienen und heißt „Still gestanden - die Augen links!", deshalb hier nur eine kurze Anekdote.

Ich staunte nicht schlecht, als ich zu den Adventssonntagen und dann auch noch zum Weihnachtsfest hin, jede Woche einen Christstollen als Päckchen aus Krakow bekam.
Meine Mutter erklärte mir, dass auch schon mein Vater während seines Grundwehrdienstes in der NVA, vom November 62 bis Mai 64, jeweils immer Stollen aus Krakow bekommen hatte.
Das fand ich eine tolle Tradition, dass die aus der Familie in der jeweiligen Armee dienenden Männer

an Weihnachten aus der „Familienbäckerei" mit Christ-Stollen bedacht wurden!

Im Sommer 1988 machten meine Eltern allein in Pruchten Urlaub. Ich ließ mich überreden, für ein Wochenende dorthin mit zufahren, zumal es auf der Rücktour über Krakow gehen sollte.
Wie immer in meiner Frühschicht hatte ich auch an diesem Freitag um 14 Uhr Feierabend und bekam noch den von mir ausgesuchten Zug ab Bahnhof Lichtenberg.
Ich staunte nicht schlecht, als ich bemerkte, dass der Zug mit Dampf bespannt war. Also wir hatten das Jahr 1988 und rein theoretisch war der planmäßige Dampfbetrieb bei der Deutschen Reichsbahn bereits 1977 eingestellt worden.
Die Fahrt zog sich. Wir kamen in Stralsund zu einem Zeitpunkt an, als alle anderen Anschlusszüge bereits weg waren, auch meiner nach Barth, wo meine Eltern warteten.
Heute würde man schnell mal auf dem Handy anrufen und Bescheid sagen. Damals hatte nicht mal jeder ein festes Telefon. Und so stand ich, gestrandet, mitten in der Nacht vor dem Stralsunder Hauptbahnhof, als plötzlich ein mir sehr bekannt vorkommender PKW vom Typ Wartburg mit Berliner Kennzeichen vor mir hielt.
Mein Vadder hatte mitgedacht. Als er merkte, dass ich auch im letzten Zug, der in Barth aus Richtung Stralsund ankam, nicht war, fuhr er einfach auf gut Glück nach Stralsund und erwischte mich dort.
Es war schön, den einen Tag in Pruchten zu sein und noch viel schöner, als wir in Krakow ankamen.

Die deutsche Wiedervereinigung kam und damit wurde die HO in Berlin von Kaisers-Kaffee-Geschäft übernommen.

Aus irgendeinem Anlass waren die Krakower 1991 mal für ein paar Tage in Berlin. Dazu lud ich sie in meine Wohnung ein.

Im Jahre 1993 lebte mein Bruder bereits in Scheidung und ich hatte meine Brille. Ich weiß nicht mehr, wie und warum, aber wir fuhren in diesem Sommer mal zu zweit für ein Wochenende nach Krakow und durften für eine Nacht auf Campingliegen im Boothaus übernachten.

Die Mühle, die uns in meiner Jugend so lange als Orientierungspunkt gedient hatte, war mittlerweile abgebrannt. Für mich war in diesem Jahr noch die Zeit in Krakow stehen geblieben. Während Berlin für mich plötzlich mehr als doppelt so groß war und sich rasant drehte, war Krakow noch immer das kleine, verschlafene Nest mitten in Mecklenburg.
Eines hatte sich verändert: die Bäckerei war geschlossen. Ich kann nicht mehr bestimmen, in welchem Jahr man den Bäckereibetrieb aufgegeben hatte, ob noch vor 1988? Ich glaube schon.

Am 13.April 1995 machte ich meine eigene erste öffentliche Radiosendung, im September 1996 erschien mein erster Text in den „Prenzelberger Ansichten" und im Mai 1997 machte ich meinen Führerschein.

Dieser Führerschein und ein dreiundzwanzig Jahre alter Opel-Kadett 1200 brachten mich im Sommer 1997 für ein Wochenende allein nach Krakow.

Ich durfte im Bootshaus schlafen, war artig zu den Mahlzeiten im „Backhaus" und beschritt alte, bekannte Pfade.

Die Mühle war noch nicht wieder aufgebaut, dafür hatte man einen, nach dem Krieg zerstörten Aussichtsturm auf dem Jörnberg wieder hergerichtet. Auch der Ort selbst begann sich zu verändern. Überall im Land wurden an den Ortsrändern neue Gewerbegebiete aufgebaut. In Krakow bebaute man das Loch in der Mitte der Stadt.

Geradezu niedlich war dann der Hinweis von Onkel Ka-Fiddie: „Rölfchen, wenn du vom Backhaus zum Jörnberg fährst, pass schön auf, denn wir haben da jetzt eine neue Ampel!" - Und dieser Hinweis an jemanden, der den „Großen Stern" in Berlin schon „im Handstreich" nahm. Dieser Kreisverkehr ist „eigentlich" ganz logisch, wenn man hinter das System gekommen ist. Aber Nichtberliner verzweifeln an ihm regelmäßig!

Von Mitte Januar bis Mitte März 1998 hatte ich eine achtwöchige Kur wegen meiner schweren Depressionen in eine Einrichtung am Schweriner See. An einem Sonntag machte ich von dort aus, angemeldet, einen Ausflug nach Krakow.

Krakow im Winter hatte ich noch nicht erlebt. Es war noch ruhiger, als im Sommer.

Und ich konnte nicht anders. So wie bei jedem meiner Tagesbesuche, musste ich auch einen Blick und eine Nase ins ehemalige Backhaus werfen.

Wenn man sich ein wenig Mühe gab, roch man noch das Mehl, das frische Brot, den Sauerteig und Schweiß der arbeitenden Menschen.

Kaisers-Kaffee-Geschäft entließ mich „Betriebs bedingt" im Mai 1998 und zahlte mir noch für ein halbes Jahr weiter mein volles Gehalt. Zu diesem Zeitpunkt war ich nur noch froh, aus dieser Mühle dort raus zu sein.

Im Sommer des Jahres 1999 unternahm ich, nun mit meinem neuen Auto, einem zweiundzwanzig Jahre alten VW-Polo, eine einwöchige sehr spontane Spritztour nach Norden. Ich belud an einem Samstag den Wagen mit ein paar Dauerkonserven und einigen Kanistern Wasser und fuhr bis nach Rügen, wo ich mich an der Schaabe in die Ostseefluten stürzte.
Im Verlauf einer Woche zockelte ich mit meinem Polo von Badestelle zu Badestelle. Nachts stellte ich mich irgendwo außerhalb einer Ortschaft auf einen Feldweg und schlief im Wagen, morgens fuhr ich, wenn ich es nötig hatte, zur nächsten Tankstelle und füllte das Brauchwasser in meinen Kanistern nach und kaufte im nächsten Supermarkt einfach zu verbrauchende Lebensmittel und Mineralwasser als Getränk.
Auf meiner Tour fuhr ich auch durch Pruchten, ohne jedoch dort bei der Verwandtschaft zu halten. Ich machte Station unter anderem in Prerow und Heiligendamm und blieb zwei Nächte auf der Insel Poel.

Auf der Rücktour hielt ich in Krakow und verbrachte dort auch eine Nacht im Auto, aber auch das, ohne Wissen der Verwandtschaft.

Nach dem plötzlichen Tod eine Kumpels im August des Folgejahres unternahm ich für eine Woche erneut für fünf Tage eine Tour nach Krakow, ohne mich bei der Verwandtschaft sehen zu lassen. Wieder schlief ich in meinem alten Polo, auf einem Feldweg direkt am See.

Im Jahre 2003 unternahm ich meinen zweiten und bislang letzten Suizidversuch, im Jahr 2005 überlebte ich eine Lungenembolie und rauche seitdem nicht mehr.
In einem dieser Jahre ist in Krakow wohl auch Tante Lotti verstorben.

Meinen letzten Besuch in Krakow unternahm ich 2006 mit meinen Eltern. Ich weiß nicht mehr den Anlass. Irgendein Familienjubiläum dort. Auch dabei musste ich natürlich wieder einen Blick ins Backhaus werfen und für eine halbe Stunde entfernte ich mich auch von der Feier, die in einem neuen Hotel zwischen Seepromenade und Marktplatz statt fand, um auf alten, bekannten Pfaden einige Ecken von Krakow zu erkunden.
Im gleichen Jahr stellte man den Zugbetrieb nach Krakow ein.

Dies im Jahr 2006 war meine bislang letzte Stippvisite, mein letzter Besuch in Krakow.

Mit diesen Zeilen hier wollte ich einem kleinen, meist unbekannten, mir lieb gewordenen und ans Herz gewachsenen Ort, aber auch meiner eigenen Jugend und den wunderbaren Sommern zwischen Backhaus und See ein Denkmal setzen.

Einmal hab ich Krakow am See in einem meiner Artikel in den Prenzelberger Ansichten mit untermogeln können, aber das war mir einfach zu wenig.

Die letzten Meldungen sind diese.

Anfang 2007 verstarb nach langer Krankheit Onkel Ka-Fiddie, im März 2008 meine Mutter, im Frühjahr 2009 Tante Hannemie, im Januar 2010 mein Vater. Mein Bruder hat am Tage der Beisetzung unseres Vaters den Kontakt zu mir abgebrochen.

Meinen VW-Polo musste ich 2001 aus Kostengründen verkaufen. Die Reparaturen fraßen all meine letzten Einlagen auf. Ich fuhr bis zum März 2006 gelegentlich mal den Zweitwagen meiner Eltern und machte aber mit dem nicht solche langen Touren.

Ich kann mir momentan kein Auto mehr leisten. Regelmäßig fahre ich zum Ausfahren der Prenzlberger Ansichten einen Mietwagen und seitdem ich an diesem Text hier bin, hab ich große Lust darauf, mir einfach mal einen Mietwagen zu schnappen und für einen Tag nach Krakow zu fahren.

Tante Eeka ist die einzige, die wohl noch lebt, aber sie wohnt nicht mehr in dem großen Haus, sondern in einer Senioreneinrichtung direkt am See. Sie ist hoch betagt!

Es war im April 2011 als ich beim normalen Einkauf eine Tüte Mehl mitnahm. Zu hause erst stellte ich fest, dass ich mich da wohl vergriffen hatte und statt normalem Mehl so eine Tüte Brotbackmischung geholt hatte.
Zwei Wochen lang umkreiste ich in meiner Küche diese Tüte, bis ich mich durch rang, doch mal selber ein Brot zu backen.

Als ich das Mehl in die Schüssel schüttete und Wasser dazu gab, war plötzlich ein Teil des Geruchs von Krakow in meiner Küche.
Und wie erstaunt war ich, als ich beim Teig kneten mit den Händen auf Anhieb die richtigen Griffe fand, die Konsistenz des Teiges richtig einschätzte, ihn so knetete, als wenn zwischen meinem letzten Hilfsarbeitstag in der Bäckerei im August 1975 und heute kein einziger Tag vergangen sei.
Und da, genau da, tauchten die alten, lieben Gesichter, die längst verschollen geglaubten Begebenheiten, die Gerüche, die Geräusche und all die Geschichten wieder auf, die ich vergessen glaubte.
Die Idee zu diesem Text hier war geboren!

Nachsatz vom 30.6.2014
Das bittere Ende
Wie ich heute erfahren habe, ist der Mann von Astrid vor ein paar Wochen altersbedingt verstorben, woraufhin Astrid sich einen Tag nach dessen Beisetzung das Leben nahm. Sie ertränkte sich im See.

....

262

Nachschlag
zwei Textversionen für die Mai-2019-Ausgabe der Prenzlberger Ansichten.

Zuerst die von der Redaktion gekürzte und anschließend gedruckte Fassung:

Firmengeschichten
Das Bäckereihandwerk

Früher gab es in jeder Straße mindestens eine Bäckerei und eine Fleischerei und auf jeder Hauptstraße einen Fischladen. Reine Fischläden gibt's am Prenzlauer Berg gar nicht mehr, Fleischereien noch insgesamt drei, echte Bäckereien, in denen das Brot selbst gewalkt und nicht nur Rohlinge aufgetaut werden, gibt's dagegen noch relativ viele, wenngleich auch die weniger geworden sind (Liste siehe unten).

Ein von Hand gewalktes Brot erkennt man an einer Narbe in der Kruste auf der Brotunterseite.
Der Pfannkuchen - der außerhalb Berlins "Berliner" heißt, dafür ist das, was außerhalb Berlins "Pfannkuchen" heißt, in Berlin der "Eierkuchen" - wird in einem Tiegel, also einer sehr tiefen Pfanne (daher der Name), in Öl ausgebacken. Dabei schwimmt der Teigrohling, der im übrigen nicht größer ist, als der einer echten Schrippe, auf dem Öl und dreht sich selbst, wenn die untere Hälfte im Öl ausgebacken ist.
Die "Schrippe" besteht aus Weizen-, der "Schusterjunge" überwiegend aus Roggenmehl, beim "Knüppel" ist Milch im Teig. Das Wort

"Semmel" gibt's in Berlin so nicht. Die Verwendung von Roggen ist für die Berliner Region typisch. Im Gegensatz zum Weizen, der bereits seit etwa 7800 v. Chr. kultiviert wird, ist der Roggen relativ jung. Gezielt angebaut wird er erst seit etwa 2500 Jahren, also einem Viertel der Zeit des Weizens.

Nichts schmeckt besser, als noch warmer Hefeteigkuchen vom Blech mit Zucker, Rhabarber, Äpfeln oder Pflaumen. Die Ränder des Blechkuchens wurden einst abgeschnitten und billiger verkauft. Nicht verkaufte Schrippen wurden zu Semmelmehl (da ist der Zusatz "Semmel" in Berlin richtig!) oder zu Zwieback (Norddeutsch: "Tweiback" = zweimal backen) verarbeitet.

In einer echten Bäckerei riecht man nicht nur frisches Brot, sondern vor allem Mehlstaub und Sauerteig. Echter Sauerteig entstand mal durch Pilzsporen aus der Luft. Der Bäcker hält täglich einen gewissen Prozentsatz seines Natursauerteigs zurück und setzt damit immer sofort den Teig für den nächsten Tag an. Dieser Ansatz muss dann wiederum einen halben Tag lang "gehen", bevor er mehrere Stunden vor dem nächsten Backen mit Hefe und Mehl wieder aufgefüllt wird. So kommt es, dass nach mehreren Jahren jede Bäckerei ihren eigenen Sauerteigstamm hat, der von Bäckerei zu Bäckerei etwas unterschiedlich im Geschmack ist. Dieser berühmt-berüchtigte "Hermann-Kuchen", den man jeden Tag "füttern" muss, funktioniert so ähnlich. Mehr braucht es für Brot nicht.

Einem von Hand gewalkten Brot oder einer Schrippe aus Natursauerteig merkt man seine Qualität durch den Geschmack an.

Die Arbeitszeiten der Bäcker sind allerdings nicht so, wie man sie sich als normaler Arbeitnehmer wünscht, denn sie beginnen meist kurz vor Mitternacht und gehen bis in den Vormittag hinein, bevor sie ab Mittag schlafen. Die Hitze am Arbeitsplatz in so einem Backhaus kann über 50 °C betragen. Der normale Geräuschpegel einer Bäckerei stört wegen der Nachtarbeit heute oft die Anwohner. Mittlerweile beschweren sich Anwohner aber auch zunehmend über die Gerüche (nach frischem Brot).

"Brot backen ist ein hartes Brot!", stellte mein Großonkel, Inhaber und Meister einer Bäckerei in Krakow am See in Mecklenburg, wo ich als Kind immer die Sommerferien verbringen und im Backhaus helfen durfte, regelmäßig fest. In meinem Buch "Sommer zwischen Backhaus und See - Kindheitserinnerungen", das vermutlich Ende Juni bei "Books on Demand" erscheinen wird, ist das mit der Familienbäckerei nochmals genauer beschrieben und dieser Text hier hinten angestellt.

Das Bäckerhandwerk ist personalintensiv und körperlich harte Arbeit zu "unmöglichen" Arbeitszeiten.

Meine Hochachtung an alle, die das machen und können!

Diese Bäckereien am Prenzlauer Berg backen noch Brot, Schrippen und Kuchen selbst: Bäcker Lau, Pasteurstraße; Bäcker Zessin, Bötzow-, Choriner- und Zionskirchstr., gebacken wird in der Zionskirchstr., Bäcker Blank Meyerheim/Kuglerstraße; Bäcker Kroll, Varnhagen/Kuglerstraße, Bäcker Hacker,

Stargarder Straße; Bäcker Krautzig, Schönhauser Allee; Bäckerei Siebert, Schönfließer Straße; Bäckerei Kädtler, Danziger Straße, die auch koschere Backwaren herstellen; Bäckerei Loell, Greifswalder Straße - dass war bis 2017 Bäckerei Werner, und das „Sowohl als auch" auf der Ecke Kollwitz/Sredzkistraße backt gleichfalls selbst sein Brot.

Der Konditor oder Zuckerbäcker ist ein vollkommen anderes Berufsbild, deshalb hab ich Konditoreien hier nicht berücksichtigt.

Dass man in einer Bäckerei einen Imbiss einnehmen und Kaffee trinken kann, kenne ich aus meiner Jugend nicht. Dafür aber die fünfzig Meter lange Schlange der Wartenden morgens vor der Ladentür.

Rolf Gänsrich, Mai 2019

- -

Hier nun der ungekürzte Text, wie er von mir raus gegangen ist.

Firmengeschichten
Das Bäckereihandwerk
Rolf Gänsrich am 29.3./5./13.4.2019

Früher gab es in jeder Straße mindestens eine Bäckerei und eine Fleischerei und auf jeder Hauptstraße einen Fischladen. Reine Fischläden gibts am Prenzlauer Berg gar nicht mehr, Fleischereien noch insgesamt drei, echte Bäckereien, in denen das Brot selbst gewalkt und nicht nur Rohlinge aufgetaut werden, gibts dagegen noch relativ viele, wenngleich auch die weniger geworden sind (Liste siehe unten).

Ein von Hand gewalktes Brot erkennt man an einer Narbe in der Kruste auf der Brotunterseite.

Der Pfannkuchen - der außerhalb Berlins "Berliner" heißt, dafür ist das, was außerhalb Berlins "Pfannkuchen" heißt, in Berlin der "Eierkuchen" - wird, wie das "Nonnenfürzchen", das manchmal auch "Kameruner" heißt, in einem Tiegel, also einer sehr tiefen Pfanne (daher der Name), in Öl ausgebacken. Dabei schwimmt der Teigrohling, der im übrigen nicht größer ist, als der einer echten Schrippe, auf dem Öl und dreht sich selbst, wenn die untere Hälfte im Öl ausgebacken ist.

Die "Schrippe" besteht aus Weizen-, der "Schusterjunge" überwiegend aus Roggenmehl, beim "Knüppel" ist Milch im Teig. Das Wort "Semmel" gibts in Berlin so nicht. Die Verwendung von Roggen ist für die Berliner Region typisch. Im Gegensatz zum Weizen, der bereits seit etwa 7800 v. Chr. kultiviert wird, ist der Roggen relativ jung. Gezielt angebaut wird er erst seit etwa 2500 Jahren, also einem Viertel der Zeit des Weizens.

Nichts schmeckt besser, als noch warmer Hefeteigkuchen vom Blech mit Zucker, Rhabarber, Äpfeln oder Pflaumen. Die Ränder des Blechkuchens wurden einst abgeschnitten und billiger verkauft. Nicht verkaufte Schrippen wurden zu Semmelmehl (da ist der Zusatz "Semmel" in Berlin richtig!) oder zu Zwieback (Norddeutsch: "Tweiback" = zweimal backen) verarbeitet.

In einer echten Bäckerei riecht man nicht nur frisches Brot, sondern vor allem Mehlstaub und Sauerteig. Echter Sauerteig (nicht diesen mit Essig künstlich sauer gemachten, den Sie im Bio-Laden bekommen) entstand mal durch Pilzsporen aus der Luft. Der Bäcker hält täglich einen gewissen Prozentsatz seines Natursauerteigs (1 %?) zurück und setzt damit immer sofort den Teig für den nächsten Tag an. Dieser Ansatz muß dann wiederum einen halben Tag lang "gehen", bevor er mehrere Stunden vor dem nächsten Backen mit Hefe und Mehl wieder aufgefüllt wird. So kommt es, daß nach mehreren Jahren jede Bäckerei ihren eigenen Sauerteigstamm hat, der von Bäckerei zu Bäckerei etwas unterschiedlich im Geschmack ist. Dieser berühmt-berüchtigte "Hermann-Kuchen", den man jeden Tag "füttern" muß, funktioniert so ähnlich. Mehr braucht es für Brot nicht.

Einem von Hand gewalkten Brot oder einer Schrippe aus Natursauerteig merkt man seine Qualität durch den Geschmack an.

Die Arbeitszeiten der Bäcker sind allerdings nicht so, wie man sie sich als normaler Arbeitnehmer wünscht, denn sie beginnen meist kurz vor Mitternacht und gehen bis in den Vormittag hinein, bevor sie ab Mittag schlafen. Die Hitze am Arbeitsplatz in so einem Backhaus kann über 50°C betragen. Der normale Geräuschpegel einer Bäckerei stört wegen der Nachtarbeit heute oft die Anwohner. Mittlerweile beschweren sich Anwohner aber auch zunehmend über die Gerüche (nach frischem Brot).

"Brot backen ist ein hartes Brot!", stellte mein Großonkel, Inhaber und Meister einer Bäckerei in Krakow am See in Mecklenburg, wo ich als Kind immer die Sommerferien verbringen und im Backhaus helfen durfte, regelmäßig fest. In meinem Buch "Sommer zwischen Backhaus und See -

Kindheitserinnerungen", das vermutlich Ende Juni bei "Books on Demand" erscheinen wird, ist das mit der Familienbäckerei nochmals genauer beschrieben und dieser Text hier hinten angestellt.

Das Bäckerhandwerk ist personalintensiv und körperlich harte Arbeit zu unmöglichen Arbeitszeiten.

Meine Hochachtung an alle, die das machen und können!

Das was Sie dagegen in Supermärkten oder in Backshops bekommen, wo "Rohlinge" (also eigentlich fertig gebackenes Zeugs) nur noch wegen des Geruchs und der Farbe einmal heiß gemacht wird, ist seelenloser, mit Farb- und Aromastoffen geschmacklich standardisierter Industriemist vom Band.

Diese Bäckereien am Prenzlauer Berg backen noch Brot, Schrippen und Kuchen selbst: Bäcker Lau Pasteurstr., Bäcker Zessin mit den Filialen Bötzowstr., Choriner Str. und Zionskirchstr., gebacken wird in der Zionskirchstr., Bäcker Blank Meyerheim/Kuglerstr., Bäcker Kroll Varnhagen/Kuglerstr., Bäcker Hacker Stargarder Str. kurz vor der Pappelallee, Bäcker Krautzig Schönhauser Allee 125, Bäckerei Siebert, Schönfließer Straße, die angeblich älteste Bäckerei Berlins, Bäckerei Kädtler Danziger Str. 135, die auch koschere Backwaren herstellen, Bäcker Loel, Greifswalder 225, das war bis 2017 Bäckerei Werner und das "Sowohl als auch" auf der Ecke Kollwitz / Sredzkistraße backt gleichfalls selbst sein Brot.

Der Konditor oder Zuckerbäcker ist ein vollkommen anderes Berufsbild, deshalb hab ich Konditoreien hier nicht berücksichtigt.

Daß man in einer Bäckerei einen Imbiss einnehmen und Kaffee trinken kann, kenne ich aus meiner Jugend nicht. Dafür aber die fünfzig Meter lange Schlange der Wartenden morgens vor der Ladentür.

Icke auf dem Gaul 1964

alle meine „Schätze" 1964

Mit Tante Else und ihrem Mann „mitten" im See 1964

Der Riesenschnautzer Bona, die nichtbeissende

Mit Tante Hannemie 1969

Am Bahnhof in Krakow 1972

Mit Ille-Oma 1969

Patentante mit Mann 1969

Mit Onkel Ka-Fiddie auf seinem Boot unterwegs, zwischen uns meine Keule - 1969

Wenige Tage nach der 1. bemannten Mondlandung stehen meine Keule und icke vor der Mühle in Krakow – Juli 1969

Vor dem alten Bootshaus 1971 – v.l.n.r.: meine Mutter, Astrid, Ille-Oma, Onkel Ka-Fiddie, Tante Eeka und Onkel Peter

Mit Bona auf der Terasse auf dem See 1972

← mit Onkel Herbert, meiner Keule und meiner Mutter vor dem neuen Bootshaus 1972

Wir drei Gänsrich-Männer im See. Eines der Häuser hinten ist „Herrn Passow seins".

Icke in Brieselang 1973 – hoch ging es schnell, runter immer nur gaaanz langsam

1980 kurz vor Lehrabschluss

In Brieselang 1977 an meinem Kassettenrecorder

274

| 1977 mit Ille-Oma und Eltern in Krakow mit unserem Trabi | … und an der See bei Zingst |

| am arbeiten in Brieselang 1977 | Mit Bessy vor dem Bungalow in Pruchten 1977 |

| Ziemlich cool auf der Burgriune Regenstein, genau in der Woche, als Sigmund Jähn im All war. | Auch 1978 in der kleinen Radio-Ecke, die mir mein Vater abgeteilt hatte. |

 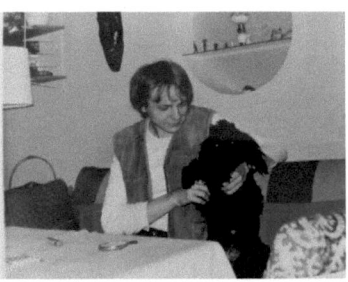

| Selfie im Finkenkruger Forst auf dem Weg zu „meiner" Andrea 1978 | Mit meiner Bessy im Wohnzimmer meiner Eltern 1979 – diese Löcher in den Wänden im Hintergrund waren damals mächtig modern |

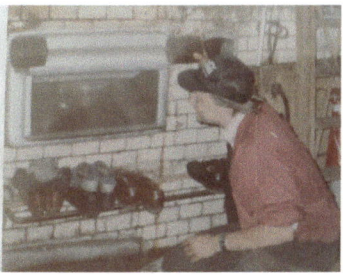

Im ehemaligen Backhaus 1991 – eines der Bilder wurde sogar im April 2019 in den Prenzlberger Ansichten abgedruckt.

1993 auf dem See
Onkel Ka-Fiddie 1993

Das Bootshaus 1993 vom See	Der „große Pilz" 1993

Tante Hannemie 2002 im Backhaus	Tante Hannemie und Tante Eeka 2006 auf dem Bootshaus

Im Backhaus 2006 v.l.n.r.: Tante Hannemie, meine Mutter, Tante Else, Onkel Ka-Fiddie, Tante Eeka, Astrid, icke, Tante Lotti, der Sohn von Astrid, meene Keule, Vaddern und der Onkel aus Steglitz

Vaddern und icke auf der Hollywoodschaukel in Briese-lang am Morgen nach Himmelfahrt 2004	Lustige Runde im Bootshaus 2006 – man beachte die Angeln an der Wand hinten

Im Boothaus 2006 v.l.n.r. Astrids Mann, icke und Vaddern	2006 v.l.n.r. Icke, Vaddern, Astrids Mann, Astrid

Mit Gitarre zur Jugendweihe – zwei Griffe konnte ich, dann ging ich ans Schlagzeug – bis heute kann ich beides nicht spielen.	1984 vor einem Intershop

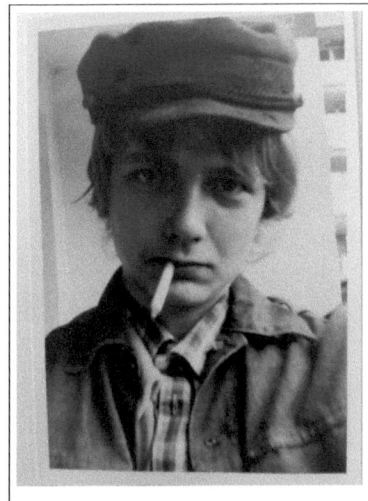 

Selvies 1983	… der Westernhut war eine echte Handwerksarbeit aus Filz von einem Hutmacher aus der Lückstraße und kostete knapp 50 Mark – ich trug ihn täglich

Im Urlaub von der NVA noch im Oktober 1986 vor der Klubgaststätte Mühlengrund in Hohenschönhausen	Im Plänterwald mit einer Dame, deren Name mir entfallen ist im Jahr 1981 – so schlank war ich mal

Text von Rolf Gänsrich geschrieben am 16./17./27./28.4./1.5./28./29.6./5.7./22./23./24./25./26./27.10./2.11.2011 24./25./26./27./**29**.2./1./2./4./8./9./11./12./13./14./15./16./24./27./28./31.3./ - ab 3.4.2012 - bei Tertia: - 3./4./18./19./23.4./3./9./10./15./25.5./5.6.2012 - bei Tertia / ab 20.6. 2012 z.T. in BGE-Werkstatt Danziger 50 + home / 22./25./26./27./28./29./30.6./ 1./7./9./12./13./14./15./16./17./18./30.7.2012 - erste eigene Korrektur am 19./21./22./23./24./27.11.2013 - in Buchform gebracht und nochmals korrekturlesen am 10.,11.,14.,16.,17., 19., 20., 21., 23., 24., 26.4., 9.5.2019 - Die Bilder am 18.6.2019 eingefügt und beschriftet

9 783744 838641